로쟈빙

려명 黎明

／ 이원호 남북합작 로맨스

동아일보사

차례

개 성

"1년만 근무해, 1년 후에는 내가 책임지고 과장 진급과 동시에 본사로 복귀시킬 테니까."

박경호가 담배를 빨아들이더니 연기를 길게 뱉고 나서 말을 이었다.

"본봉에다 파견수당 50만 원이 더 붙는 거야, 거긴 돈 쓸 데가 없어서 1년에 1000만 원은 모을 수 있을 거다. 들었지?"

윤기철은 대답하지 않았다. 한마디로 난데없다. 점심 잘 먹고 들어왔더니 업무부장 박경호가 흡연실로 사용되는 베란다로 불러내 개성공단 현지법인으로 가라는 것이다. (주)용성은 의류 생산 수출업체로 개성에 현지법인 '용성'을 설립했다. 2003년 개성공단이 생산을 시작하고 나서 3년 만인 2006년 설립됐으니 이젠 기반이

다져진 셈이다. 그 말은 '개성 살림'에 익숙해졌다는 뜻이다. '개성 용성'의 근로자는 650명, 한국인 직원은 법인장을 포함해 8명이 근무한다. 박경호가 바짝 다가서더니 윤기철을 보았다.

"이봐, 윤 대리, 위기가 기회라는 말 모르나?"

"무슨 말입니까?"

마침내 윤기철이 말을 받았다. 박경호와는 3년간 업무부에서 부대끼다보니 알 건 다 아는 사이다. 부장 3년차인 박경호는 책임질 일은 스스로 나서서 맡은 적이 없다. 부하가 사고를 쳐도 감싸준 적이 없는 인간이다. 39세, 나이나 경력이 윤기철보다 10년 선배다. 박경호의 얼굴에 웃음이 떠올랐다.

"곧 본사에서 구조조정이 있을 거야, 이 친구야. 개성에 가 있으면 비바람을 피할 수가 있다고."

윤기철이 숨을 들이켰다. 요즘 기업들이 어렵다. (주)용성은 매출액이 내수 수출 합해 2000억 원으로, 5년째 답보 상태에다 매년 감원을 해왔다. 그런데 구조조정이라니? 이놈의 회사는 새로운 시장, 새로운 제품을 개발하는 것이 아니라 만날 감원에 구조조정만 하는가? 그때 박경호가 손바닥으로 윤기철의 어깨를 툭툭 쳤다.

"이건 비밀이야, 윤 대리만 알고 있어."

"예, 부장님."

"공단 파견, 생각해보고 내일 아침까지 알려줘."

이제는 박경호가 느긋해졌다.

‡

"개성에 간다고?"

술잔을 내려놓은 조하나가 윤기철을 보았다. 속눈썹에 가린 검은 눈동자가 불빛을 받아 반짝였다. 아름답다. 요즘 세상에서 인조 아닌 것이 있는가? 다 인조다. 조하나하고 모텔에 가면 벗고 떼는 데만 한 시간이 걸린다. 일 끝나고 다시 붙이는 데는 30분쯤 더 걸린다. 그래서 일 치르는 시간이 상대적으로 너무 짧게 느껴진다. 조하나가 다시 물었다.

"개성에는 왜?"

"거기 현지법인 말이야, 거기로 발령이 날 것 같아서."

"……."

"1년만 근무해도 2000만 원쯤 모을 수 있고 그것보다 과장 진급하기 위한 필수 코스야. 1년 근무하고 나오면 나도 과장이라고."

"……."

"일주일에 한 번 외박 나오는 거지. 토요일 오후에 나왔다가 월요일 아침에 들어가는 거야."

윤기철은 시선만 주고 있는 조하나를 보면서 슬그머니 부아가 치밀었다. 1000만 원을 2000만 원으로, 있지도 않은 과장 진급 필수 코스를 들먹이며 광택을 낸 자신이 부끄러워지기도 했다. 입을 다문 윤기철이 소주잔을 들고 한 모금에 삼켰다.

이곳은 인사동의 한식당, 관광객을 상대로 퓨전 한식을 만들어 파는 곳인데 조하나의 단골집이다. 조하나가 잠자코 시선을 내리더니 제 잔에 술을 채운다. 26세, 식품회사 비서실 3년차 사원, 167cm, 52kg의 날씬한 몸매. 눈, 코, 볼, 입술을 마음대로 건드리지 못하게 하는 인조 미인으로 윤기철과는 1년 반째 교제 중이다. 그때 조하나가 말했다.

"우리 계열사가 그곳에 있어. 식품용 캔을 만드는 회사야."

이제는 윤기철이 입을 다물었고 조하나의 말이 이어졌다.

"그 계열사 사장이 만날 이야기해주는 바람에 개성공단 이야기는 다 들었어."

"……."

"자기가 좋다면 가, 난 상관없어."

"……."

그 순간 윤기철은 가슴 한켠에 찬바람이 스치고 지나는 느낌을 받는다. 남이다. 눈앞에 보이는 여자는 자신과 같은 차에 타지 않았다. 한때는 같은 방향으로 달리는 차에 타고 있다는 생각이 들었던 여자다. 그래, 개성은 잘나가는 회사에서는 유배지다. 나 같은 삼류 중소기업 직원 입장에서는 구조조정 피하는 피난처 같은 곳이고.

윤기철이 술병을 집어 아직도 빈 잔으로 놓인 제 잔에 술을 채웠다.

"그래, 갈 거다."

말이 저절로 나와버렸다.

밤 11시가 다 됐는데 윤덕수는 저녁밥을 먹는 중이었다.

"어, 왔냐?"

반주로 소주를 마시던 윤덕수가 술잔을 들어 보이며 윤기철에게 물었다.

"한잔할래?"

"아뇨."

조하나하고 소주 두 병을 나눠 마시고 그냥 헤어진 터라 술이 당기기는 했다. 그냥 헤어졌다는 것은 같이 모텔에 가지 않았다는 뜻이다. 일주일에 한 번꼴로 만나면 꼭 모텔에 갔으니까.

"밥 먹을래?"

이번에는 어머니가 물었으므로 윤기철은 머리만 내저었다. 동생 윤영철은 작년에 제대하고 아직 취직을 못해 하루에 알바 두 탕을 뛴다. 지금은 편의점에 있을 것이다. 어쨌든 개인택시 운전사인 아버지까지 남자 셋은 열심히 버는 편이다. 옷을 갈아입고 나온 윤기철이 술잔을 들고 있는 윤덕수 앞에 앉았다. 아버지는 오늘 쉬는 날이어서 등산을 다녀왔을 것이다.

"아버지, 저, 우리 회사 개성공단 공장으로 옮겨가려고요."

불쑥 말했더니 윤덕수가 술잔을 내려놓았다. 적지 않게 놀란 표정이다.

"왜?"

"과장 진급하려면 거기서 1년 근무해야 됩니다. 필수 코스죠."

30평 아파트여서 주방에서도 다 들린다. 어머니 이정옥이 다가
와 옆자리에 앉았다.

"거기, 안 가면 안 되냐?"

"왜?"

이번에는 윤기철이 물었더니 이정옥의 눈도 가늘어졌다.

"지난번 언젠가 한국 사람 하나를 잡아 가두고 못 나오게 했잖
아?"

"아, 그거, 나중에 풀려났는데….."

"즈그들 맘대로 공단 문 닫고, 쫓아내고 잡아들이고 하잖아?"

"잡아들이기는 언제…."

"위험해, 가지마."

마침내 이정옥이 말했을 때 윤덕수가 헛기침을 했다.

"사내자식이 무슨, 가봐."

"아니, 기철이 아버지."

"우리 돈 내고 지은 공장인데 가는 게 무섭다면 말이 돼?"

눈을 부릅뜬 윤덕수가 이정옥을 노려보았다. 윤덕수는 11자로
시작되는 일명 젓가락 군번을 자랑스러워했고, 향로봉에다 벙커
작업을 한 것이 추억거리인 이른바 극우 보수 인사다. 윤덕수의
시선이 윤기철에게로 옮겨졌다.

"가야지, 난 월남은 지원했어도 못 갔지만 넌 가야 된다."

윤덕수는 개성공단 파견을 월남 파병과도 같은 일로 여기고 있
는 것이다.

"가겠습니다."

다음 날 오전, 출근하자마자 윤기철이 말하자 박경호는 빙글 웃었다.

"잘 생각했어. 그럼 발령은 열흘 후인 3월 15일자로 날 거야."

"열흘 후요?"

"그래."

머리를 끄덕인 박경호가 말을 이었다.

"이번에 돌아온 최 과장한테서 업무 인수인계를 받으라고."

최 과장은 개성 용성에서 업무과장을 맡았던 최석동을 말한다. 말을 마치고 자리에서 일어선 박경호가 웃음 띤 얼굴로 윤기철의 어깨를 툭 쳤다.

"지금 회사에서는 서로 개성 가려고 줄을 섰다고, 넌 나한테 술한잔 사야 돼."

자리로 돌아와 앉은 윤기철의 옆으로 서민우가 다가와 섰다. 서민우는 입사 2년차, 군대도 보충역으로 빠진 터라 스물여섯이다.

"윤 선배, 개성 가신다면서요?"

"시발놈아, 넌 대리라고 부르면 입술이 부르트냐?"

으르렁거렸지만 서민우가 픽 웃었다.

"언제는 선배가 좋다고 해놓고선."

"그땐 술 마실 때 이야기지."

서민우가 바짝 다가섰다.

"들었어요?"

"뭘?"

"최 과장이 짤렸다는데."

"뭐가? 좆이?"

"농담 아니에요."

서민우의 목소리가 더 낮아졌다.

"개성에서 짤려서 돌아온 거래요."

윤기철이 천천히 숨을 들이켰다. 최석동은 개성 근무 8개월 만에 돌아왔다. 그래서 업무부의 대기자로 발령이 나 있다. 맡은 직책이 없기 때문이다. 갑작스러운 귀환이었지만 최석동은 업무부에서 근무했을 때도 능력을 인정받은 엘리트다. 본사에서 필요했기 때문에 귀환시킨 것으로 알고 있었다. 윤기철이 자리에서 일어서며 말했다.

"담배 한 대 피우자."

윤기철은 담배를 피우지 않는다. 흡연구역에서 따로 이야기를 하자는 말이다.

근무시간이어서 베란다는 비어 있었다. 담배를 입에 문 서민우가 서둘러 불을 붙이더니 연기를 뿜고 나서 물었다.

"대리님 모르셨죠?"

"뭘?"

"최 과장 사건."

"사건이라니?"

윤기철이 이맛살을 찌푸렸다. 서민우는 정보가 빠르다. 시간만

나면 휴대전화를 조몰락거리는 덕분인지 회사 내 온갖 스캔들, 뉴스, 사건에 통달했고 인사 발령이라든지 사고도 먼저 아는 경우가 많다. 붙임성 있는 성품 때문이기도 할 것이다. 윤기철의 시선을 받은 서민우가 다시 연기를 뿜고 나서 말했다.

"이건 개성의 자재과장한테서 직접 나온 말인데요. 비밀 지켜주실 거죠?"

"시발, 지켜줄게, 말해봐."

"최 과장이 거기 대표하고 붙었답니다."

윤기철은 시선만 주었다. 여기서 대표라고 부르는 건 공장의 북한 근로자 대표를 말한다. 북한의 근로자를 관리, 감독하는 인간으로 직장장이란 명칭이 있다.

"자기 허락 없이 반장들한테 지시를 했다는 겁니다. 그런데 최 과장은 그런 일이 없다고 한다는군요."

"……."

"둘이 사이가 나빴답니다. 대표 되는 놈이 성질이 더러워서 법인장도 꼼짝 못한다는 겁니다."

"아, 그거야."

윤기철이 입맛을 다셨다. 다 아는 사실이다. 갑을甲乙 관계를 따진다면 솔직히 갑은 북한 측이다. 한국이 자본과 기술을 투자해 공단을 세웠지만 토지, 노동력은 북한이 댄다. 공생共生, 공존共存의 바탕이 돼야 했지만 그렇게 안 된다. 2013년, 3개월이 넘도록 개성공단 가동이 중지된 것도 갑甲 노릇을 해온 북한 측의 횡포였다는 것이 세계만방에 증명됐다. 현재 개성에 진출한 100여 개의 한국 업체가 그 사실을 모르겠는가? 알면서도 묵묵히 참고 공장을 운영해온 것이다. 그래서 오해도 많이 받았지만 공장이 가동돼 이익을 창출하면 그것도 애국이라고 자위를 한다. 헛기침을 한 서민우가 힐끗 윤기철을 보았다.

"이건 제가 의리상 윤 대리님한테 말씀드리는 건데요."

"뭐? 의리?"

"내가 술도 많이 얻어먹지 않았습니까? 홍대 앞에서 놀기도 했고."

"읊어봐."

"윤 대리님을 추천한 건 박 부장입니다. 아시죠?"

빨리 말하라는 듯이 이맛살만 좁힌 윤기철을 향해 서민우가 빙긋 웃었다.

"내가 박 부장이 윤 대리님을 추천한 이유를 분석했지요. 개성 가고 싶어 하는 놈들, 아니, 선배들이 좀 있거든요. 아시지 않습니까?"

"……."

"무능한 놈에 가정생활에 문제가 있는 놈까지…."

"아니, 권 과장이?"

윤기철이 서민우의 말을 가로챘다. 업무과 시설담당 권혁주 과장은 지난달 이혼했다. 자식도 없어서 가기 좋은 상황이다.

윤기철이 과연, 하는 표정을 만들고 서민우를 보았다.

"넌 업무부에서 출세할 거다. 그렇게 주변머리가 좋으니. 자, 내가 오스카상의 영예를 안게 된 이유를 듣자."

"웬 오스캅니까?"

"인마, 그게 그거지, 말해."

"과연 엉뚱한 데는 소질이 있으셔, 그런 것 때문에 선발되셨는 지도⋯."

"빨랑 말 안 해?"

"지난번 부 회식 때 선배님이 박 부장한테 대든 적 있죠? 기억 나세요?"

"내가 언제 대들어?"

눈을 치켜뜬 윤기철이 긴장했다.

"이 자식이 생사람 잡네. 내가 언제⋯."

"우수 부서 포상식 날에."

"내가 인마, 부장을 삼촌처럼 모셨는데. 내가 양반 자손이다."

"그때 부장이 조 대통령 찍었다고 하니까 대리님은 떨어진 야당 후보를 찍었다고 하셨잖아요?"

"⋯⋯."

"그러니까 부장이 웃으면서 대리님한테 '저 새끼 공산당이네' 했잖아요?"

그 순간 윤기철이 숨을 들이켜면서 입을 다물었다. 감 잡았다. 그때 서민우가 결정타를 날렸다.

"어제 오후 권 과장이 따지니까 부장이 뭐라고 대답한지 아세 요?"

"⋯⋯."

"윤 대리하고 대표하고 맞을 것 같다고 했답니다. 그 한마디에

권 과장이 뻗어버린 거죠. 그때 회식 때 권 과장도 들었으니까….”

직장생활에서는 사소한 것으로도 낙인이 찍힌다. 도무지 이해라
는 말이 통하지 않을 때도 있다. 다시 서민우가 머리를 기울이고
윤기철을 보았다. 미심쩍은 표정이다.

“근데 맞아요?”

“뭐가?”

“공산당.”

“까고 자빠졌네.”

윤기철이 몸을 돌렸다.

‡

최석동은 활달한 성격에 인간성도 좋았다. 업무 면으로는 이미
인정도 받았고 위아래를 분명히 가렸고 책임질 것은 책임졌다. 흠
이 있다면 입이 좀 가벼워서 도무지 비밀이 없다는 것이다. 그러
니 주변에 진중한 군상이 꼬이지 않는다. 오후 3시, 윤기철은 회의
실에서 최석동과 마주 앉았다. 파견 1일차 교육이다. 회사의 지시
로 윤기철은 일주일간 파견교육을 받게 됐는데 오늘은 업무 인수
인계하는 날이다.

“뭐, 여기 적힌 사항만 체크하면 돼, 주요 사항은 컴퓨터에 입력
돼 있어.”

최석동이 프린트된 파일을 건네주면서 말했다. 테이블을 두고
둘은 서로 마주 보고 앉아 있다. 최석동 과장은 32세, 미혼이다. 윤

기철보다 나이, 경력이 3년 선배로 신입 때 6개월간 사수로 모신 적이 있다. 최석동이 넓은 얼굴을 손바닥으로 쓸면서 쓴웃음을 지었다.

"개자식들, 본사에 자리가 없다고 대전공장으로 가라는데?"

"대전 본공장요?"

"공장이면 다 똑같지, 무슨 본공장?"

"직책은요?"

"생산부 업무과장."

"아, 이런, 그건 개성보다 한직이잖아요."

"내년에 차장 진급시켜준댄다."

"그 말 어떻게 믿어요?"

"너도 개성에서 돌아오면 과장 시켜준다고 했지?"

"그랬어요."

"그럼 너도 본공장 과장으로 와라, 나하고 같이 놀자."

"근데, 싸웠어요?"

"누가 그래?"

시큰둥한 표정으로 되묻는 것이 예상하고 있었던 것 같다.

"아, 소문 다 났어요. 지금이 어떤 세상이라고…."

"그 새끼 독종이야."

불쑥 최석동이 말했지만 윤기철은 알아들었다. 최석동과 붙었다는 북한 근로자 대표다. 윤기철은 숨을 죽였고 최석동의 말이 이어졌다.

"8개월간 그 새끼한테 밀려서 내가 숨을 제대로 못 쉬었어, 생각해봐라."

심호흡을 한 최석동이 앞에 놓인 물병을 손에 쥐었다.

"이건 노조도 아니고 상전이야, 감시원, 감독관이라고. 내가 수십 번 친해지려고 했지만 안 먹혀, 안 통해."

"……."

"그럴수록 더 기세등등해진단 말이야. 그런데도 생산량 나오는 거 보면 기적이다. 법인장은 충무무공 훈장을 줘야 돼."

"충무무공 훈장요?"

"아 왜, 나라에서 주는 제일 큰 훈장 말이다."

"그놈 몇 살인데요?"

윤기철이 화제를 돌렸다. 절대적으로 필요한 정보다.

"성격은 어때요?"

"마흔세 살, 군 출신 같아. 성격은 뭐랄까? 원리원칙에 철저하고 성실해."

"……."

"밝고 겸손해서 근로자들한테 인기가 있어."

윤기철의 표정을 본 최석동이 쓴웃음을 지었다.

"법인장이 세 살 위라고 깍듯하게 대해."

"아, 그런데 왜?"

"내가 말하지 않았어? 그 새끼, 원리원칙에 철저하다고?"

어깨를 부풀린 최석동의 목소리가 높아졌다.

"규정에 없는 일은 절대로 안 해. 야간근무, 작업조 배치도 매월 초 아니면 안 돼. 반장한테 이야기하는 것도 안 돼. 규정대로 대

표를 통해야 된다는 거야. 그놈은, 회사 측에 대해서는 눈곱만큼
도 양보를 안 해. 회사가 곧 한국 정부고 근로자는 북한이라는 것
이지. 남북 대결이야, 그 자식은 융통성이란 눈을 씻고 찾아보려고
해도 없어."

호흡을 가눈 최석동이 곧 길게 숨을 뱉었다.

"그놈이 언젠가 나한테 물었어. 한국 대통령하고 과장 동무는
고향이 같다면서요? 하고. 결국은 그거였어. 그놈은 나를 쫓아내
고 한국 대통령을 몰아낸 기분이 돼 있을 거야."

"결정적인 사건이 있었어요?"

"내가 반장들한테 라인 간격을 벌려 부자재를 쌓아놓으라고 한
것을 트집 잡은 거야. 대표를 통하지 않고 번번이 계약 위반을 했
다면서 내보내지 않으면 작업 중지를 시키겠다는 통보를 했어. 그
것으로 끝장난 거다."

윤기철이 어깨를 치켜들었다가 내렸다. 그러고는 혼잣소리처럼
말했다.

"참 뭐 같은 놈이네."

‡

윤기철은 스물아홉이다. 직장생활 5년, 정상적으로 고등학교, 대
학을 졸업했고 군생활 2년까지 착실히 마친 후 바로 중소기업 '용
성'에 입사했으니 단 1년도 썩은 세월을 보내지 않았다. 지금까
지 살아오면서 남과 비교해서 넘치지도 덜하지도 않을 만큼의 경

험과 인연을 쌓은 윤기철이다. 고등학교 다닐 때는 학교에서 요즘
말로 '일진' 노릇도 좀 했다. 따라서 직장생활에서 이유 없는 호의
와 배려를 그대로 받아들일 만큼 순진하지도 않다. 박경호의 개성
공장 전출 권유를 액면 그대로 받아들이지는 않은 것이다. 그런데
사정을 들을수록 점점 어깨가 무거워졌다. 예상했던 것보다 더 까
다롭고 심각했다. 그래서 그날 저녁 고등학교 2년 선배인 임승근
과 홍대 앞 삼겹살 식당에서 마주 앉았다. 주간지 기자인 임승근
은 윤기철의 사형師兄 역할이다. 고등학교 시절 일진으로 맺어진
관계여서 질기고 끈끈하다.

"무슨 일이냐? 바빠죽겠는데?"

정치부, 경제부를 왔다갔다 하던 임승근이 지난주에 휴전선 취
재기를 쓴 걸 보면 국방부로 간 것 같다. 건성으로 물은 임승근이
불판의 삼겹살을 뒤집을 때 윤기철이 말했다.

"형, 나, 개성으로 가게 됐는데."

"거긴 뭐하러?"

"개성 공장으로 발령이 났어."

"발령?"

머리를 든 임승근이 윤기철을 똑바로 보았다. 가는 눈이 더 가늘
어졌다.

"왜?"

"왜는 무슨? 가라고 하니까 가는 거지."

"너, 찍혔어? 아님 인사고과가 나빠?"

"아니, 그게 아니고."

은근히 부아가 난 윤기철이 임승근을 마주 보았다.

"내가 공산당으로 보여서 적당한가봐."

"니가 공산당?"

술잔을 내려놓은 임승근에게 발령이 난 것부터 최석동과 근로자 대표 간의 불화, 그리고 박경호가 '저 새끼 공산당'이라고 한 것까지를 설명했다. 설명이 끝날 때까지 잠자코 술만 따라 마시던 임승근이 입을 열었다.

"너, 개성에 한국 기업체가 몇 개 있는지 알지?"

"왜 몰라? 123개, 북한 근로자는 5만 3000이야."

"네 회사는 몇 명이냐?"

"650명, 한국 측 관리직은 나까지 8명."

"규모는 별로 크지 않군."

"근데 왜 묻는 거야?"

"생산량은 잘 나와?"

"잘돼, 칭다오 공장보다 수익성이 좋아."

용성은 중국 칭다오靑島에도 1500명 규모의 공장이 있다. 그러나 칭다오 공장은 이직자가 많고 인건비가 높아져서 이제는 인건비가 개성 공장의 4배 수준이 됐다. 개성공단 북한 근로자 한 명의 임금은 주 48시간 근무 기준으로 월 70달러 정도니 한화로 7만 3000원 정도다. 매년 근무수당, 보험료, 복리후생비까지 계산해도 월 130달러(약 14만 3000원)에서 170달러(약 18만 7000원)인 것이다. 손재주와 기술 습득력이 세계 제일인 데다 인건비가 이렇게 싸니 기업 입장에서는 이런 천국이 없다. 게다가 매년 임금을 5%

인상하기로 계약조건에 명시돼 있으니 앞으로 10년은 견딜 수 있다. 그때 임승근이 말했다.

"시발놈들이 널 공산당으로 본단 말이구먼."

"그래서 그 자식하고 손발이 맞을 것으로 예상하는 것 같아. 참 별것도 아닌 일 가지고 지들 마음대로 생각해."

"사람 잘못 보았지."

임승근이 큭큭 웃더니 물었다.

"너, 야당 후보 찍었어?"

"아니, 부장놈이 하도 미워서 일부러 그런 거야. 난 선거날 놀러 갔어."

"그럼 좋은 방법이 있긴 한데. 니가 잘 지내다가 돌아오는 방법."

"뭔데?"

"니가 공산당이 되는 거야, 1년만."

"죽겠네."

"요즘 데모하는 데 가서 경찰차나 발길로 한번 차라, 그럼 내가 사진 한 방 잘 찍어줄게. 넌 하룻밤만 자고 나오면 독립투사가 된다. 만일 네가….'

"아, 시발, 형, 그만."

손바닥을 펴 보인 윤기철이 어깨를 부풀렸다. 윤기철은 임승근의 일진 후계자지만 더 거칠었다. 복싱과 격투기로 단련된 윤기철은 주변 고교까지 장악했던 '영웅'이다. 공산당하고는 거리가 먼 인물이다. 소주를 한 모금에 삼킨 윤기철이 임승근을 보았다.

"형하고 이야기하다가 결심했어."

"옳지, 공산당 되는 거?"

"나하고 최석동이는 캐릭터가 달라."

"웬 캐릭터?"

"최석동이는 겉으로는 으스대지만 뒷심이 없어. 주먹에 자신이 없는 놈들의 습성이지. 그것을 간파당한 거야."

"너, 칠래?"

"척 보면 알지. 그 대표 새끼가 마흔셋이나 됐다니까 그래도 감이 있겠지. 내가 최석동이처럼 만만하게 볼 놈이 아니라는 걸."

"웃기네, 자식."

쓴웃음을 지은 임승근이 윤기철의 잔에 술을 따랐다. 저녁 8시가 넘으면서 주변 분위기가 떠들썩해졌다. 그래서 목소리를 높여야 한다.

"그래서 부딪치겠다는 말이군. 내, 그럴 줄 알았어. 그래야 윤기철이지."

술잔을 든 임승근의 목소리도 떠들썩해졌다.

"아무튼 들이받으려면 제대로 해. 그리고 제일 먼저 나한테 알려주고. 내가 아주 대문짝만하게 기사 써주지. 아마 인터넷 조회수 1등일 거다."

‡

토요일 오후 1시 반, 오늘은 개성 용성 법인장 김양규가 본사에서 윤기철과 마주 앉아 있다. 윤기철의 파견교육 사흘째 되는 날이다. 대부분의 직원이 퇴근한 후여서 주위는 조용하다. 김양규가 답답한지 회의실 문을 열어놓아서 밖의 빈 사무실이 다 보였다.

"저 때문에 댁에도 못 가시고 죄송합니다."

윤기철의 말에 김양규가 풀쑥 웃었다. 김양규는 법인장으로 가기 전 대전공장 공장장이었다. 용성의 개성공장을 건설할 때부터 7년 동안이나 운영해왔으니 개성공단의 산 역사라고 해도 빈말이 아닐 것이다. 김양규가 마른 얼굴을 들고 윤기철을 보았다.

"조경필이 이야기 들었지?"

조경필은 북측 근로자 대표 이름이다.

"예, 이름은 들었습니다."

"최 과장이 뭐라고 하던가?"

"별 이야기 없었습니다만."

"그래?"

쓴웃음을 지은 김양규가 물병을 들어 병째로 두 모금을 삼켰다.

"좀 문제가 있었어."

"……."

"최 과장으로서는 억울하겠지만 어쩔 수 없어. 손발을 맞춰야 하기 때문에 말이야."

"예, 법인장님."

"내가 오전에 나오는데 조경필이가 묻더구먼, 최 과장 후임은 언제 오느냐고 말이야."

윤기철의 시선을 받은 김양규가 슬쩍 입꼬리를 올렸다.

"그래서 내가 쏘아붙였지. 네가 상관할 일이 아니라고 말이야."

"……."

"그랬더니 아무 소리 못하더구먼. 나도 대표가 문제 있으면 공업지구 사무소에 신고를 할 수가 있어. 그럼 그곳에서 조사를 하고 판정을 내리는 거야."

"……."

"잘 알겠지만 자네의 과제는 조경필이하고 손발을 맞추는 거야. 그것만 잘되면 다른 사소한 문제는 넘어갈 수 있어."

"잘 알겠습니다."

"다른 기계, 전기, 자재, 생산은 아무 문제가 없네. 대표와 반장들을 상대하는 업무과가 가장 중요해."

"……."

"최 과장 이전의 배 과장은 대표하고 친했지. 술도 같이 마시고 말이야. 물론 조경필이 이전의 대표였지만."

"……."

"조경필이가 우리 공장으로 온 지 만 1년 됐어. 그런데 한 번도 허점을 보이지가 않아. 나한테도 깍듯하고 말이야. 도대체 속을 알 수가 없어"

윤기철은 소리 죽여 숨을 뱉었다. 조경필에 대해서는 넘치도록 들었다. 그 망할 놈의 자식은 이제 들어가서 부딪치면 될 테니 딴 것을 알아보자.

‡

"난 그쪽하고 인연을 끊은 사람이야."

본사 구매부의 장용만 과장은 3년 전에 1년 반 동안 개성에서 근무한 전력이 있다. 그래서 오전에 면담을 신청하고 회의실에서 만나 법인장 김양규에 대해 물었더니 대뜸 이런다. 눈은 치켜뜨고 잔뜩 불편하다는 표정이다. 34세, 과장 3년차, 구매부는 어디서나 떨어지는 것이 많은 부서다. 그래서 장용만도 부티가 난다. 윤기철이 진심 어린 표정으로 장용만을 보았다. 이 인간하고는 본사 빌딩에서 같이 근무했지만 그저 눈인사만 하는 사이다. 이렇게 개성으로 얽히게 될지는 몰랐다.

"예, 아무래도 과장님이 잘 아실 것 같아서요."

공손한 표정을 짓고 그렇게 말했더니 장용만이 픽 웃었다.

"잘 알지, 윤 대리 개성공장 발령 나는 거 보니까 나도 옛날 생각나더라."

"도와주십시오."

"뭘?"

"법인장 스타일을 알아야 이 쫄다구가 견딜 것 아닙니까?"

"업무과장은 대표한테 쫓겨났다고 들었을 텐데 법인장은 왜?"

"그게 순서일 것 같아서요."

"당신은 좀 독특하구먼."

윤기철은 장용만의 눈동자가 깊어진 느낌을 받았다. 초점이 또렷해졌고 입술은 꾹 닫혔다. 장용만에 대한 평을 모았더니 업무

능력, 처신, 장래성이 양호했다. 소문도 나쁘지 않았다. 구매부 직원으로서는 드문 경우다. 그때 장용만이 말을 이었다.

"법인장이 공단 입주업체 모임인 '백한회' 대의원인 줄 알지?"

"모릅니다."

"내가 있기 전부터 백한회 대의원이었어. 대의원은 모두 여덟명. 회장, 부회장, 총무까지 11명이 공단 입주업체 간부들이지."

긴장한 윤기철이 시선만 주었고 장용만의 말이 이어졌다.

"대의원이 무엇이냐. 입주업체 간부야. 입주업체의 권익을 도모하고 나아가 공단의 발전에 기여하는 역할이라고 백한회 회칙에 적혀 있더군."

"……."

"그래서 내부의 문제는 서둘러 치우는 거야. 제 손이 닿는 범위에서, 말하자면 제 부하를 제거해서 얼른 원상태로 만들어놓는 거지. 제 부하는 얼마든지 충원이 가능하니까. 그래야 간부 체면이 서거든."

"……."

"아마 최석동이는 그런 말을 자네한테 안 해주었을 걸? 걔는 시야가 좁아. 아니, 책임과잉형이야. 문제가 생기면 제 책임이라면서 안고 먼저 자빠지는 놈들이 있어. 그것이 사내답다고 느끼는 모양인데 실상은 귀찮은 것 싫어하는 종자들이야."

"……."

"최석동이가 그런 스타일 같아."

그러고는 장용만이 윤기철을 똑바로 쳐다보았다. 두 눈이 번들거린다.

"회사에서는 다 알고 있어."

"……"

"하지만 김양규가 백한회 대의원으로 있는 것이 대국적으로 회사에 이익이거든. 그러니까 최석동이가 쫓겨나는 걸 놔두는 거야."

장용만의 얼굴에 웃음기가 떠올랐다.

"자, 이제 눈앞의 안개가 걷히시나?"

시선을 받은 윤기철은 소리 죽여 숨을 뱉었다. 이건 갈수록 수렁이 깊어지는 느낌이다.

‡

교육 닷새째, 보안교육을 마친 윤기철이 다시 최석동을 불러냈다. 어제는 통일원이 주관한 제반 교육까지 다 끝냈으니 절차는 수료한 셈이었다. 개성공단은 남북 간 근로자가 공동 작업을 하는 지역이지만 남북한 양국은 지금도 엄연한 적대국이다. 서로 주적 主敵 상태로 60여 년을 지내온 상황인 것이다. 현지에 파견될 직원의 보안교육은 필수다. 회의실에 둘이 마주 앉았을 때 최석동이 먼저 입을 열었다.

"다음 주에 대전공장으로 내려간다."

"뭐, 저하고 거기서 다시 만나지요."

"알았어. 내가 술집 좋은 데 봐둘게."

"유성 쪽이 좋다던데요."

최석동의 말을 건성으로 받으면서 윤기철은 지난번 대화를 떠올렸다. 최석동은 법인장 김양규가 총무무공 훈장을 받아야 한다고까지 치켜세웠다. 그런데 장용만은 김양규가 제 앞가림만 하는 인간이며 회사 측에서도 그것을 방조한다고 했다. 과연 진실은 무엇인가? 최석동은 그 사실을 모르고 있는 것인가? 아니면 장용만의 악담인가? 이곳에 있는 동안 가능하면 확인해보는 것이 낫다. 윤기철이 머리를 들고 최석동을 보았다.

"법인장 성격은 어때요?"

"뭐, 앞뒤는 재는 성격이지. 그래서 마흔 살 전에 대전 공장장도 했고 법인장까지 됐으니까."

눈을 가늘게 뜬 최석동이 잠깐 생각하는 표정을 지었다.

"대체적으로 북측 관리자하고는 사이가 좋아. 그것이 본사로부터 점수를 따는 요인이 돼왔지."

"이번 사건도 법인장이 무마할 수도 있었던 것 아닙니까? 별 좆도 아닌 일을 갖고 말입니다."

"네가 겪어봐라, 좆도 아닌 일이 아녀."

최석동이 머리를 젓더니 한숨까지 뱉었다.

"쌓이고 쌓인 거다. 법인장도 어쩔 수 없었던 거야."

"법인장이 정치하느라 부하들을 내버려두면 누가 열심히 일하겠습니까?"

그러자 최석동이 상반신을 세웠다.

"너, 무슨 말 들었어?"

"개성 다녀온 직원이 어디 한둘입니까?"

최석동은 입을 다물었고 윤기철이 말을 이었다.

"백한회 대의원으로 폼 잡느라고 무슨 문제가 생기면 제 부하부터 자른다고 말입니다. 그걸 회사에서도 놔두고 말이죠."

"하긴 백한회 대의원 덕을 좀 보지."

"결국 북한 대표한테 끌려가는 꼴 아닙니까?"

"대의원이니까 덜 끌려가는 거지."

시선을 든 최석동이 웃음 띤 얼굴로 윤기철을 보았다.

"난 개성에서 졌어. 한때 나도 처신이라든지 기질 면에서 어느 놈한테도 밀리지 않는다고 생각했지, 능력은 말할 것도 없고 말이다."

"……."

"그런데 개성은 엄청나게 복잡하고도 위험한 곳이야, 까딱하면 한방에 날아가. 난 잔 펀치를 무수하게 맞고 나간 꼴이 됐는데, 어쨌든 견디지 못하고 진 거다."

"……."

"시발, 회의 한 번 하는 데도 북한 측 대표놈의 허락을 받아야 하는 회사가 어디 있나? 근로자 해고, 고용을 할 수도 없는 회사. 그래서 성과급 대신 초코파이를 두 개씩 주는 회사가 세계 어느 곳에 있냔 말이다."

또 있다. 점심밥도 주지 못하게 해서 회사에서는 점심시간에 국에 건더기를 듬뿍 넣어서 국밥으로 준다. 모두 계약조건에 명시돼 있기 때문이다. 그 밖에 수십 가지가 더 있었으므로 윤기철이 지

겹지만 들을 준비를 했는데 최석동은 말을 뚝 끊더니 잠깐 생각에
잠겼다.

이윽고 최석동이 다시 말을 이었다.

"법인장 입장에서 보면 대표놈을 이용하는 셈이 되겠지. 나 같
은 놈이야 얼마든지 대체할 수가 있으니까."

"……"

"자재과 놈들이 법인장하고 가끔 갈등이 있었던 건 알아. 지금
은 잠잠하지만, 그거야 한국에서도 마찬가지 아니냐?"

윤기철의 심장이 철렁했다. 하긴 그렇다. 공장장이 자재부를 장
악하면 떡고물을 왕창 챙긴다고 했다. 반대로 상납만 기다리
면 굶어죽는다고 했던가? 윤기철의 눈앞에 장용만의 얼굴이 떠올
랐다. 그것 때문에 김양규와 원수가 됐는가?

‡

오늘은 모텔을 갈 작정을 하고 나왔기 때문에 윤기철은 소주를
건성으로, 그러나 빠르게 잔을 비웠다. 소주 한 병만 마시고 일어
날 생각이었다. 그런데 소주를 석 잔 마셨을 때 조하나가 윤기철
을 물끄러미 보았다. 인사동의 한식당 안이다. 7시 반.

"언제 가?"

"닷새 남았네."

"……"

"차로 자유로를 타면 한 시간이다. 내가 미국이라도 가냐?"

"우리 헤어져."

안주 시키자는 말처럼 조하나가 가볍게 말했으므로 윤기철이 엉겁결에 피식 웃었다. 웃고 나서도 감동은 오지 않았다. 다만 오늘 모텔 가기는 글렀다는 생각이 스쳐갔을 뿐이다. 조하나가 말을 이었다. 여전히 시선을 준 채다.

"나 많이 생각했어."

"……."

"뭐 일주일에 한 번 서울 올 수 있을 테니까 만나는 건 지금하고 다를 것도 없지만…."

"……."

"정리하는 게 낫겠어."

"그러지 뭐."

술병을 든 윤기철이 제 빈 잔에 소주를 따르면서 말을 이었다.

"나, 오늘 너하고 모텔 가려고 했는데 마지막으로 한 번 해줄래?"

이번에는 조하나가 입을 다물었다. 시선도 내려서 눈 밑에 그늘이 졌다. 그러고보니 눈 밑에 주근깨가 많다. 속눈썹을 붙인 끝부분이 조금 벌어졌다. 왼쪽. 그때 윤기철이 작심한 듯 머리를 끄덕였다.

"알았어, 나 갈게."

윤기철이 자리에서 일어섰다.

"내가 술값 내고 먼저 나갈게."

‡

"어이 공산당."

다가온 임승근이 그렇게 불렀으므로 옆 테이블에 앉았던 여자 셋이 일제히 이쪽으로 시선을 주었다. 오후 10시 10분, 이곳은 조하나하고 헤어진 한식당 다음 골목 안 식당이다. 털썩 앞쪽에 앉은 임승근이 식탁을 둘러보며 웃었다.

"자식, 혼자 두 병 반 마셨구면."

"하나가 반 병 마셨으니까 세 병이야."

"걔 어디 있냐?"

"보냈어."

머리를 끄덕인 임승근이 술잔을 쥐었다. 임승근도 술을 마시다가 윤기철의 연락을 받고 온 것이다.

"교육 끝났냐?"

한 모금에 술을 삼킨 임승근이 물었다.

"언제 가?"

"다 끝냈어. 다음 수요일에 떠나."

"근데 하나는 왜 보냈어? 가기 전에 열심히 떡이나 쳐둬야지."

"헤어졌어."

술을 따르던 임승근이 힐끗 보았다가 잠자코 술병을 세워놓고 잔을 들었다.

"누가 헤어지자고 한 거야?"

"걔가."

"왜?"

"안 물어봤어."

"걔도 말 안 하고?"

"응."

"잘했다."

잠깐 둘은 입을 다물었고 옆 테이블의 여자들이 다투기 시작했다. 서로 자기가 안 했다고 소리를 지르다가 곧 그쳤다.

"개성에서 하나 잡아라."

불쑥 말한 임승근이 지그시 옆쪽 테이블의 여자들을 훑었다.

"여기 애들보다는 낫겠지."

"걔는 젖가슴도 못 만지게 했어."

"내가 아는 어떤 애는 바깥 온도가 40도가 넘으면 얼굴이 녹는다는 거다. 어느 뜨거운 날에 그 애가 턱에 주먹만 한 물주머니를 매달고 있는 것을 보았다는 거야."

마침내 윤기철이 풀쑥 웃었고 임승근이 말을 이었다.

"개성공단 내부 이야기는 밖으로 알려지지 않았어. 그것은 한국 업체들이 철저히 입단속을 해왔기 때문이야. 말이 새 나가면 북한 측으로부터 불이익을 당할까 두려웠기 때문이지."

정색한 임승근이 윤기철을 보았다.

"완전히 철의 장막이야. 한국 기업체 120개가 철의 장막 속에 갇혀 있단 말이다."

임승근이 손가락 끝으로 윤기철의 콧등을 겨냥했다.

"네가 한번 풀어봐라. 물론 내가 비밀을 지켜줄게, 여차하면 책임도 질게."

"아이고 좆같이."

입맛을 다신 윤기철이 의자에 등을 붙였다.

"왜 이래? 형, 여자한테도 차였는데 이제 회사에서도 짤리는 꼴을 보고 싶어서 그래? 최선을 다하고 있는 거야."

"애국을 가장한 집단 이기주의다."

"우선 살아야 애국도 하는 거야."

"이놈 진짜 공산당이네."

"시발, 오늘은 모텔에 가려고 나왔는데 차였어."

"가만."

자리에서 일어선 임승근이 옆쪽 테이블로 갔다가 1분 만에 돌아와 자리에 앉았다. 뻔한 일이어서 윤기철은 그쪽을 쳐다보지도 않았는데 임승근이 입맛을 다시면서 말했다.

"셋 다 멘스란다."

"형, 잘 지내. 내가 자주 연락할게."

"시발놈, 개성에서는 휴대폰도 안 된다면서 연락은 무슨…."

문득 말을 멈춘 임승근이 윤기철을 보았다.

"니가 차인 일백 가지 이유 중 하나일지도 모르겠다."

‡

수요일 오전 10시, 가방 하나만 든 윤기철이 데리러 온 기계과장 백종호가 운전하는 차를 타고 개성공단으로 진입했다. 개성공단은 '개성국제자유경제지대'라는 명칭으로 거대한 공업지역을 설정했으나 실제로는 그 10분의 1도 안되는 330만m²인 약 100만 평의 부지를 1단계 공업지구로 사용한다. 2000년 6월 15일 남북 공동선언에서 개성공단이 채택된 후에 2003년 6월 1단계 개발 착공식을 했고, 2004년 6월 시범단지의 15개 입주업체가 계약을 체결했다. 그리고 2004년 12월 첫 제품을 생산한 후 2013년 12월 기준으로 123개 업체가 5만 3000명가량의 북한 근로자를 고용한 상태다. 한국 측 근로자는 약 800명이다. 차가 용성의 현관 앞에 멈춰 섰을 때 청색 작업복 차림의 여직원이 다가오더니 먼저 차에서 내리는 백종호를 향해 머리를 까딱 숙였다.

"안녕하세요, 백 과장님."

"어, 미스 정."

활짝 웃은 백종호가 윤기철을 가리켰다.

"여기 이번에 새로 오신 윤 과장이셔."

백종호가 윤기철에게도 말했다.

"사무실 업무담당 정순미 씨, 윤 과장 조수인 셈이지."

시선이 마주치자 정순미가 머리를 숙였는데 두 손을 마주 잡고 아랫배에 붙인 자세다. 이런 인사는 난생처음 받은 터라 윤기철의 머리도 저절로 숙여졌다.

"잘 부탁드립니다."

정순미가 맑은 목소리로 말했다.

"아 나도…."

조금 당황한 윤기철이 계단을 오르다가 발이 미끄러져 비틀거렸다. 곱다. 이런 표현이 어울리겠다. 그 순간 윤기철의 머릿속에 떠오른 생각이다. 서울 여자들한테는 '곱다'라는 표현을 써본 적도 떠올린 적도 없는 윤기철이다. 단어도 잊어먹을 정도였는데 갑자기 이곳에서 떠올랐다. 정순미의 안내로 윤기철은 건물 안으로 들어섰다. 연건평 3000평의 건물이다. 현관 안쪽 로비를 반걸음쯤 오른쪽 앞으로 걷는 정순미는 날씬했다. 키가 168cm쯤 되겠다. 스커트 밑으로 뻗은 종아리는 미끈했고 허리선은 부드럽다. 그리고 옆얼굴에는 아직 솜털이 있다. 희고 매끄러운 피부, 인조 눈썹이 아닌 천연 속눈썹, 어느 한 곳에 '물'을 넣지 않았는데도 저렇게 곱다.

"여기예요."

넓은 로비를 어떻게 걸었는지 모른다. 옆을 근로자 여럿이 스치고 지나면서 힐끗거렸지만 윤곽만 기억난다. 어느덧 사무실 앞에선 정순미가 웃음 띤 얼굴로 말하더니 문을 열었다.

"어서 오게."

사무실 안쪽에 서 있던 법인장 김양규가 소리쳐 윤기철을 맞았다. 사무실 안의 시선이 모두 윤기철에게 모였다.

‡

사무실 직원들과 인사를 마친 윤기철이 법인장 김양규를 따라 현장 옆쪽의 회의실로 다가갔다. 이곳에서 근로자 대표와 각 반장들과 접견하는 것이다. 정순미까지 셋이 들어섰을 때 기다리던 남녀가 일제히 시선을 주었다. 모두 장방형 테이블의 한쪽에 앉아 있었는데 남자 셋, 여자 여섯이다. 중앙에 앉은 사내가 대표 동지일 것이다. 그때 김양규가 윤기철을 소개했다.

"이번에 새로 온 윤기철 업무과장입니다."

"잘 오셨습니다. 윤 과장님."

대표가 자리에서 일어서며 윤기철에게 손을 내밀었다. 윤곽이 뚜렷한 용모, 키도 175cm쯤 돼 보이고 어깨도 넓다. 다가간 윤기철의 손을 쥔 대표가 웃음 띤 얼굴로 말을 잇는다.

"내가 근로자 대표 조경필입니다. 만나서 반갑습니다."

"감사합니다, 잘 부탁드립니다."

남은 간부들과 인사를 마친 윤기철이 테이블의 반대편에 김양규와 나란히 앉았는데 그사이에 정순미는 사라져서 보이지 않았다.

"자, 오늘은 신임 업무과장이 인사하는 자리니까 총화라고 볼 건 없고."

그렇게 운을 뗀 조경필이 웃음 띤 얼굴로 윤기철을 보았다.

"개성에서 근무하고 나면 모두 승진돼 떠나지 않습니까? 그것을 보면 우리도 기쁘단 말입니다."

윤기철은 웃음만 띠어주었다. 최석동이 그렇게 말했을 수도 있다. 그때 문이 열리더니 정순미가 쟁반에 생수병을 받쳐 들고 들어섰다. 마실 것을 가지러 나갔던 것이다. 그런데 정순미는 어느 쪽 테이블에 앉을 것인가. 궁금해진 윤기철이 기다렸을 때 이번에는 김양규가 말했다.

"예, 개성에는 엘리트만 옵니다. 승진 대상자만 오는 거죠."

정순미의 몸이 옆으로 바짝 붙더니 앞에 생수병이 놓여졌다. 윤기철은 숨을 들이켰다. 그 순간 옅은 향내가 맡아졌다. 다시 조경필이 말을 받는다.

"윤 과장님도 전임 최 과장처럼 좋은 결실을 보기를 기대하겠습니다."

이자가 지금 악담을 하는가? 그러나 조경필의 얼굴은 엄숙했다.

천 사 의   초 대

"한잔할 테니까 준비해."

그날 오후, 근로자들이 버스로 퇴근했을 때 김양규가 말하고는 사무실을 나갔다.

전입 축하 파티를 하겠다는 말이다. 공장 건물 옆 숙소에서 하는 줄 알고 사무실에서 꾸물거리던 윤기철은 잘 차려입은 과장들이 들어서자 어리둥절했다. 윤기철의 표정을 본 기계과장 백종호가 빙긋 웃었다.

"개성식당으로 가는 거야."

"밖으로 나간단 말입니까?"

"그래, 공단 안에 식당이 있어. 술도 마시고 쇼도 볼 수 있다고."

"이야."

과장 섞인 윤기철의 표정을 본 과장들이 웃었다. 개성식당은 공단 구역 내에 있는데 차로 5분밖에 걸리지 않았다. 오후 7시 반이 겨우 넘었을 뿐인데도 홀은 반 이상이 차 있었고 안쪽 무대에서는 3인조 밴드가 경음악을 연주하는 중이었다.

"아, 지배인 동지. 이 사람이 이번에 새로 온 윤기철 과장이오."

구석 쪽 빈자리로 가면서 김양규가 다가온 정장 차림의 사내에게 말했다. 50대쯤으로 굵은 눈썹, 곧은 콧날에 단정한 용모의 사내다. 지배인이 윤기철에게 웃음 띤 얼굴로 손을 내밀었다.

"최 과장 후임이시군요, 반갑습니다."

"잘 부탁합니다."

지배인이 내민 명함에 안성주라고 적혀 있다. 원탁에 둘러앉은 이쪽 인원은 다섯 명. 김양규는 익숙하게 북한산 술과 안주를 시겼는데 주문을 받아 적는 아가씨는 한복 차림의 미인이다.

"이봐, 윤 과장. 잘 있겠지만 여기서 여자 건들지 마."

아가씨가 돌아갔을 때 옆에 앉은 백종호가 낮게 말했다.

"옛날에는 여자한테 집적거렸다가 많이 혼났어."

"어떻게 말이에요?"

"쫓겨났다고 했어."

"증거 있습니까?"

"소문이지만 분위기를 보라고."

백종호가 주위를 둘러보는 시늉을 했다. 과연 모두 얌전하게 테이블에 붙어 앉아 먹고 마시는 중이다. 어느새 스테이지에 여자가수 한 명이 서 있다. 그때 앞쪽에 앉은 김양규가 말했다.

"이봐, 윤 과장, 여기도 한국과 같다고. 다 사람 사는 세상이란 말이야."

옆쪽에서 왁자한 웃음소리가 터졌다. 손님 대부분이 공단에 입주한 한국인 숙소 생활자들이다. 분홍빛 치마를 구름처럼 부풀리며 아가씨 셋이 테이블로 다가와 술과 안주를 내려놓았다. 그때 스테이지에 서 있던 여가수가 마이크를 잡고 말했다.

"오늘 개성공단에 부임해 오신 주식회사 '용성'의 윤기철 과장님을 축하합니다. 제가 축하 노래를 부르겠습니다."

"와아."

테이블에 둘러앉은 동료들이 일제히 환성을 질렀고 주위에서도 박수를 쳤다.

"자, 축하주를 받으세요."

가수가 말하자 옆에서 기다리던 아가씨가 잔에 술을 따른다. 술병 안에 인삼이 든 인삼주다.

"개성공단 사업의 발전을 위하여 건배합시다. 자, 잔을 드세요."

가수의 지시에 따라 대부분의 손님이 잔을 들었다.

"건배!"

가수의 목소리가 홀을 울렸고 사내들이 일제히 따라 외쳤다. 이렇게 윤기철은 개성공단에서 첫날밤을 보냈다.

‡

다음 날 오전 10시 반, 윤기철이 사무실에서 정순미와 서류를 체크하고 있다. 업무과는 인력관리와 생산품의 입출, 경비 지급과 공장의 효율적 운영까지를 맡는 핵심 부서다. 공장 전반을 다 체크할 수 있는 부서인 것이다. 그래서 잘 짜인 조직이 아니면 월권 문제가 발생하지만 용성에서는 그런 일이 없다.

"생산과에서 내일부터 4시간 연장근무를 시작하는군요."

윤기철이 말하자 정순미가 서류 한쪽을 손끝으로 짚었다. 검지 손톱이 분홍빛이다. 매끈한 손가락이다. 나란히 앉았기 때문에 정순미가 곧 손가락을 치웠지만 미세한 동작에서도 향기가 맡아졌다. 향수가 아닌 체취가 절반 이상 섞인 독특한 냄새다.

"인원이 150명 정도가 모자라기 때문에 4반, 5반은 연장 작업 못 합니다."

정순미가 서류를 보면서 말을 이었다.

"4시간 이상 연장근무를 하면 능률이 오르지 않거든요. 납기는 20일 후로 다가왔는데 생산량을 맞추기 힘들 것 같아요."

그렇다면 나머지는 더 비싼 임가공비와 항공료까지 부담하고 칭다오 공장에서 생산해야 한다. 그것은 법인장이 결정할 사항이다. 윤기철이 머리를 돌려 정순미를 보았다.

"우리가 생산인력 증원을 요청한 지 5년이 넘었는데 증원이 안 되는 이유는 뭘까요?"

그때 정순미가 윤기철을 보았다. 검은 눈동자가 바로 20cm쯤 앞에 떠 있다. 눈동자 안에 자신의 얼굴이 오목렌즈처럼 박혀 있는 것이다. 그때 정순미의 붉은 입술이 열렸다.

"그건 잘 모르겠습니다."

정순미의 얼굴이 조금 굳어진 것처럼 느껴졌다.

"개성 근처의 노동력이 부족해요?"

불쑥 그렇게 물은 것은 정순미가 어떻게 나오나 보겠다는 의도가 컸다. 개성 근처는 물론이고 황해도 지역에서도 인력난이 심하다. 인력이 부족하다고 아무나 끌어들일 수가 없기 때문이다. 윤기철의 시선을 받은 정순미가 대답했다.

"그것도 전 잘 모르겠는데요."

사무실 안에는 생산과장이 보조사원하고 둘이서 샘플을 정리하고 있을 뿐 주위에 사람은 없다. 이윽고 시선을 뗀 윤기철이 혼잣소리처럼 말했다.

"기본적인 문제를 바로잡아야 할 텐데… 그래야 회사나 근로자도 득일 텐데."

‡

"윤 과장님."

오후 1시 반, 숙소에서 점심을 먹고 사무실로 들어서던 윤기철이 뒤에서 부르는 목소리를 듣고 멈춰 섰다.

몸을 돌린 윤기철은 낯익은 작업반장을 보았다. 시선이 마주치자 반장이 웃음 띤 얼굴로 말했다.

"대표 동지가 제1상담실에서 기다리고 계시는데요."

"아, 예."

제1상담실은 외빈용이다. 상담실로 들어선 윤기철은 안쪽에 앉은 조경필을 보았다. 시선이 마주치자 조경필도 이를 드러내고 웃었다. 밝은 웃음이다.

"윤 과장님, 커피 한잔하십시다."

"아, 좋습니다."

따라 웃은 윤기철이 앞쪽에 앉았다. 조경필은 이미 인스턴트 커피가 담긴 종이컵을 쥐고 있다. 그때 방문이 열리더니 정순미가 쟁반을 들고 들어섰다. 그 순간 윤기철은 심장이 철렁 내려앉는 느낌을 받았다. 정순미가 윤기철 앞에 커피가 담긴 종이컵을 놓더니 테이블을 돌아가 조경필의 옆에 앉았다. 그때까지 조경필은 웃음 띤 얼굴로 기다린다. 여유 있는 모습이다. 이제 윤기철도 의자에 등을 붙이고는 저도 모르게 어깨를 폈다. 턱도 들려져서 시선이 비스듬히 내려졌다. 입술에도 희미하게 웃음기가 떠오르고 있다. 그때 조경필이 말했다.

"처음이라 잘 모르시는 것 같아서 말씀드리는데 정순미 동무는 그런 건 잘 모릅니다."

조경필이 부드러운 표정으로 말을 이었다.

"앞으로 그런 질문은 저한테 해주시지요. 성의껏 대답해드릴 테니까요."

"알겠습니다."

윤기철은 어느덧 자신의 어깨가 내려져 있음을 깨달았다. 고수高手다. 조경필은 강약 조절에 능란했다. 상대를 파악하고 기를 꺾는 방법도 여러 가지다. 만일 이번에 조경필이 강하게 나왔다면 윤기철은 커피잔을 던질 준비도 되어 있었다. 싸움은 해본 놈이 잘한다. 양아치를 이기려면 양아치보다 더 악착같이 구는 방법뿐이다. 그런데 조경필은 선수를 쳤다. 심호흡을 한 윤기철의 시선이 정순미에게로 옮겨졌다.

"처음이니까 말씀드리는데 그런 것까지 보고할 줄은 몰랐습니다."

그 순간 정순미의 눈 밑이 붉어지는 것이 보였다. 그러나 눈은 윤기철을 응시한다. 도대체 무슨 말이냐는 표정이다. 그때 조경필이 소리 내어 웃었다.

"하하하, 그래요. 처음이니까 다 연습한 것으로 넘어갑시다. 자 됐습니다."

여전히 주도권은 조경필이 잡고 있다.

‡

숙소에서 저녁 식사를 마친 윤기철이 휴게실로 나왔다. 휴게실의 TV 앞에 앉아 있던 생산과장 고형민이 윤기철을 보더니 손짓으로 옆자리를 가리켰다. 윤기철이 옆자리에 앉자 고형민은 리모컨으로 볼륨을 높였다.

"오늘 낮에 조경필이한테 경고 받았지?"

윤기철의 귀에 입을 붙인 고형민이 물었다. 그때 윤기철이 리모컨을 집어 음소거 버튼을 눌렀다.

"고 과장님, 왜 이럽니까?"

"뭐가?"

"왜 음량을 높여요?"

그러자 고형민이 눈을 흘기는 시늉을 했다. 고형민은 37세, 생산직에서만 15년을 근무한 기술자다. 오버로크 기계음만 들어도 어디가 고장인지를 맞히는 전문가, 재단에서 다림질까지를 두루 꿰고 있어서 공장은 고형민이 돌린다고 해도 과언이 아니다. 고졸로 소아마비 때문에 군 미필. 지금 보니 소심한 성격 같다. 윤기철이 TV를 향한 채 말했다.

"경고는 무슨, 앞으로의 계획을 상담했지요. 내 결혼 문제라든가…."

"공갈치지 마."

"정말입니다."

"공장에 소문이 다 났어. 자네가 이틀째 되는 날 경고 받았다고."

"무슨 일로 경고를 받았다고 해요?"

"정순미한테 쓸데없는 것을 물었다면서?"

"구체적으로 뭘요?"

"쓸데없는 것이라고만 들었는데…."

"멘스가 언제냐고 물었어요."

"정말?"

"네가 겪은 놈 중에서 자지 사이즈가 제일 큰 놈이 몇 센티짜리냐고도 물었죠."

"지랄."

리모컨을 집은 고형민이 음을 키웠으므로 윤기철이 의자에 등을 붙였다. 술 생각이 났다. 아래층 식당 냉장고에 가면 저녁에 먹다 남긴 김치찌개가 있을 테니 그걸 안주로 먹으면 될 것이다.

‡

정순미는 24세, 개성대학을 졸업하고 중학교 교사를 지냈다고
만 입력되어 있다. 가족관계 등 자세한 자료는 특구개발 지도총국
에 비치되어 있을 것이다. 인력관리는 북측 소관이기 때문에 윤기
철이 정순미에 대해서 알고 온 것은 그것뿐이다. 사진도 못 보았
다. 북한은 여자도 모두 의무징병제여서 다 군대에 간 것으로 알
고 있던 윤기철이다. 그런데 가만 보니까 정순미는 물론 사무실
보조사원 다섯도 군대에 간 것 같지 않다.

"아, 채널 좀 돌립시다."

윤기철이 개성맨이 된 지 일주일째 되는 날이다. 점심시간, 사무
실에서 TV를 보던 사람들한테 윤기철이 소리치듯 말했다. 갑작스
러운 행동에 놀란 여직원들이 일제히 윤기철을 보았지만 과장들
은 들은 척도 하지 않았다. 사무실에는 기계과장 백종호, 자재과장
장원석 둘이 있었고 여직원은 셋, 그중 정순미가 포함되었다. TV
는 벽 위쪽에 걸려 있어서 리모컨으로 작동시켜야 한다.

"에이, 저 새끼들을 싹 없애버려야지."

리모컨을 못 찾은 윤기철이 투덜거리다가 털썩 자리에 앉았다.
TV를 보고 한 말이다. 그 순간 윤기철은 여직원들의 몸이 굳는 것
을 의식할 수 있었다.

"누구를요?"

자재과 보조사원 김현주가 물었다. 사무실에서 제일 어린 22세, 개성초급대 졸업, 동그란 얼굴에 키는 작지만 귀여운 용모다. 윤기철이 머리를 들고 김현주를 보았다. 지금 TV에는 미군부대 이전을 반대하는 주민들이 시위하는 장면이 방영되고 있다. 머리띠를 두른 시위대는 30명 정도인데 경찰은 수백 명이다. 김현주의 시선을 받은 윤기철이 빙그레 웃었다. 기다리고 있었다.

"누군 누구야? 경찰이지."

"네? 경찰을 다 없애요?"

놀란 김현주가 비명처럼 물었을 때 과장들이 머리를 돌려 윤기철을 보았다. 둘 다 쓴웃음을 지은 표정이다. 그 시선을 받으면서 윤기철이 말을 이었다.

"아, 그럼, 경찰만 없으면….."

그러고는 윤기철이 어깨를 부풀렸다가 내렸다. 머릿속에만 남겨둔 뒷말은 이렇다.

"목소리 큰놈이 이기니까 말이야."

‡

연장근무를 하고 있었기 때문에 퇴근 시간이 11시로 늦춰지면서 간식이 공급되고 있다. 초코파이다. 윤기철은 한국에 있을 때도 초코파이를 즐기지 않았던 터라 사무실에 산처럼 쌓인 초코파이 박스가 지겹다. 초코파이 배급할 때는 사무실 여직원이 다 동원된다. 박스로 가져가 각 조組에 나눠주는데 가만 보니까 배급된

52

분량을 한 사람이 몰아서 갖는 경우가 많다. '초코파이 계'다. 12
개들이, 또는 6개들이 박스를 가져가 장마당에다 팔기도 한다지만
확인할 수는 없다. '용성'에서는 간식으로 초코파이를 1인당 3개
씩 주었는데 4명이 계를 들면 4일에 한 번 6개들이 박스 2개를 가
져간다. 유리창 밖의 재봉사 하나가 마침 6개들이 박스 2개를 가
방에 넣고 있었다.

"어이, 윤 과장, 애인한테 전할 물건 없어? 기념으로 AT-33형
몇 박스라도 전해주지 그래?"

사무실로 들어선 자재과장 장원석이 물었을 때는 오후 10시 40
분이 되어 있었다. 연장 근무자도 슬슬 퇴근 준비를 시작했고 앞
마당은 버스들의 불빛으로 대낮처럼 밝았다.

"참 내일 돌아갑니까?"

윤기철이 물었다. 돌아간다는 말은 서울로 간다는 뜻이다. 개성
에서 서울, 즉 한국으로 돌아가려면 3일 전에 통일부에 신청해서
허가가 나와야 한다. 들어갈 때도 마찬가지다. 시간이 걸리는 터라
요령이 생겨서 돌아가기도 전에 들어오는 신청을 하는 것이다. 따
라서 신청이 지겨워서 꼭 필요한 일이 아니면 움직이지 않는 습성
들이 붙었고 장원석은 한 달 만에 돌아간다고 했다.

"그래, AT-33 전해줘?"

장원석이 다시 물었다. AT-33은 이번에 용성 개성공장에서 생
산되는 여성용 고급 팬티다. 실크가 섞인 신제품으로 전량 수출품
이다. 윤기철이 머리를 내저었다.

"아니, 됐습니다."

장원석의 시선을 받은 윤기철이 쓴웃음을 지었다.

"애인한테 차였습니다. 장 선배."

"어? 왜?"

"개성으로 발령 났다고 했더니 헤어지자고 하더만요."

그때는 사무실이 조용했는데 여직원들은 제각기 딴전을 피우고 있었지만 귀는 곤두세우고 있을 것이었다. 말문이 막힌 장원석이 입맛만 다셨고 윤기철의 목소리가 사무실을 울렸다.

"그 시발년은 내가 좌천당한 것으로 알고 있더라고요."

말을 마친 윤기철은 심호흡을 했다. 1년 반을 사귀고 헤어졌지만 조하나에게 미안한 감정이 들기는 이번이 처음이다. 헤어진 것이 전혀 서운하지 않은데도 이렇게 이용해먹었다. 윤기철은 앞쪽 자리에 앉아 있던 정순미가 손가방을 들고 자리에서 일어서는 것을 보았다. 다 들었을 것이다. 저 들으라고 한 말이니까.

‡

숙소 휴게실에 도청 장치가 설치되어 있을지도 모른다고 생각하는 것이 비정상은 아니다. 환경이 상황을 만드는 것이다. 오히려 마음 놓고 떠드는 자가 이상하다. 개성공단에선 남북이 공존하며 합심해서 제품을 생산하고 있지만 경계선만 나가면 남북은 60여 년간 주적主敵 관계였고 지금도 그렇다. 밤 12시 반, 야간근무를 마친 관리자 셋이 숙소 식당에 모여 앉아 소주를 마신다.

"요즘 대표하고 윤 과장이 사이가 좋은 것 같던데."

기계과장 백종호가 소주잔을 들고 윤기철을 보았다. 둥근 얼굴에 웃음이 떠올라 있다. 호인이다. 기계 전문가여서 사람하고 상대하는 일이 드물기 때문인지 순수하다. 대표 조경필도 한 수 접어주는 상대, 회의 때도 거의 말이 없다. 그러나 술이 들어가면 말이 좀 많아진다. 백종호가 말을 이었다.

"입주 이튿날 경고 한 방 맞고 말이야. 이제 열흘쯤 되었나?"

"글쎄, 경고가 아니라니까 그러네."

입맛을 다신 윤기철의 시선이 옆에 앉은 시설과장 오석준에게로 돌아갔다.

"내 소문이 어떻게 났습니까?"

"이 친구가 여론에 민감하네. 정치인이 되고 싶어?"

소주를 한 모금에 삼킨 오석준이 안주로 김치를 집어 씹었다. 오석준은 33세, 시설 담당이라 외부에 자주 나간다. 공장 증축, 개조, 건축자재 통관 허가를 받아야 하기 때문이다. 그래서 지도총국에 안면이 꽤 있어서 조경필이 함부로 대하지 못하는 상대다. 하지만 오석준은 생산 전반에 대해서는 관계가 없는 위치다. 오석준이 윤기철을 지그시 보았다.

"정순미하고 열흘째 말 안하고 있다면서?"

"아니, 열이틀 되었습니다. 오 선배."

바로 대답한 윤기철이 시치미를 뚝 뗀 얼굴로 물었다.

"어떤 시발놈이 그런 말을 합니까?"

"내 조수."

오석준의 조수는 여직원이 아니라 남자다. 30대 후반의 사내로 이름은 하민호, 만날 둘이 밖으로 함께 다니는 터라 별 이야기를 다 듣는 모양이다. 오석준이 술기운으로 붉어진 얼굴로 윤기철을 보았다.

"정순미가 대표한테 포장반이나 검사반으로 보내달라고 했다는 군."

"그랬더니요?"

"대표가 안 된다고 했다는 거야."

"……."

어깨를 부풀렸다가 내린 윤기철이 쓴웃음을 지었다.

"도무지 직업에 대한 의무감, 샐러리맨의 도리 따위도 전혀 관심이 없는 종자로구먼."

"흐흐흐."

그때 백종호가 소리 내어 웃었다.

"이봐, 우물에서 숭늉 찾냐? 잘 지내, 내일 출근하면 말이라도 붙이라고."

"내가 왜 말을 안 했단 말입니까? 업무 이야기는 다 합니다."

소파에 등을 붙인 윤기철이 숨을 길게 뱉었다. 그렇다. 의도적이었다. 업무 이야기만 던지고 눈길도 주지 않았던 것이다. 솔직히 이야기하고 싶은 마음도 천리만리 달아난 상황이다. 별것도 아닌 일을 쪼르르 달려가 보고한 행태가 우습기보다 기가 막혔다. 좋은 게 좋은 것이라고 그럭저럭 지내는 건 싫다. 이 기회에 첫 만남 때 가슴에 새겨진 흔적을 싹 치워버리려는 의도도 있었다. 조하나에 의해 비워진 구멍을 너무 성급하게 채우려고 했는지도 모르기 때문이다. 그때 오석준이 말했다.

"이봐, 걔는 최석동의 짝사랑이었다고. 물론 손도 못 댔지만 말이야."

"말도 안 돼."

놀란 윤기철이 말했을 때 백종호가 쓴웃음을 지었다.

"뭐, 그런 대상이 있는 건 좋은 일이지. 이런 곳에서 말이야. 난 최 과장이 부럽더라고. 그만큼 순수하다는 증거이기도 했지."

"아니, 지금 무슨 이야기들을 하는 겁니까? 뜬금없이?"

이제는 윤기철이 화난 표정으로 목소리를 높였을 때 백종호가 말했다.

"아, 글쎄 벽에 여자 사진 붙이고 보는 것 있잖아? 그렇게 생각하면 돼."

"가끔 움직여서 문제지. 냄새도 풍기고."

술잔을 쥔 오석준이 윤기철을 향해 소리 없이 웃었다.

"이 사람아, 인간의 적응력이 얼마나 강한지 아나? 윤 과장 자네도 석 달만, 아니 두 달만 더 지내봐. 전에는 포르노를 봐도 서지 않던 놈이 수영복 사진만 봐도 선다네. 여긴 그런 세상이야."

‡

작업반을 지나던 윤기철이 문득 걸음을 멈췄다. 바로 옆의 재봉사 하나가 끊어진 봉제사를 잇고 있었는데 이미 다 써서 봉에 감긴 실이 10여 가닥밖에 되지 않는다. 서너 번 재봉틀을 밟으면 다 떨어질 것인데 마지막까지 쓰려고 잇는다. 지금까지 한국에서 수백 번 공장 현장을 다녔어도 이런 장면은 처음 본다. 윤기철은 다시 발을 떼었다. 오전 10시 반이다. 윤기철이 사무실에 들어섰을 때 김양규가 찌푸린 얼굴로 물었다.

"오늘 오후 6시에 출하해야 해. 가능하겠어? 안 되겠지?"

"1차분이 650박스, 2차분이 450박스니까 오늘 오후에 450박스를 싣도록 하겠습니다."

김양규의 시선을 받은 윤기철이 말을 이었다.

"2차분 배는 1주일 후에 떠나지만 배가 싱가포르에 들르지 않고 곧장 사우디의 제다로 갑니다. 그래서 도착 시간이 하루 차이밖에 안 납니다."

"옳지."

순간 김양규의 얼굴이 환해졌다.

"그럼 제다 하역장에서 1, 2차분을 섞어 분배하면 되겠구나."

"바이어가 받는 데 지장이 없습니다."

"그 생각을 못 했어."

어깨를 늘어뜨린 김양규가 길게 숨을 뱉는다. 그러나 얼굴엔 웃음이 번져 있다. 오늘 오후에 출하될 수량은 580여 박스밖에 되지 않는 것이다. 그러나 나머지 물량은 1주일 후의 2차분 배에 전량 다 출하할 수 있다. 윤기철이 1, 2차분을 싣고 갈 배의 기착지와 목적지의 도착 시간을 체크했기 때문에 이런 여유를 부릴 수 있겠다. 그들은 1주일 후에 출하되면 1주일 늦게 도착할 것이라는 선입관에 사로잡혀 있었다. 가라앉았던 사무실 분위기가 순식간에 밝아졌다.

"윤 과장님이 1등 공로자요."

사무실에 와 있던 조경필도 웃음 띤 얼굴로 칭찬했다.

"아니, 1등 공로자는 정순미 씨입니다."

윤기철의 말에 사무실 안이 순식간에 조용해졌다. 컴퓨터를 두드리던 정순미도 놀라 움직임을 멈추었다. 모두의 시선을 받은 윤기철이 어깨를 부풀렸다가 내렸다.

"내가 정순미 씨한테 다른 배 없느냐고 물었더니 1, 2차분 배의 도착 시간을 묻더군요. 선박 스케줄에 선적시킬 배의 도착 시간이 비어 있었습니다."

윤기철의 시선이 정순미에게로 옮겨졌다.

"그래서 선박회사에 체크를 했던 겁니다. 정순미 씨가 힌트를 준 것이죠."

"아니에요. 저는."

어느새 얼굴이 새빨갛게 달아오른 정순미가 머리까지 흔들었다.

"저는 그저…."

"자, 박수."

갑자기 김양규가 박수를 치며 말했으므로 사무실은 박수소리로 덮였다. 윤기철은 박수를 두 번만 치고 다시 사무실을 나왔다.

‡

6시에 인천으로 출발할 1차분 450박스도 포장이 늦어지는 바람에 7시 반이 되어서야 컨테이너를 실은 차량이 공장을 떠났다. 컨테이너 차량이 떠나는 것을 보고 숙소로 들어선 윤기철에게 기계과장 백종호가 물었다.

"어디 있었어?"

"컨테이너 기사하고 이야기 좀 했어요."

"그랬군."

숙소는 2층 건물로 아래층이 주방과 식당, 휴게실이다. 주방 아줌마가 저녁 준비를 하다가 둘을 보더니 물었다.

"먼저 차려드릴까?"

"아뇨. 좀 이따 법인장 오면 같이 먹지요."

먼저 대답한 백종호가 옆쪽 휴게실로 윤기철을 끌고 들어갔다. 주방 아줌마도 용성 개성법인 사원이다. 아줌마는 한 달 간격으로 둘이 임무교대를 하는데 이 아줌마의 반찬은 대체적으로 짜다. 휴게실 소파에 나란히 앉았을때 백종호가 웃음 띤 얼굴로 윤기철을 보았다.

"윤 과장 덕분에 정순미가 초코파이 10박스를 공로상으로 받았어."

"10박스나."

놀란 윤기철이 눈을 치켜떴다.

"계를 해서 20일은 참아야 타는 물량인데, 그것도 특근을 해야 겨우…."

"자기가 밀어줬으면서 무슨 말이야?"

윤기철을 흘겨본 백종호가 말을 이었다.

"조경필이가 윤 과장하고 정순미를 붙여주려는 의도가 있는 것 같은데 자네 생각은 어떤가?"

"윤 과장이 어떤 놈인데요? 씨말이라도 되는 놈입니까?"

"정순미가 배 도착 시간을 묻기나 했어?"

"정순미가 씨받이란 말입니까?"

"작업 건 거야?"

그때 윤기철이 어깨를 부풀리더니 길게 숨을 뱉었다.

"생각 없네요."

윤기철의 표정이 냉랭했으므로 백종호는 입맛만 다시고 말했다. 거짓말이다. 정순미는 배 도착 시간을 묻기는커녕 선박 스케줄을 보지도 않았다. 다 윤기철이 지어낸 말이다. 사무실 분위기가 심각해져 있어 정순미는 거짓말이라고 말할 엄두도 내지 못했을 것이다. 그렇다. 시원하게 한 방 먹었다. 그런데 포상으로 초코파이를 10박스나 받다니, 가난한 집구석에 소가 들어갔구나.

‡

지도총국 국장이면 개성공단 지휘부의 서열 5위권 안에는 든다. 그 국장 오영환이 용성을 방문한 것은 오전 10시 반경이다. 중앙특구개발 지도총국은 용성에서 300m밖에 떨어지지 않았지만 국장급이 남한 사업장을 가볍게 방문하지는 않는다. 미리 연락을 하는 것이 통례인데 오늘은 갑자기 들어왔다. 그렇다고 이것이 결례는 아니다. 수시로 '격려 차원'의 방문을 권장했기 때문이다. 오영환은 50대 중반으로 흰 얼굴에 말쑥한 정장 차림이어서 마치 남한 증권회사 간부 같았다. 막대기처럼 뻣뻣하게 굳어진 조경필의 안내를 받아 공장을 둘러보면서 오영환이 옆을 따르는 김양규에게 물었다.

"근로자가 몇 명이 더 필요합니까?"

"예, 300명 정도."

김양규가 기다리고 있었던 것처럼 대답했다. 실제로 기다리고 있었다. 다시 김양규가 서둘러 덧붙였다.

"솔직히 많을수록 좋습니다. 국장 동지."

제 입으로 300명을 부르고 나서 너무 적게 불렀나 하고 후회가 됐기 때문이다. 이것은 진심이다. 인원을 더 증원해준다면 칭다오 공장을 이쪽으로 이전할 수도 있는 것이다. 노조가 있나? 붉은색 머리띠를 두르고 누가 덤빈단 말인가? 그때 오영환이 머리를 끄덕이며 말했다.

"어디, 총화실에서 여기 남한 동무들의 이야기를 들어봅시다."

‡

총화실이라고 문에 푯말이 붙어 있지만 회의실이다. 회의실에 둘러앉은 면면을 보면 남한 측에 김양규와 현장에 있던 과장 넷이 앉았고 북한 측은 오영환이 조경필만 참석시켰다. 남한 측 과장 중에는 윤기철도 끼어 있다. 한국에서도 외부와 상담을 하거나 출장을 갈 때 대개 한 등급씩 직급을 올리는데 윤기철은 개성에 들어온 직후부터 과장 행세를 했다. 법인장도 대놓고 과장으로 불러 주는 것이다. 그래서 이번에도 오영환에게 과장들을 인사시킬 때 업무과장 윤기철로 소개되었다. 오영환이 앞에 앉은 김양규부터 윤기철까지 쓰윽 훑어보면서 물었다.

"어려운 일 있으면 말씀하시지요."

오영환이 웃음 띤 얼굴로 김양규를 보았다.

"근로자 증원 이야기는 들었으니 다른 것으로."

뜬금없었으므로 윤기철은 비스듬한 시선으로 테이블만 보았고 다른 과장들도 입을 열지 않았다. 윤기철은 직장생활 5년이다. 군 생활 2년도 거쳤다. 따라서 이런 상황에 불쑥 나섰다가 이로울 것이 별로 없다는 것을 잘 안다. 첫째로 저놈 오영환이 갑자기 나타난 의도를 모르는 것이다. 100개가 넘는 남한 사업장 중에서 그저 발 닿는 대로 이곳에 들어왔을 리가 없다. 그때 오영환의 시선이 윤기철에게로 옮겨졌다.

"업무과장이라고 했지요?"

"예, 그렇습니다."

"공단 분위기가 어떻습니까?"

윤기철이 눈을 크게 뜨고는 대답했다.

"좋습니다."

그러자 오영환이 천천히 머리를 끄덕이더니 시선이 옆에 앉은 생산과장 고형민에게로 옮겨졌다. 고형민은 잔뜩 긴장해서 몸이 작아진 것 같다. 그 순간 윤기철은 가슴에 서늘한 기운이 덮이는 느낌을 받았다. 머릿속에 섬광처럼 여러 장면이 스치고 지났기 때문이다. 장면 속에는 대화까지 포함되었다.

"공산당, 조경필, 정순미, 그리고 미군기지 이전 반대 시위 장면, 경찰을 다 없애라고 했던 발언."

옆에서 고형민이 뭐라고 이야기를 했는데 목소리가 귓속에서만 맴돌아서 내용을 모르겠다. 그렇다. 나에 대한 보고가 다 들어갔다. 그래서 나를 한번 보려고, 또는 격려차 온 것 같다.

‡

오늘도 야근이어서 윤기철은 숙소로 들어와 저녁을 먹는다. 오후 7시 40분, 식탁에는 김치찌개, 된장국, 겉절이 김치에 창란젓, 명란젓까지 놓여 있다. 김은 필수다. 식탁에 앉은 인원은 둘, 자재과장 장원석이 앞쪽에 있다. 장원석은 서울에 다녀온 후부터 컨디션이 좋지 않다. 결혼 3년 차인 장원석은 아이가 없고 부인이 간호사라고 했다.

"소문이 났어."

씹던 것을 삼킨 장원석이 불쑥 말했으므로 윤기철은 머리만 들었다. 장원석이 표정 없는 얼굴로 윤기철을 보았다.

"총국 국장이 윤 과장 보려고 왔다는 거야. 그 소문이 현장에서 내 귀까지 도착하는 데 5시간쯤 걸렸지."

"좆같이 늦네요."

다시 밥을 떠 넣은 윤기철에게 장원석이 이맛살을 찌푸린 얼굴로 물었다.

"자네를 격려차 왔다는데, 이해가 가나?"

"이젠 내가 북으로 넘어가는 일만 남았습니다."

"내가 넘어가고 싶다."

갑자기 대화 방향이 바뀌는 바람에 윤기철의 어깨가 늘어졌다. 그래서 음식을 씹기만 했더니 장원석이 시선을 내린 채 말했다.

"그 시발년이 바람을 피우고 있어."

"……."

"휴대폰에다 별걸 다 남겨놨더라고, 그걸 또…."

장원석이 눈을 부릅뜨고 윤기철을 노려보았다. 미간에 잔뜩 주름이 잡혔다. 섬뜩한 표정이다.

"집안 아무 곳에나 놔두다니, 휴대폰을 말이야."

"……."

"내가 그걸 보지만 않았더라도…."

"술 한잔하실래요?"

장원석의 말을 자른 윤기철이 자리에서 일어섰다. 더 듣기가 거북했기 때문이다. 아니, 소름 끼치도록 싫었다. 그 휴대폰을 발견하지 않았으면 그럭저럭 살아갔을 것이라는 장원석의 입장이.

‡

이제는 익숙해졌다. 업무 이야기 외에는 입을 딱 닫았고 정순미가 지나가면 숨을 멈췄다. 그렇게 버릇이 되어서 태도도 자연스러워졌다. 장원석과 소주 한 병을 나눠 마시고 사무실로 들어섰을 때는 8시 40분이다. 사무실에는 정순미 혼자 앉아 자료를 챙기고 있었는데 윤기철이 그런 자세로 옆으로 지나갔을 때 머리를 들고 말했다.

"과장님, 말씀드릴 것이 있는데요."

"말해요."

뒤쪽 자리에 앉은 윤기철이 정순미의 머리통을 노려보았다. 정순미는 긴 생머리를 뒤로 묶어서 올렸다. 그래서 가운 위로 목이 드러났고 자세히 보면 목의 솜털까지 보인다. 그때 정순미가 몸을 돌려 윤기철을 보았다. 거리는 2m 정도, 사무실 안은 조용해서 윤기철은 입안의 침을 삼키지 못했다.

"저기, 그렇게 말씀해주셔서 고맙습니다."

윤기철의 시선을 받으며 정순미가 말을 이었다.

"처음에는 좀 놀랐습니다. 하지만 과장님이 제 사기를 올려주시려고 그랬다고 생각했습니다."

"당연하지."

정순미를 똑바로 보면서 윤기철은 자신이 처음 반말을 쓴다는 것을 의식하고 있다. 좋다. 지금부터 반말 존댓말 반반이다.

"우리는 같은 조요. 남한에서는 팀이라고 하지. 팀원이 잘되어야 팀이 살고, 용성이 살고, 개성공단이 살고, 남북한, 아니, 북남한이 잘살게 되는 겁니다."

이런 스타일의 연설은 윤기철이 수백 번을 해봐서 익숙하다. 고교 때부터 애들 잡을 때 어깨를 부풀리면서 노가리를 깠던 것이다. 그때는 두서가 없고 산만했지만 지식과 경험이 쌓인 지금은 압도적이다. 윤기철이 말을 맺었다. 길면 안 된다. 이번은 정순미가 투항한 것으로 만족하자.

"앞으로 손발을 잘 맞춥시다."

그러고는 윤기철이 자리에서 일어섰다. 어색한 분위기를 벗어나려는 것이다. 그때 눈앞에 선배 임승근의 얼굴이 떠올랐고 목소리도 울렸다.

'그래, 어디 배까지 맞춰봐라.'

‡

다음 날 아침, 식당에서 아침을 먹으면서 김양규가 말했다.

"총국이 우리 회사에 대해서 상당히 호의적이야. 근로자 공급도 될 것 같아."

식탁에는 과장 셋이 모여 있었는데 셋은 야근 때문에 지금도 자는 중이다. 김양규의 시선이 윤기철에게로 옮겨졌다.

"용성이 살아야 개성공단이 살고 그래야 남북한이 잘살게 되는 것이라고 말했다면서?"

숨을 들이쉰 윤기철을 향해 김양규가 얼굴을 펴고 웃었다.

"맞아, 그것이 애국하는 것이라고. 윤 과장은 아주 멋진 표현을 했어."

"누구한테 표현했단 말입니까?"

옆에 앉은 시설과장 오석준이 묻자 김양규가 다시 웃었다.

"누구긴 누구야? 정순미지."

오석준이 윤기철을 보았다. 눈이 가늘어져 있다.

"그렇게 연설을 했어?"

"뭐, 말하다보니까….."

"그러니까 정순미하고 그딴 말 할 정도로 대화가 시작되었단 말이군."

어깨를 올렸다가 내린 윤기철이 입안으로 밥을 가득 퍼넣자 오석준은 더 이상 물어보지 않았다.

또 한 번 당한 셈이다. 제가 먼저 말을 걸어놓고 또 다 보고해버렸다. 미끼를 던진 것이나 마찬가지였고 멍청하게 그것을 덥석 물어버린 꼴이다. 도대체 정순미의 머릿속에는 무엇이 들었는가. 문득 윤기철의 머릿속에 녹음기가 떠올랐다. 요즘에는 사라진 구형의 커다란 녹음기다. 그 녹음기가 정순미의 머릿속에 들어가 있는 것이다. 버튼만 누르면 뱉고, 또 누르면 삼킨다.

‡

"윤 과장님, 커피 한잔하실까요?"

장원석과 함께 창고 안을 점검하던 윤기철에게 다가온 조경필이 말했다. 윤기철은 조경필을 따라 창고를 나왔다. 4월 초순, 이제 윤기철이 개성 생활을 한 지 한 달이 되어간다. 한 달이 눈 깜박하는 사이에 지난 것 같다. 날씨가 포근했으므로 둘은 창고 앞마당이 보이는 벤치에 나란히 앉았다. 사방 800평쯤 되는 마당은 배구 코트, 농구 코트가 마련되어 있지만 텅 비었다. 조경필이 나무 벤치에 등을 붙이고는 입을 열었다.

"국장 동지가 저녁 식사를 같이 하시자고 합니다."

윤기철의 시선을 받은 조경필이 빙긋 웃었다.

"물론 특혜 시비가 일어날 테니까 비밀 회동이 되어야만 합니다."

"무슨 일로 그러시는 거죠?"

"윤 과장님께 호감을 품고 계시거든요."

웃음 띤 얼굴로 조경필이 말을 이었다.

"알고 계셨겠지만 지난번에 우리 용성을 방문하신 것도 윤 과장을 보려고 오신겁니다."

"……."

"국장 동지의 신임을 받으면 용성을 위해서도 좋은 일 아닙니까? 그것이 곧 개성공단을 위해서도 좋고 말입니다."

윤기철은 심호흡을 했다. 이것들의 머릿속에서 녹음기를 빼낼 수는 없을 것인가?

‡

"과장님."

뒤에서 부르는 목소리에 윤기철은 몸을 돌렸다. 점심시간, 대부분의 근로자는 현장을 비웠지만 넓은 공장 안에 삼삼오오 모여 앉은 그룹들이 있다. 그중 한 그룹에서 목소리가 나왔다.

"과장님 고맙습니다."

네 명이 둘러앉은 사이에서 하나가 일어서더니 허리를 굽혀 절을 했다. 나머지 셋은 웃는 얼굴이다. 용성의 가운은 청색이다. 그리고 먼지를 막기 위해서 흰 스카프형 모자를 썼다. 절을 한 여자가 허리를 폈을 때 윤기철이 알아보았다. 전에 봉제사 한 올까지 아껴가며 일하던 근로자다. 그 내용을 적어 '우수노동자'로 추천했더니 대표가 포상을 했다고 들었던 터다. 포상은 초코파이 6개들이 3박스다. 과장급 이상은 '우수노동자'를 추천할 수가 있다. 그러나 결정과 포상은 대표가 한다. 윤기철도 웃으며 답례했다.

"아니, 뭘요. 당연한 일인데요, 뭐."

"과장님 인기가 제일 높아요."

뒤쪽 여자 하나가 말하자 나머지가 까르르 웃었다. 앞에 선 여근로자의 이름은 유민희, 가슴에 붙인 이름표에 적혀 있다. 기록표에 나온 자료는 33세, 기혼이라고 했으니 자식이 있을 것이다. 몸을 돌린 윤기철은 문득 자신의 인기가 높다는 말을 떠올렸다. 유민희를 우수노동자로 추천했기 때문이 아닐 것이다. 갖가지 소문이 생산 현장에서 떠돌 것이고 정순미한테 뱉은 말도 그 속에 포함 되어 있다. 그 때문이다.

‡

"선박 스케줄 가져왔습니다."

컴퓨터에서 복사한 자료를 윤기철의 책상 위에 놓으면서 정순미가 말했다. 서류 끝을 쥔 갸름한 손가락을 보면서 윤기철은 문득 성욕이 치밀어 올랐다. 그러고 보니 섹스를 안 한 지가 두 달 가까이 되었다. 오후 3시 반, 점심 후의 늘어지는 시간이어서 현장의 생산량도 감소한다. 사무실에는 자재과 보조사원 김현주까지 셋뿐이다. 머리를 든 윤기철에게 정순미가 말했다.

"말씀드릴 것이 있습니다."

윤기철은 시선만 주었다. 눈썹도 꿈틀거리지 않았다. 그때 앞쪽 자리에 앉아 있던 김현주가 자리에서 일어서더니 사무실을 나갔다. 김현주의 뒷모습에서 시선을 뗀 윤기철이 정순미를 보았다. 정순미가 나가라고 한 것 같다. 그때 정순미가 말했다.

"제가 오늘 저녁에 안내를 맡았습니다."

숨을 죽인 윤기철은 앞에 선 정순미의 입술이 다시 열리는 것을 보았다.

"7시 반에 공장 옆쪽의 대한물산 창고 앞에서 기다리겠습니다."

"무슨 말이야?"

마침내 윤기철이 물었다. 목소리가 갈라져 있다. 아예 반말로 다시 묻는다.

"누가 누구를 기다려?"

"제가 과장님을요."

"왜?"

"지시를 받았습니다."

정순미가 눈도 깜박이지 않고 윤기철을 보았다. 이제는 반듯하게 선 자세다. 그러고 보니 가슴이 꽤 나왔다. 굳게 다문 입술, 반듯한 콧날, 순간 윤기철은 정순미의 입이 탄성으로 벌어지는 상상을 했다. 알몸의 두 다리가 번쩍 치켜 올라가는 것도 눈앞에 펼쳐졌다. 그때 정순미의 입이 다시 열렸다.

"차에서 기다리고 있겠습니다."

윤기철이 입을 벌렸다가 다시 다물었다. 네가 날 접대할 것이냐고 묻고 싶었던 것이다. 물론 마음속으로다.

‡

조경필이 비밀이라고 강조했지만 김양규한테까지 입을 다물 수는 없다. 비밀은 퍼뜨릴수록 무게와 책임이 줄어드는 법이다. 오후 5시경, 윤기철은 회의실에서 김양규와 둘이 마주 앉았다. 방금 업무회의를 마친 회의실도 어수선했다. 나가려는 김양규에게 할 말이 있다고 한 것이다. 김양규가 연일 야근으로 까칠해진 얼굴을 들고 윤기철에게 물었다.

"무슨 일이야?"

"오영환 국장이 만나자고 합니다."

대뜸 말했더니 김양규가 어깨를 들었다가 내려놓았다. 윤기철이 말을 이었다.

"오늘 저녁에 둘이서 같이 저녁을 먹자는데요. 조 대표가 오전에 말해주었고 조금 전에는 정순미가 저를 안내해준다고 합니다."

"……"

"시발, 절 북으로 끌고 가는 것은 아니겠지요? 7시 반에 정순미가 대한물산 창고 앞에 차를 대기해놓고 기다린다는데요."

"……."

"전에도 이런 일이 있었습니까?"

"글쎄."

입맛을 다신 김양규가 얼굴을 일그러뜨리며 웃었다.

"모르지, 사람들이 말을 안 하니까."

"있기는 있던 모양이군요."

윤기철이 김양규의 다문 입을 노려보며 말을 이었다.

"어쨌든 전 법인장님께 보고하고 가는 것이니까 혹시 실종되면 처리해주시지요."

그러고는 미간을 좁히고 물었다.

"부담 느끼시면 과장들한테도 말해놓을까요?"

"아니, 그것이 나는….."

이제 김양규의 진면목이 드러났다. 이놈은 비밀이 노출된 책임을 혼자 지고 싶어 하지 않는다. 머리를 끄덕인 윤기철이 자리에서 일어섰다.

"알겠습니다. 제가 알아서 처리하지요."

‡

오후 6시 10분, 오늘도 연장근무여서 일찍 저녁을 먹으려고 숙소에 온 과장은 셋, 생산과장 고형민, 기계과장 백종호, 그리고 자재과장 장원석이다. 식탁에 둘러앉은 셋이 일제히 수저를 들었지만 윤기철은 의자에 등을 붙인 채 셋을 번갈아 보았다. 밥을 먹던 장원석이 먼저 물었다.

"왜? 밥맛이 없어?"

"오늘 저녁 초대를 받았어요."

기다리고 있던 윤기철이 말을 이었다.

"총국 국장 오영환이 밥 먹자고 조 대표한테 연락을 해왔더라고 요."

놀란 셋이 일제히 숟가락질을 멈췄고 고형민은 딸꾹질을 했다. 윤기철이 말을 이었다.

"비밀을 지키라면서 혼자만 알고 있으라고 했지만 어디 그럴 수 있어야지. 법인장한테 말했더니 과장들한테는 말하든지 말든지 하라는군요."

이 정도는 거짓말이 아니다.

"북측에서는 보조사원한테 한 말도 순식간에 총국으로 전달되 는 상황입니다. 우리만 입을 닥치고 있을 수는 없지 않습니까?"

그때 장원석이 다시 물었다.

"어디로 가는 거야?"

"모르죠. 7시 반에 정순미가 대한물산 창고 앞에 차를 받쳐놓고 기다린다고 했으니까."

"정, 정순미가?"

장원석이 말까지 더듬었다.

"그, 그럼…."

"설마 정순미가 기쁨조가 되겠습니까? 그런다면야 콘돔도 안 끼고 덤빌 겁니다."

"이봐, 농담할 정신이 있어?"

잠자코 있던 백종호가 거들었을 때 윤기철이 의자에 등을 붙이며 말했다.

"시발, 부딪쳐봐야지요."

"도대체 왜?"

마침내 장원석이 물었다. 늦은 감이 있었다.

"왜 자넬 데리고 가는 거야?"

"제가 공산당이기 때문이죠."

"정말이냐?"

그렇게 묻긴 했지만 장원석의 입술 끝이 비틀렸다. '네가 공산당이면 나는 나치다'라는 표정이다. 윤기철이 말을 이었다.

"사무실에서 TV 보다가 경찰들을 다 없애야 한다고 했거든요."

"정말이야?"

이번에는 백종호가 묻자 윤기철이 길게 숨을 뱉었다.

"근데 뒷말을 뺐거든요. 경찰이 없어지면 목소리 큰 놈 세상이 온다는 말을 말입니다."

"일부러 그랬지?"

"그런 셈이죠. 어디 얼마나 빨리 보고가 되나 보자고."

"이 친구, 참."

입맛이 떨어진 표정으로 수저를 내려놓은 백종호가 의자에 등을 붙였다.

"그래, 갔다와서 이야기나 듣자."

"흠, 정순미라…."

장원석도 수저를 내려놓으면서 말했다.

"시발, 나도 한국 욕이나 해야겠다."

그러고 보니 와이프가 바람피운다는 이야기는 윤기철만 알고 있다. 장원석이 입 다물라고 신신당부를 했기 때문이다. 여기도 비밀이 있다.

‡

대한물산 창고 앞 길가에는 검은색 벤츠 한 대가 서 있었는데 뒤쪽 머플러에서 흰 가스가 피어올랐다. 시동을 걸어놓고 있다는 증거다. 인도는 텅 비어 있었으므로 윤기철이 10m 거리로 다가갔을 때 운전석 옆쪽 문이 열렸다. 밖으로 나온 것은 정순미다. 언제 사복으로 갈아입었는지 흰색 셔츠에 검은색 치마를 입었는데 긴 팔이지만 추워 보였다. 다가간 윤기철에게 뒷문을 열어주면서 정순미가 말했다.

"어서 오세요."

시선을 내렸고 문을 잡고 선 자세는 단정했다. 윤기철은 숨을 들이켰다가 어깨를 늘어뜨리면서 뒷좌석에 올랐다. 뭔가 한마디 뱉고 싶은 충동을 참은 것이다. 곧 문이 닫혔고 정순미가 앞좌석에 오르자 벤츠는 출발했다. 운전사는 어깨 윗부분만 보였는데 40대쯤의 건장한 체격이다. 잘 먹어서 목이 두툼했다. 차 안에서는 옅은 엔진음만 울린다. 시트에 등을 붙인 윤기철은 입을 꾹 다물었다. 긴장했기 때문이 아니다.

이제는 정순미도 의식하지 않는다. 차가 섬유단지를 지나더니 전자단지 쪽으로 진행한다. 그때 머리를 돌린 정순미가 윤기철에게 말했다.

"저도 오늘 같이 참석합니다. 과장님, 잘 부탁합니다."

윤기철이 정순미를 똑바로 보았다. 이제 머릿속에 녹음기를 넣어놓은 인상은 아니다. 인간은 얼마나 변덕스러운가? 이것은 윤기철이 저 스스로한테 하는 말이다. 그렇다. 이제는 천사의 초대가 되었다.

연 락 원

차가 도착한 곳은 1단계 공업지구 북쪽에 위치한 2층 건물 앞이다. 개성식당에 갈 줄 알았던 윤기철은 긴장하고 있었다. 차에 탄 시간은 10분밖에 안되었지만 별 생각이 다 났다. 차에서 내린 윤기철에게 건물 현관 앞에 서 있던 사내가 다가와 말했다.

"어서 오십시오. 자, 안으로 들어가십시다."

40대쯤의 사내는 안내인 같다. 앞장서 걷는 사내의 뒤를 따라 윤기철과 정순미는 건물로 들어섰다. 안은 밖에서 본 것보다 넓다. 그러나 불을 환하게 켜놓았지만 인기척이 없어서 대리석 바닥에 셋의 발소리만 울렸다. 사내가 멈춰 선 곳은 복도 오른쪽 방이다.

"기다리고 계십니다."

문을 연 사내가 비켜서면서 말했다. 방 안으로 들어선 윤기철은 원탁 안쪽에 앉아 있는 오영환을 보았다. 오영환의 옆쪽에도 사내 하나가 또 있다.

"아이고, 윤 선생, 어서 오시라요."

커다란 목소리로 말한 오영환이 자리에서 일어났고 옆쪽 사내도 웃음 띤 얼굴로 조금 늦게 일어난다. 오영환보다 직급이 높은 것 같다.

"평양에서 오신 전성일 동지시오."

오영환이 사내를 소개했다.

"윤 선생 말씀을 듣고 만나보시겠다고 하셔서."

"반갑습니다. 윤 선생."

손을 내민 전성일은 50대쯤 돼보였다. 오영환과 비슷한 연배였는데 마른 체격에 후줄근한 양복 차림이다. 전성일은 정순미에게 머리만 끄덕여 보이고는 다시 자리에 앉았다. 원탁에는 이미 요리가 가득 놓여 있었지만 마치 전시품 같았다. 김치 접시에는 꽃무늬가 박혀 있고, 꽃병으로 보인 것은 술병이다.

"자, 드십시다."

전성일이 윤기철에게 권하고는 수저를 들었다.

"먹으면서 이야기합시다."

역시 전성일이 분위기를 이끌고 있다.

‡

갖가지 요리가 있었지만 어디 맛을 볼 여유가 있겠는가? 건성으로 먹고 또 건성으로 하는 이야기가 오고갔다. 밥그릇이 절반쯤 비워졌을 때 전성일이 물었다.

"부친께서는 뭘 하시지요?"

"예, 개인택시를 하십니다."

선뜻 대답한 윤기철이 덧붙였다.

"한국에는 개인택시라고 개인 소유의 택시가 있지요. 일반 택시하고는 다른….'

"압니다."

웃음 띤 얼굴로 전성일이 말을 받았다.

"택시를 오래 하셨습니까?"

"예, 한 30년….'

"개성에 오실 때 부친께서 뭐라고 하시던가요?"

"예, 잘 갔다 오라고….'

이미 뒷조사는 다 해놓았을 것이므로 윤기철은 똑바로 전성일을 보았다. 아버지 윤덕수는 6·25 같은 전쟁이 또 일어난다면 당장이라도 총 들고 나설 양반이다. 윤덕수가 자신의 월남전 참전과 윤기철의 개성공단 파견을 같은 맥락으로 본다는 말은 할 필요가 없다. 그때 전성일이 된장국을 떠먹고 나서 다시 물었다.

"윤 선생은 북조선이 핵을 보유하고 있다는 것을 어떻게 생각하시오?"

"글쎄요."

수저를 내려놓은 윤기철이 머리를 한쪽으로 기울였다가 이내 대답했다.

"그 핵을 한국에다 쏠 건 아니지요?"

"아, 당연히."

손까지 저었던 전성일이 풀썩 웃었다.

"그럴 리가 있습니까? 미제 침략에 대한 방어용인데."

"솔직히 전 실감이 안 납니다."

머리를 내저은 윤기철이 말을 이었다.

"그래서 관심이 없어요."

"그것이 남조선 인민들의 생각인가요?"

"모릅니다. 관심이 없었으니까요."

윤기철의 시선을 받은 전성일이 천천히 머리를 끄덕이며 말했다.

"오늘 우리하고 저녁을 먹었다는 것이 곧 남조선 정보기관에 알려질 겁니다."

"……."

"그들이 곧 윤 선생한테 묻겠지요. 누구하고 무슨 이야기를 했느냐고 말입니다."

"……."

"내 이야기는 하지 않으시는 게 낫습니다. 그리고 오늘 모임은 여기 있는 오 국장이 윤 선생을 특별히 초대해서 일 잘하라고 격려하는 자리였습니다. 윤 선생은 공장 대표의 추천을 받은 것이지요."

옆에 앉은 정순미는 전성일을 응시한 채 눈도 깜박이지 않는다. 경직된 분위기를 의식한 듯 전성일이 상체를 의자 등받이에 기대더니 얼굴을 펴고 웃었다.

"물론 정순미 동무도 안내만 하고 이 자리에는 없었던 것으로 하십시다. 그리고 앞으로는⋯."

전성일이 윤기철과 정순미를 번갈아 보았다.

"정순미 동무가 윤 선생 업무에 적극적으로 협력해드릴 겁니다. 그러니까 어려운 일이 생긴다면 언제라도 정순미 동무한테 말씀하시면 됩니다."

‡

돌아오는 차에는 윤기철 혼자만 탔다. 오후 10시 40분이다. 차량 통행이 뚝 끊긴 도로를 달리는 차 뒷좌석에 앉은 윤기철이 창밖을 본다. 머릿속이 텅 빈 것 같고 무거운 돌덩이가 들어 있는 것 같기도 했다. 전성일이 누구인지 알 수가 없다. 이름도 가명일 것이다. 아무래도 북한 측이 정순미를 매개체로 삼아 뭔가 공작을 꾸미려는 것 같다. 혹시 미인계인가? 윤기철의 머릿속에 정순미의 얼굴이 떠올랐다가 지워졌다. 그런데 이렇게 공개적으로? 머리를 기울였던 윤기철이 곧 길게 숨을 뱉었다.

"시발, 내가 거물이 된 것 같군."

혼잣소리였지만 목소리가 커서 운전사의 시선이 백미러로 올라갔다가 내려왔다. 앞쪽으로 회사 건물이 보였을 때 윤기철은 자신의 컨디션이 나쁜 상태가 아니라는 것을 깨달았다. 주간지 기자인 임승근의 얼굴이 떠올랐으므로 윤기철은 머리를 내저었다. 이건 기삿감 따위가 아니다. 여긴 다른 세상이다.

‡

"오 국장이 일 잘하라고 격려하는 자리였습니다."

기다리고 있던 김양규에게 윤기철이 보고했다. 전성일이 시킨 말에서 한 자도 틀리지 않았다.

"공단 북쪽의 흰색 대리석 2층 건물이었어요."

윤기철이 화제를 바꿨다.

"사무실 건물 같았는데 요리상이 잘 차려져 있었습니다."

"정순미는?"

"안내만 해주고 사라졌습니다."

"오 국장이 다른 이야기는 안 해?"

"저를 좋게 본 것 같습니다. 어려운 일 있으면 말하라면서요."

"……."

"조 대표가 저를 추천했다는군요."

"도대체 꿍꿍이 속셈이 뭐야?"

"제가 월북하기를 바랄까요?"

"나한테 그걸 물으면 어떻게…."

말을 그친 김양규가 눈을 가늘게 떴다.

"자네 정말 그럴 생각이 있나?"

"있으면 그걸 말하겠습니까?"

말문이 막힌 김양규가 심호흡을 하고 나서 잇새로 말했다.

"하긴 나쁜 일은 아냐. 총국 국장이 우리 직원을 격려했다는 게 말이야."

잘못을 합리화하면 쓸모없는 직장인이 되지만 이런 반응은 건설적이다. 윤기철은 김양규의 장점 하나를 발견한 느낌이 들었다.

‡

그러나 숙소에서 같은 내용을 들은 과장들의 반응은 달랐다.

"이건 조경필이의 파워를 강조해주는 거야."

시설과장 오석준이 단언하듯 말했다.

"그 시발놈은 내일부터 더 어깨를 펴고 다닐 거라고, 틀림없어."

"내 생각도 그래."

일단 동조한 자재과장 장원석이 말을 이었다.

"시발놈들이 쇼를 하는구먼. 앞으로 잘하면 용성의 윤기철이처럼 총국 국장이 불러서 한턱 낸다는 걸 세계만방에 알린 거야."

"그럼 앞으로 근로자 몇 백 명쯤 증원시켜주겠군."

생산과장 고형민이 끼어들었지만 모두 입을 다물어버리는 바람에 머쓱해졌다. 그때 잠자코 있던 기계과장 백종호가 물었다.

"정순미는 데려다주고 그냥 갔다고?"

"예."

백종호는 머리만 끄덕였는데 장원석이 불쑥 말했다.

"이제 그년도 고분고분해지겠군 그래. 조경필이한테 즉각 보고도 안 할까?"

그 순간 윤기철은 숨을 들이켰다. 그 생각은 안 해보았기 때문이다. 과연 정순미는 앞으로 어떻게 나올 것인가?

✝

"식사 잘 하셨습니까?"

아침에 만난 조경필이 그렇게 물었는데 아침밥 잘 먹었느냐고 묻는 것 같다. 조경필의 은근한 시선이 떼어지지 않았으므로 윤기철이 대답했다.

"대표님 덕분에 저녁 잘 먹었습니다."

"아이고, 그게 제 덕분이 아닙니다."

펄쩍 뛰는 시늉을 한 조경필이 다가와 섰다. 주위의 시선이 모아졌지만 작업원들과는 떨어진 곳이어서 말소리는 들리지 않을 것이다.

"모두 윤 과장님 평가가 좋았기 때문이지요."

"글쎄, 그 평가를 대표님이 해주신 것 아닙니까?"

"제 역할은 아주 적습니다."

정색한 조경필이 바짝 다가섰다.

"앞으로 불편한 점이 있으시면 정순미한테 언제라도 말씀해주시지요."

그러더니 조경필이 발을 떼어 옆쪽으로 멀어졌다. 사무실로 들어왔더니 자리에 앉아 있던 김양규가 눈을 조금 크게 떠 보였다. 조경필과 무슨 이야기를 했느냐고 묻는 것이다. 사무실에서는 대형 유리창을 통해 생산 현장이 다 보이기 때문이다. 다가간 윤기철이 한마디만 하고 지나갔다.

"어젯밤."

당신이 들은 이야기하고 똑같다는 표시였는데 알아들었는지 김 양규는 가만히 있었다.

‡

'달라졌다.'

정순미의 시선이 떼어졌을 때 윤기철의 머릿속에 떠오른 생각이다. 우선 표정이 부드럽게 느껴진다. 같은 얼굴이었어도 그렇다. 정순미의 등에 시선을 준 채 윤기철이 호흡을 가누었다. 선입관도 작용했겠지만 분명히 다르다. 눈과 눈이 마주쳤을 때 상대방과 시선이 일직선이 되면 그것을 시선이 마주쳤다고들 한다. 그동안 정순미와 수백 번 시선이 마주쳤지만 이렇게 깊숙한 느낌은 처음 받는다. 자신의 시선이 정순미의 눈 속으로 한참 더 들어가는 느낌. 그것은 정순미가 이쪽 시선을 빨아들이는 것 같다. 그때였다. 정순미가 머리를 돌려 윤기철을 보았다. 다시 시선이 일직선이 되었고 이번에는 더 깊게 들어갔다. 윤기철은 정순미의 눈 주위가 붉어져 있는 것을 보았다.

"그럼 일주일 후에 출항하는 선박을 알아보겠습니다."

정순미의 목소리가 귓속으로 파고들었다.

"그때까지는 생산이 끝날 수 있습니다."

사무실 안에는 생산과 여직원 하나만 등을 보인 채 앉아 있을 뿐이다. 윤기철이 머리를 끄덕이고는 입안에 고인 침을 삼켰다. 오전 10시 반이 되어가고 있다. 어젯밤의 모임에서는 정순미와 한마디도 나누지 못했지만 같이 있었다는 것만으로도 일당이 되었다는 느낌을 받기에 충분했다. 아침에 출근해서 서로 어긋나다가 지금 처음으로 눈을 마주치며 대화하는 것이다. 다시 머리를 돌린 정순미를 향해 윤기철이 낮게 물었다.

"잘 들어갔어?"

그때 뒷모습만 보인 정순미의 귀가 빨갛게 달아올랐다. 거리가 2m도 안 되어서 분명하게 드러났다.

"네."

앞쪽에다 대고 대답한 정순미가 자리에서 일어서더니 옆쪽 문으로 나갔다. 그동안 얼굴을 이쪽에 보이지 않았다.

‡

본사에서 연락이 온 것은 오후 3시가 되어갈 무렵이다. 연락은 법인장 김양규가 받았는데 자재과장 장원석과 윤기철이 의료보험료 갱신을 위해 회사로 복귀해야 한다는 내용이었다.

"그놈의 의료보험."

김양규한테서 통보를 받은 장원석이 사무실 밖으로 나와 투덜거렸다.

"왜 처음에 잘 해놓지 지금 와서 줄여주느니 어쩌느니 귀찮게 하는 거야?"

윤기철의 시선이 옆쪽 정순미에게로 옮겨졌다. 정순미는 책상에서 뭔가를 적고 있었지만 다 들었을 것이다. 그러나 본사에서 귀사 통보를 했다고 바로 개성을 떠날 수는 없다. 총국에 신청해서 허가를 맡고 나가려면 최소한 이틀이 걸린다. 윤기철이 자리로 돌아가면서 장원석을 달래듯이 말했다.

"몇 만 원이라도 돈 굳히는 것 아닙니까? 검사검사 며칠 놀고요."

그 순간 장원석은 간호사인 부인과 심각한 상황이라는 사실이 떠올랐다. 차라리 부인과 마주치지 않는 것이 지금은 나을지도 모른다.

‡

"저 좀 보세요."

하면서 정순미가 다가섰을 때는 다음 날 오후 7시 40분, 오늘은 야근이어서 저녁을 먹고 난 근로자들이 다시 일을 시작한 지 얼마 되지 않았다. 윤기철은 창고에 쌓인 완제품 박스를 체크하고 있었는데 마침 창고 안에는 둘뿐이다. 정순미가 혼자 있을 때를 기다렸다가 온 것 같다. 몸을 돌린 윤기철 앞으로 정순미가 다가와 섰다. 창고 안은 썰렁하다. 너무 컸기 때문에 목소리도 울린다.

"드릴 말씀이 있는데요."

두 발짝쯤 앞에 선 정순미가 윤기철을 똑바로 보았다. 창고 천장에는 형광등이 세로로 길게 붙어 있어 밝다. 정순미가 말을 이었다.

"국장님이 잘 다녀오시라고 했어요."

예상하고 있던 일이다. 북측의 반응도 예상했지만 김양규의 귀사 통보를 받은 순간부터 올 것이 왔다는 느낌이 들었다. 북측도 정보를 얻겠지만 한국 기관도 어디 귀 막고 눈 가리고 있는 집단인가? 자신이 지도총국 국장의 저녁 초대를 받았다는 것을 모를리가 없다. 그래서 의료보험 갱신 건은 기관에서 만든 핑계일 것이라고 짐작했다. 장원석은 자연스럽게 보이려는 장식용이다. 윤기철이 웃음 띤 얼굴로 머리를 끄덕였다.

"알았어. 고맙다고 전해드려."

"그리고."

정순미가 주위를 둘러보는 시늉을 하더니 반 걸음쯤 다가섰다.

"조심하라고 하셨어요. 그렇게 말씀드리면 아신다고…."

"알고 있어."

전성일의 저녁 초대 이후로 어제 아침부터 윤기철은 자연스럽게 반말을 썼고 정순미도 부담 없이 받아들이는 것 같다. 그것은 비밀을 공유한다는 유대감 때문일 것이다. 박스에 몸을 기대고 선 윤기철이 정순미를 지그시 보았다.

"그러고 보면 정순미 씨하고 내가 지금 가장 길게 이야기한 셈인데."

정순미가 윤기철의 시선을 깊게 받았다가 머리를 숙였다. 윤기철이 호흡을 고르고 나서 말을 이었다.

"난 정순미 씨한테 선입관 같은 건 없어. 그러니까 정순미 씨도 그렇게 대해줘."

"알겠습니다."

"어쨌든 이 일도 같이 하게 되었으니까 말이야."

그때 정순미가 가볍게 머리를 숙여 보이더니 몸을 돌렸다. 윤기철이 날씬한 정순미의 뒷모습을 응시하면서 아직도 뭔가 채워지지 않은 부분이 있다는 것을 깨닫고 있다. 그것은 금방 될 일이 아니다.

‡

본사에 도착했을 때는 오후 1시 반이었는데 2시 반에 윤기철은 전화를 받았다. 거래처 최 사장이라는 사람이다. 응답했더니 사내가 부드럽게 말했다.

"예, 놀라실지도 모르겠는데 제가 국정원 직원입니다."

"아, 예, 그러세요?"

오히려 기다리고 있었으므로 윤기철도 부드럽게 대답하자 사내가 물었다.

"저기, 오늘 오후에 시간 좀 내주실 수 있겠습니까? 시간과 장소를 정해주셔도 됩니다."

"아니, 그쪽에서 정해주시죠. 6시 이후에 시간 있습니다."

"알겠습니다. 그럼 6시 반에 회사 근처에서 뵙기로 하죠."

사내의 목소리에 웃음기가 실렸다.

‡

오후 6시 반, 양재동의 일식집 '화원'의 방 안에서 윤기철은 두 사내와 인사를 나누었다. 하나는 전화를 했던 '최 사장'이었는데 명함을 보니 이인수였다. 그리고 또 하나는 박도영, 명함에 이름과 휴대전화 번호만 적혀있다. 방 안에는 이미 회와 술병까지 놓여 있어 종업원이 들락거릴 필요도 없다. 준비를 다 해놓고서 기다리고 있었던 것이다. 인사를 마쳤을 때 이인수가 웃음 띤 얼굴로 말했다.

"저희가 왜 뵙자고 했는지 아시지요?"

"예? 예, 대충은."

쓴웃음을 지은 윤기철이 둘을 번갈아 보았다.

"연락이 오지 않았으면 더 불안했을 겁니다. 그게 보통 한국인의 반응 아닙니까?"

"그렇죠."

잠자코 있던 박도영이 말했다. 40대 중반의 박도영은 둥근 얼굴에 호인 인상이다. 박도영이 머리를 끄덕였다.

"당연하신 말씀입니다. 그리고."

소주병을 쥔 박도영이 윤기철의 잔에 술을 채웠다.

"북측에서도 윤 과장님이 우리하고 만나는 것을 예상하고 있을 겁니다."

"의료보험 때문에 귀사 통보를 받은 다음 날 조심하라고 전해왔더군요."

"누구를 만나셨지요?"

박도영이 묻자 윤기철이 정색했다.

"총국 국장 오영환하고 평양에서 왔다는 전성일이란 사람이었습니다."

박도영이 묻지도 않았지만 윤기철은 전성일의 인상착의를 길게 묘사하고 나서 말을 이었다.

"제 부친의 직업에다가 제가 개성 발령을 받았을 때 뭐라고 하시더냐는 것까지 묻더군요. 그래서 대충 이야기해줬습니다."

"……."

"북한이 핵을 보유하고 있는 것을 어떻게 생각하냐고 묻기에 한국으로 쏠 것이 아니라면 실감도 안 나고 관심도 없다고 말해주었습니다."

"……."

"솔직히 제 생각은 그 놈들이 핵 가지고 공갈치는 것이 짜증나고 우리도 핵을 가져야 한다는 겁니다. 하지만 대놓고 어떻게 그렇게 말합니까? 영화에서나 그렇게 떠들어대겠죠. 그러다가 나중에 총 맞고요."

둘은 웃음 띤 얼굴로 시선만 주었으므로 윤기철의 목소리가 열기를 띠었다.

"그들은 자기들과 저녁을 먹었다는 것이 곧 남조선 정보기관에 알려질 것이라고도 하더군요. 그리고 곧 제가 불려갈 것이며 자기들과 무슨 이야기했느냐고 질문을 받을 것이라는 것까지 말해주었습니다."

"……."

"평양에서 온 전성일이는 제 이야기는 하지 말라고 코치하더군요. 저녁 산 것은 총국 국장이 일 잘하라고 초대한 것으로 하라고요."

"……."

"앞으로 어려운 일 있으면 수시로 말하라는 겁니다. 제 보조 여
사원을 통해서요."

"정순미지요?"

불쑥 박도영이 물었으므로 윤기철은 심호흡을 했다. 이번은 기
분이 꺼림칙했다. 정순미가 더럽혀진 느낌이 든 것이다. 그러나 대
답은 했다.

"예, 그렇습니다."

"그놈이 북측 연락원인 셈이군요."

숨만 들이켠 윤기철에게 박도영이 말을 이었다.

"윤 과장님은 남측 연락원이 된 것이고요. 다시 말하면."

상반신을 편 박도영이 이제는 정색하고 윤기철을 보았다.

"윤 과장님은 남북한 대화 창구가 된 것입니다. 그렇죠. 이 경우
는 북측이 주선해서 만들어졌다고 봐야겠군요."

박도영이 건배하자는 듯이 술잔을 들었으므로 윤기철은 서둘러
술잔을 쥐었다.

‡

"자식아, 이 시간에 연락하면 어떡해?"

털썩 앞쪽에 앉은 임승근은 한잔 마신 모습이다. 눈자위가 충혈
됐고 자세가 흐트러졌다.

"안녕하세요?"

옆쪽에 앉으면서 여자가 인사를 했는데 파마한 머리가 물결처럼 어깨 위로 흘러내렸다. 맑은 얼굴, 날씬한 몸매. 윤기철은 그쪽으로는 선수인 임승근이 최근에 낚은 대어겠거니 했다.

"어, 인사해라. 신이영 씨. 골드미스다."

임승근이 소개했을 때 여자가 풀썩 웃었다.

"거짓말 마. 나 이혼녀예요."

윤기철이 반쯤 입을 벌리고는 신이영의 얼굴을 보았다.

"인마, 뭐해?"

하고 임승근이 불렀을 때 겨우 입을 다문 윤기철이 꾸벅 머리를 숙였다.

"개성에서 온 윤기철이오."

"ㅎㅎㅎ."

술을 따르며 임승근이 웃었다.

"몇 달 굶은 놈 면상이구만."

밤 10시 반이다. 국정원 직원들과 헤어진 윤기철이 다른 데서 술을 마시고 있던 임승근을 불러낸 것이다. 이곳은 비싼 값을 하느라고 분위기가 좋은 카페. 건물 고층에 위치해서 강남의 야경이 내려다보인다. 전에 조하나하고 와본 곳이다.

"갑자기 왜 온 거냐?"

위스키 잔을 든 임승근이 묻자 윤기철은 한 모금에 술을 삼켰다.

"아, 남북정상회담 때문에."

"응?"

"내가 연락 책임을 맡아서."

"지랄하고."

입맛을 다신 임승근이 술을 한 모금 마시더니 옆에 앉은 신이영을 보았다.

"이놈 괜찮아, 진국이야."

"개성공단에 계시다면서요?"

신이영이 묻자 윤기철은 심호흡을 했다.

"예, 개성공단이야말로 남북 간 소통과 화해의 연결 고리입니다. 내가 그 일익을 담당하고 있지요."

"이놈이 진짜 미쳤구먼."

임승근이 이맛살을 찌푸렸지만 신이영은 눈을 가늘게 뜨고 웃었다. 그러자 눈가의 잔주름이 드러났다. 신이영 쪽으로 상반신을 기울인 윤기철이 열띤 표정으로 말을 이었다.

"내가 살면서 지금처럼 내 존재 가치를 소중하게 느낀 적이 없습니다."

이제 임승근은 입을 다문 채 눈만 꿈뻑이지만 신이영이 이를 드러내고 웃었다.

"신선해요. 북한 남자 같아."

‡

북한 남자가 신선하다는 뜻은 아닐 것이다. 또 신선해서 이렇게 되지도 않았다. 오전 1시 반, 신이영의 몸에서 떨어져 나오던 윤기철의 머릿속을 잠깐 동안 스치고 간 생각이다.

"아유, 죽는 줄 알았어."

거친 숨을 뱉으면서 신이영이 말했는데 립서비스 같지는 않다. 사지를 쫙 벌린 채 알몸으로 누운 신이영이 말을 이었다.

"자기, 너무 잘해."

우연히 분위기가 맞았기 때문이다. 분위기라기보다 타이밍이다. 필요한 때 옆에 있었다. 세상 인연이 이렇게 만들어진다. 침대에서 나온 윤기철이 씻고 나왔더니 신이영은 이미 블라우스의 단추를 채우는 중이었다. 어느새 옷을 차려입은 것이다. 눈을 크게 뜬 윤기철을 향해 신이영이 벙긋 웃었다.

"자기야, 나 가봐야 돼."

잠자코 팬티를 찾아 입은 윤기철의 앞으로 다가선 신이영이 두 손으로 허리를 감아 안았다.

"집에 아이가 있어."

"……."

"아들인데 다섯 살이야. 내가 키우고 있어."

"……."

"친정엄마가 봐주시지만 내가 있어야지, 안 그래?"

"그럼."

윤기철은 아직 신이영의 직업도 모른다. 나이는 말할 것도 없다. 임승근도 말해주지 않았기 때문이다. 윤기철이 신이영의 허리를 당겨 안았다.

"내가 남북 경협자금이 좀 있는데, 좀 줘도 돼?"

그 순간 눈을 치켜떴던 신이영이 곧 소리 내어 웃었다.

"줘."

"3억 달러쯤 있는데, 괜찮아?"

"인민들 반 년분 식량은 살 수 있을 거야."

몸을 뗀 윤기철이 바지 주머니에 넣은 지갑에서 30만 원을 꺼내 내밀었다. 10만 원권 수표 석 장을 받은 신이영이 윤기철의 입술에 입을 맞추더니 말했다.

"고마워, 잘 쓸게."

신이영의 얼굴에 웃음이 번져 있다.

‡

"거기, 잘되고 있는 거냐?"

윤덕수가 물었으므로 콩나물국을 깨죽거리던 윤기철이 머리를 들었다. 오전 6시 40분, 2시 반에 집에 돌아와서 네 시간밖에 자지 못했다. 윤덕수가 밥을 같이 먹자고 깨웠기 때문이다. 보통 6시에 일을 나가는 윤덕수는 윤기철하고 밥을 같이 먹겠다면서 한 시간쯤 기다린 셈이다. 윤덕수의 시선을 받은 윤기철이 심호흡부터 했다. 질문의 의도가 뻔했기 때문이다. 아버지는 개성공단에 부정적이었다. 괜히 친북 정권이 북한에 돈을 퍼주려고 만든 장치라는 것이다.

"잘돼요. 아버지."

일단은 그렇게 말했지만 그냥 물러날 윤덕수가 아니다. 처음에는 자신이 월남 파병에 지원한 것처럼 개성에 가라고 하더니 시간이 지나자 아들을 빼앗긴 느낌이 든 것 같다. 윤덕수가 상반신을 폈다.

"뭐가 잘돼?"

"생산이, 그리고 남북 간 협조가요."

"무슨 협조?"

"서로 조금씩 이해를 해갑니다. 분단된 지 67년 아닙니까? 서로 다른 세상에서 살다가 개성에서 함께 부대끼면서….".

"야."

말을 자른 윤덕수가 눈을 가늘게 뜨고 윤기철을 보았다.

"너, 그런 말 누구한테 들었어?"

"듣다니요?"

"배웠냐?"

"누구한테요?"

"글쎄, 내가 물었잖아?"

"아버지도 참."

입맛을 다신 윤기철이 의자에 등을 붙였을 때 방을 치우던 어머니가 나왔다. 가까운 주방에 있었다면 진즉 둘의 말을 끊었을 것이다.

"왜들 그래? 무슨 일 있어요?"

어머니가 둘에게 번갈아 물었을 때 윤덕수의 젓가락이 윤기철을 가리켰다.

"이 자식이 좀 이상해졌어."

"뭐가 말이에요?"

"글쎄, 좀 빨갱이 물이 든 것 같기도 하고."

"에이, 여보세요."

"내가 괜히 개성에 가라고 했나?"

"도대체 이 양반이."

하면서도 이정옥의 시선이 윤기철을 훑어보았다. 눈동자가 흔들리고 있는 것이 불안한 표정이다.

‡

의료보험은 서울 본사에서 서류를 재작성했는데 매달 3만 원 가까운 혜택을 보았다. 같이 온 장원석은 5만 원 정도 절약이 되었지만 시큰둥했다. 회사 안이어서 집안 이야기를 나눌 분위기도 아닌 터라 윤기철은 모른 척했다. 그런데 오전 11시경 윤기철은 임승근의 전화를 받았다. 그러잖아도 어젯밤 늦게 불러낸 데다 신이영까지 소개받은 인사를 하려던 참이어서 윤기철은 사례부터 했다.

"형, 백골난망이야. 내가 다음에는 꼭 은혜 갚을 테니까…."

"인마."

말을 자른 임승근이 불쑥 물었다.

"너, 신이영이한테 돈 줬다면서?"

숨을 삼킨 윤기철의 귀에 임승근의 목소리가 쏟아졌다.

"30만 원 줬다며?"

"……."

"남북 경협자금에서 떼어줬다면서?"

임승근의 목소리에 웃음기가 서렸지만 윤기철의 이맛살은 찌푸려졌다. 그때 임승근이 말을 이었다.

"야, 걔 몇 백억대 재산가다. 빌딩이 두 채가 있고, 요리학원 원장이야."

"……."

"나도 취재하다 알았어. 기사도 내주었고."

"……."

"너한테서 받은 돈 액자에다 넣어서 사무실에 걸어놓는다고 하더라."

"좆 까라고 해."

"깔 게 있어야지, 인마."

임승근이 소리 내어 웃었다.

‡

그리고 그날 오후 6시 윤기철은 양재동의 한식당에서 박도영과 이인수를 만났다. 이번에도 둘은 한정식 요리를 다 시켜놓고 윤기철을 기다렸다. 윤기철은 내일 개성공단으로 돌아간다. 식사를 거의 마쳤을 때 박도영이 본론을 꺼내었다.

"내일 가실 때 저 서류 봉투를 가져가시지요."

그때 이인수가 옆에 놓인 가방에서 노란 서류 봉투를 꺼내더니 윤기철에게 내밀었다. 봉투 안에는 서류가 10여 장 든 것처럼 가벼웠다. 박도영이 말을 이었다.

"개성에 가시면 그분이 부를 겁니다. 그때 그 서류를 주시면 됩니다."

윤기철의 시선을 받은 박도영이 얼굴을 펴고 웃었다.

"무슨 생각하시는지 압니다."

소주잔을 쥔 박도영이 한마디씩 차분하게 말을 이었다.

"자세한 내막도 모르면서 양측 심부름만 하는 것이 불안하시겠지요. 하지만 지금은 그것이 안전합니다."

"……."

"차츰 시간이 지나면 알게 되실 겁니다. 그리고 그때는…."

어느덧 정색한 박도영이 어깨를 폈다가 숙이면서 말을 이었다.

"자신이 하는 일에 대해서 자긍심을 갖게 될 것입니다."

"그런데 말입니다."

마침내 윤기철이 박도영의 말을 잘랐다. 이번에는 윤기철이 박도영을 똑바로 보았다.

"내가 어쩔 수 없이 걸려들었다고 해도 내 의사는 철저히 무시되는 것 같은데요. 그렇지 않습니까?"

"그렇지요."

의외로 선선히 머리를 끄덕인 박도영이 쓴웃음을 지었다.

"선택은 북측이 한 겁니다. 만일."

잠깐 시선을 내린 박도영이 윤기철을 보았다.

"부담이 되신다면 이 일을 맡지 않으셔도 됩니다."

박도영의 시선을 받은 윤기철이 심호흡을 두 번 하는 동안 수많은 장면과 대사가 머릿속을 스치고 지나갔다. 조경필 대표와 오영환 국장, 전성일과 아버지 윤덕수의 얼굴과 이야기, 그리고 정순미의 모습까지. 몸이 점점 수렁에 빠져드는 느낌이 들었지만 발을 잘못 디딘 것 같지는 않았다. 그리고 손은 밧줄을 단단히 움켜쥐고 있다. 그렇다. 양쪽 끝은 북측과 남측이 쥐었구나. 이윽고 어깨를 부풀린 윤기철이 말했다.

"아니, 합니다. 한번 물어본 겁니다."

‡

"시발, 집에 안 들어갔어."

자유로를 달리는 차 안에서 장원석이 말했다. 장원석이 운전하는 승용차는 시속 130km로 달리고 있다.

"그 여자는 내가 서울에 온 줄도 몰라."

평일 오전 10시 반이어서 자유로는 잘 뚫렸다. 오늘은 1차선을 차지하고 버벅거리는 초보 운전사들도 보이지 않는다.

"그럼 사흘 밤은 어디서 보낸 겁니까?"

예의상 물었더니 바로 대답이 돌아왔다.

"홍대 앞 모텔."

"……"

"하룻밤은 여자 꼬여서 잤고 이틀 밤은 술 마시고 뻗었어."

"……"

"개성에 있을 때는 잊어버릴 수 있었는데 서울에서는 안 되더

라. 통화가 될 수 있다는 것이 더 불편했어."

"……."

"아무래도 이혼해야 할 것 같다."

차의 속력을 늦춘 장원석의 얼굴에 쓴웃음이 번졌다.

"잘 왔다 간 거야. 사람은 최악의 환경까지 닿아봐야 결정이 돼. 어중간한 상황에서는 주춤거리게 된다니까."

장원석에게 이번 서울 출장은 최악의 환경이었던 셈이다. 하긴 통화가 가능한 지역, 마음대로 갈 수 있는 상황에서 접근하지 못 하고 사흘 밤을 보낸 것이다. 술 마시고 오입도 했지만 빈 속은 채 워지지 않았다. 그렇게 피가 마르는 것 같은 사흘 밤을 보내고 마 음의 결정을 내린 것이다.

‡

김양규와 한국 측 과장들은 잘 다녀왔느냐는 말이 끝나기도 전 에 시선을 딴 데로 옮겼지만 북측 근로자 대표 조경필의 인사는 은근했다.

"별일 없으시지요?"

현장 재봉대 옆에서 바짝 다가선 조경필이 그렇게 묻더니 눈웃 음까지 쳤다.

"얼굴이 좋아지셨습니다."

조경필은 이런 식의 허튼소리는 안 하는 인간이다. 더구나 수백 명 근로자의 시선이 오가는 데서 남조선 관리자한테 웃는 모습을 보인 적이 드물다.

"예, 덕분에…."

조금 당황한 윤기철이 멋쩍게 웃어 보이고 지나쳤다. 그리고 세 발짝도 떼기 전에 조경필의 오버액션이 시사하는 의미를 짐작할 수 있었다. 윤기철이 '우리 편'이라는 것을 전 종업원에게 공개한 것이다. 윤기철에게는 그것이 압박으로 느껴졌다. 그리고 그날 오후 8시 반, 오늘도 야근이어서 윤기철은 선적 박스를 체크하려고 수출품 창고로 들어섰다.

수출품 창고는 담당 직원 외에는 출입 금지다. 업무과 보조사원 정순미도 상황판을 들고 따라왔는데 자연스러운 동행이다. 격납고 같은 창고의 쪽문으로 들어선 윤기철이 전등 스위치를 켜자 산더미처럼 쌓인 수출품 박스가 드러났다. 그런데 사람은 둘뿐이어서 숨소리도 들린다. 윤기철이 구석 쪽 박스 위에 엉덩이를 걸치고 앉더니 옆에 놓인 서류 봉투를 집어 정순미에게 내밀었다. 미리 창고 안에 갖다놓았던 것이다.

"이거, 서울에서 가져온 건데. 그날 만난 전성일 선생한테 드리라고 했어."

윤기철이 말하자 정순미가 두 손으로 봉투를 받았다. 긴장한 듯 얼굴이 굳어 있다. 윤기철이 말을 이었다.

"내가 서울에서 가져왔다고 하면 알 거야. 나하고 정순미 씨는 연락만 하는 위치니까 누구냐고 물어볼 필요는 없지."

윤기철의 시선을 받은 정순미가 희미하게 머리만 끄덕였다. 그때 윤기철이 다시 옆에 놓인 종이봉투를 집어 정순미에게 내밀었다. 꽤 묵직한 종이봉투다.

"이건 내가 정순미 씨 주려고 사온 선물. 화장품이야."

그 순간 정순미의 얼굴이 빨개졌다. 순식간에 빨개진 것이다. 시선을 주는 동안에 빨개져서 윤기철은 어리둥절했다.

"받아, 어서."

내민 종이봉투를 흔들면서 말했더니 정순미가 숨 들이켜는 소리를 냈다. 그러더니 머리를 내저었다.

"안 돼요."

"안 받으려면 그 서류도 이리 내. 그것도 받지 말라고."

"서류하고 그건 다르죠."

정순미의 얼굴이 더 빨개졌다. 시선을 든 정순미의 두 눈이 불빛을 받아 반짝이고 있다. 그때 윤기철의 목소리가 창고 벽에 부딪혀 울렸다.

"받고 보고를 하든지 말든지 해. 그리고 안 받는다면 이렇게 딱딱한 관계로 지낼 수는 없다고 보고하겠어."

이 대사는 미리 연구해놓은 터라 술술 나왔다. 못 하겠다고 하면 북측에서는 정순미를 설득해서 하라는 대로 하라고 할 가능성이 클 것이다. 정순미 또한 판을 깨뜨리지 않으려면 받고 보고를 하든지 말든지 할 터였다. 과연 정순미가 종이봉투를 받았는데 시선이 올라오지 않았다. 봉투를 건네준 윤기철이 심호흡을 한 번 하고 나서 말했다.

"화장품 가게에 간 건 이번이 처음이야. 처음으로 여자 화장품 샀다고."

거짓말이다. 조하나를 따라가서 한 시간 동안이나 화장품 가게 안에 서 있던 적이 있다. 그때 돈도 윤기철이 냈다.

"정순미 씨한테 맞는 화장품을 고르면서 행복했어. 고르는 데 한 시간이나 걸렸어."

윤기철이 손바닥으로 얼굴을 쓸었다. 피부가 근질거리는 느낌을 받았기 때문이다. 화장품은 홍대 앞 가게에서 5분 만에 샀다. 중국 관광객 전문 가게에서 미리 포장된 세트를 고르기만 하면 되었던 것이다. 그때 시선을 든 정순미가 윤기철을 보았다. 아직도 얼굴이 빨갛다.

"고맙습니다."

목소리의 끝부분이 떨렸다.

‡

용성은 중국 칭다오에도 현지법인 공장이 있다. 인원은 1500명 정도, 지금은 섬유산업이 중국에도 밀리는 상황이지만 생산량 및 품질 수준에서 1등급 평가를 받는다. 개성공단의 용성 수준은 2등급인데 생산량이 칭다오의 75% 수준이다. 품질은 85%.

그런데 용성 내부, 즉 한국 측에서 분석한 결과는 개성 용성의 가능성이 칭다오를 압도한다. 만일 지금이라도 개성 용성을 칭다오 공장처럼 경쟁 체제로 전환한다면 2개월 내에 칭다오의 125%를 달성할 수 있다는 것이다. 물론 1인당 생산 평가를 말한다. 개성 용성의 임금이 칭다오 용성의 28% 수준인 터라 임금 대비 생산량 비교는 칭다오의 2배 이상이 되는 것이다. 그야말로 압도적이다. 이러니 개성공단의 한국 기업들이 애착을 가질 수밖에 없다. 다음 날 오전, 근로자 대표 조경필과 총화를 마친 김양규가 사무실로 들어와 말했다.

"큰일 났는데, 이거 언페이드(unpaid, 무보수의) 당하겠다."

사무실 안에는 윤기철과 과장 셋, 보조사원까지 대여섯 명이 있었지만 김양규는 개의치 않았다.

"야근 못 하면 이건 몇 십만 달러 깨지는 거야. 이거, 망했어."

법인장쯤 되면 본사 공장장급으로 이런 소리를 부하직원 앞에서 투덜거리면 안 된다. 체면이라는 것이 있기 때문이다. 적어도 한국에서는 그렇다. 꾹 참고 해결책을 찾는 자세를 보이다가 망하는 것이 옳다. 윤기철은 그렇게 배웠다. 그런데 김양규는 대놓고 하소연을 한다. 체면이고 뭐고 없는 것이다. 윤기철은 심호흡을 했다. 선적은 업무과 소관이다. 생산과장 고형민이 죽을 쑤고 있지만 마무리는 업무과가 한다. 그때 김양규가 사무실 바닥이 내려앉을 만큼 한숨을 뱉었으므로 윤기철은 자리에서 일어섰다.

‡

내막은 이렇다. 프랑스로 수출할 제품 750박스가 원자재 공급에서 사고가 일어나 선적 스케줄에 차질이 발생한 것이다. 제품은 시즌용품이어서 납기를 맞추지 못하면 당장 지급 정지를 받게 되어 있다. 45만 달러 물량이니 5억 가까이 깨진다. 방법은 있다. 공

장에서 3교대로 철야 작업을 하는 것. 보름만 철야 작업을 하면 예
정된 배에 선적이 가능하다. 비행기로 실어 나를 방법이 있지만
항공요금을 내면 배보다 배꼽이 커진다. 그런데 김양규는 조경필
과의 총화에서 철야작업을 거부당했다. 그것은 지금까지 야근, 특
근을 밥 먹듯이 해온 용성 관리자 책임이다. 지금도 오후 10시까
지 야근을 하는 터라 3교대 철야는 체력적 한계 때문에라도 불가
능할 것이다.

‡

"제가 해볼까요?"
저녁을 먹으려고 숙소로 돌아온 김양규의 방으로 찾아간 윤기
철이 불쑥 물었다. 저고리를 벗던 김양규가 충혈된 눈으로 윤기철
을 보았다. 놀란 표정이다. 순간 윤기철의 가슴이 먹먹해졌다. 갑
자기 김양규가 안쓰러운 생각이 들었기 때문이다. 이곳은 법인장
체면 따위를 내세울 환경이 아니다. 중국도, 베트남, 미얀마, 인도
도 아니다. 전혀 다른 세상이다.
"자네가?"
갈라진 목소리로 김양규가 겨우 묻자 윤기철이 어깨를 부풀렸
다가 내렸다.
"제가 누굽니까? 총국 국장하고 밥 먹은 놈 아닙니까?"
"……."
"안 된다면 총국에라도 가보지요."

"그렇게 해준다면."

김양규가 간절한 표정으로 윤기철을 보았다. 입안의 침까지 삼킨 김양규가 말을 이었다.

"백골난망이지, 자네한테."

‡

"안 됩니다."

윤기철의 말을 들은 조경필이 머리부터 내저으며 말했다. 어느덧 굳어진 표정이다.

"우리 근로자를 짐승처럼 혹사할 수는 없습니다. 안 되겠습니다."

"한국에서도 3교대 철야를 합니다. 대표께서는 과장이 지나치십니다."

불쑥 윤기철이 말하자 조경필이 눈을 치켜떴다. 오후 9시, 현장 옆쪽의 총화실에는 둘뿐이다. 현장에서 울리는 재봉틀 소리가 희미하게 울린다.

"과장이 지나치다고 하셨소?"

조경필이 되물었는데 목소리가 갈라졌다. 두 눈이 번들거린다.

"나한테는 과장이죠. 한국 본공장은 물론이고, 중국 베트남 공장도 3교대를 밥 먹듯이 합니다."

작심한 터라 윤기철이 쏟아내듯 말을 이었다.

"물론 철야수당, 시간외수당을 지급하지요. 다른 점은 그것뿐입니다."

어깨를 편 윤기철이 똑바로 조경필을 보았다. 자, 이것이 내 카드다.

"지난번 오영환 국장께서 저한테 말씀하시더군요. 어려운 일 있으면 언제라도 말하라고. 그리고 평양에서 오셨다는 그분도 그렇게 말씀하셨습니다. 어떻게 할까요?"

‡

바로 다음 날부터 3교대 철야 작업이 시행되었다. 그 사연은 김양규와 윤기철, 조경필 셋만 알기로 했다. 김양규의 간절한 부탁을 받은 조경필이 마침내 결단을 내린 것으로 한 것이다. 철야를 시작하고 이틀째 되는 날 밤, 수출품 창고로 들어서던 윤기철이 인기척에 몸을 돌렸다. 정순미가 따라오고 있다가 시선이 마주치자 희미하게 웃는다. 머리를 돌린 윤기철이 창고 안으로 들어섰고 정순미가 따라 들어왔다. 정순미도 창고 열쇠를 갖고 있는 것이다. 안으로 들어서면서 윤기철이 머리만 돌려 정순미에게 물었다.

"박스 체크하려고?"

"아뇨?"

"그럼 왜?"

"과장님께 드릴 게 있어서요."

걸음을 멈춘 윤기철이 몸을 돌렸다. 그러자 창고 안 중간 부분에 뚫린 폭 2m 정도의 통로 중간에 둘이 마주 보고 선 모양이 되었다. 양쪽은 선적용 박스가 5, 6m 높이로 쌓여 있고 뒤쪽 출입구는 보이지 않는다. 밀실에 둘이 서 있는 셈이다.

"뭔데?"

윤기철이 묻자 정순미가 몸을 돌리면서 대답했다.

"잠깐만요."

정순미가 사라졌을 때 윤기철이 호흡을 가누었다. 전성일이 한국 측에 보낼 물건이 있는 모양이다. 이제 본격적으로 연락원 노릇을 하게 되었는가? 그때 정순미가 모퉁이를 돌아 다가왔는데 손에 종이봉투를 쥐었다. 지난번에 정순미에게 준 화장품을 담은 봉투다. 눈에 띄게 하지 않으려고 일부러 수수한 색깔로 고른 봉투, 다가선 정순미가 윤기철에게 봉투를 내밀었다.

"받으세요."

정순미의 목소리는 맑고 떨림이 조금 있다. 그래서 긴장하면 떨림이 강해진다.

"이게 뭔데?"

받으면서 윤기철이 물었다. 정순미가 몸을 비틀면서 수줍게 웃기만 했으므로 윤기철은 봉투 안에서 종이에 싼 내용물을 꺼냈다. 종이를 벗기자 가죽지갑이 나왔다. 그런데 검정색 가죽 지갑은 한 땀 한 땀 손으로 꿰맨 흔적이 있다. 수제手製다. 카드꽂이도 있고 면허증 넣는 곳도 있다. 머리를 든 윤기철이 정순미를 보았다.

"이거, 직접 만들었어?"

"네."

정순미의 얼굴이 빨개졌다. 이윽고 몸을 반쯤 돌린 정순미가 말을 이었다.

"일주일 걸렸어요."

"나… 나 주려고?"

"그건 아니고요."

이제는 정순미의 다리가 조금 꼬였다. 붉어진 정순미의 얼굴에 웃음이 떠올라 있다.

"그냥 만들다가…."

"나한테 주겠다는 생각이 들었단 말이지?"

"아이, 참."

"고마워, 죽을 때까지 쓸게."

"아이, 참."

정순미의 다리가 더 비틀어졌다. 그래서 더 위험해지기 전에 윤기철이 서두르듯 물었다.

"그, 화장품 괜찮아?"

여러 번 묻고 싶었지만 참고 있었다. 그때 정순미가 머리를 끄덕였다.

"네, 정말 좋아요. 아껴 쓰고 있어요."

사람은 행복해질 때 도망치고 싶은 충동이 일어난다. 그 상태가 깨지기 전에 얼른 보존하고 싶어서일 것이다. 바로 지금의 윤기철이 그렇다. 안으로 더 들어가 박스를 체크해야 되었지만 몸을 돌린 윤기철이 입구를 향해 걸었다. 그러고는 앞쪽에다 대고 다시 말했다.

"고마워, 내가 받은 선물 중 최고야."

더 좋은 말이 있겠지만 그 순간 윤기철의 머릿속에서는 그것이
한계였다.

‡

그리고 다음 날 오후 2시가 되었을 때 자리에서 일어선 정순미
가 윤기철의 책상 앞으로 다가와 섰다. 잠깐 시선을 마주쳤지만
정순미는 곧 외면했다. 벌써 두 볼이 달아올랐다. 사무실 안에는
둘뿐이다. 정순미가 둘이 되기를 기다리고 있었던 것 같다.
　"서울로 가져가실 물건이 있어요. 지금 제가 받아놓았는데 내일
가져가시래요."
　정순미가 맑고 울림이 강한 목소리로 말을 이었다.
　"이번에는 집안일로 휴가 신청하고 가시는 게 낫겠다고 하시네
요. 오늘 신청하시면 총국에서 내일 나가시게 해드리겠답니다."
　그제야 윤기철은 정순미의 시선을 잡았다. 기다리고 있었던 것
이다. 잠깐 마주쳤던 시선이 떨어졌지만 윤기철은 만족했다. '연락
원'끼리의 교감이 충분히 통했기 때문이다.

갈 등

다음 날 오전에 선적이 있기 때문에 창고가 붐볐다. 윤기철도 컨테이너에 싣는 박스를 확인하려고 아침 일찍부터 10시 반까지 창고에 박혀 있었다.

"이봐, 윤 과장."

컨테이너 뒤에 서 있던 윤기철이 부르는 소리에 몸을 돌렸다. 법인장 김양규가 다가오고 있다. 눈을 둥그렇게 뜬 것이 무슨 사고라도 일어난 것 같은 표정이다. 다가선 김양규가 말했다.

"허가증 나왔다."

허가증이 휴가증으로 들렸는데 휴가증도 맞는 말이다. 북한 특구개발지도총국에서 허가증을 발급해주지 않으면 휴가고 뭐고 없는 것이다.

"이것 참, 어제 오후 4시에 신청했는데 오늘 오전에 나오다니."

김양규가 머리까지 내저었다.

"총국에서 자네를 봐주는 거 같다."

"수속이 빨라진 겁니다."

"그런가? 어쨌든 준비해."

"예, 법인장님."

몸을 돌렸던 김양규가 머리만 비틀고 윤기철을 보았다. 웃음 띤 얼굴이다.

"어쨌든 자네가 오고 나서 일이 좀 풀리는 것 같아."

그 말을 박스를 메고 오던 포장반의 남자 근로자들이 들었다. 북한 측 남자 근로자들이다. 윤기철은 심호흡을 했다. 근로자들도 알고 있을 것이다.

‡

"대표 동지가 뵙자고 하십니다."

사무실로 들어선 윤기철에게 자재과 보조사원 김현주가 말했다.

"지금 대표실에서 기다리고 계십니다."

머리를 끄덕인 윤기철이 챙겨둔 가방을 들고 나오다가 멈춰 섰다. 사무실 안에는 선적 때문에 모두 창고로 지원을 나가 김현주 뿐이었다. 22세, 둥근 얼굴이 자주 빨개진다.

"나 휴가 가는데 미스 김, 필요한 거 있어? 서울에서 사다줄게."

"아유, 일 없습니다."

김현주의 흰 얼굴이 빨개졌다.

"순미 언니나 사다주시라고요."

"정순미 씨는 날 싫어해."

"어머나."

놀란 듯 김현주가 눈을 둥그렇게 떴다.

"그럴 리가요? 모르시는 말씀이야요."

"잘 알잖아? 나하고는 말도 잘 안 해."

"순미 언니가 과장님을 좋아한다고요."

그 순간 김현주가 입을 딱 다물더니 상기되었던 얼굴이 굳어졌
다. 사람은 흥분했을 때 말실수를 한다. 김현주처럼 어리고 순수한
성품이면 그 가능성이 더 높다. 윤기철은 몸을 돌렸다. 김현주가
무심코 뱉은 말을 빼앗기지 않으려는 것처럼 서둘러 사무실을 나
갔다.

‡

근로자 대표실 위치는 총화실 안쪽이어서 문을 두 개나 열어야
한다. 대표실 앞에 선 윤기철이 노크를 하자 문이 열렸다.

"어서오세요."

문을 연 정순미가 말했으므로 윤기철은 잠자코 방 안으로 들어
섰다. 책상 하나, 소파 한 조가 놓인 방 안에는 둘뿐이다. 조경필은
보이지 않았다. 소파에 앉은 윤기철이 정순미를 보았다.

"대표님은?"

그때 정순미가 가방을 가져와 탁자 위에 놓았다. 검정색 알루미늄제 서류 가방이다.

"이 가방 가지고 가시라고요."

앞쪽 자리에 앉은 정순미가 눈웃음을 쳤다.

"이 가방 드리려고 대표님 사무실을 빌렸어요."

"그렇군."

머리를 끄덕인 윤기철이 소파에 등을 붙였다.

"자주 빌려야겠어."

"왜요?"

"우리 둘이 데이트하는 데 이보다 더 좋은 장소가 어디 있어? 안 그래?"

윤기철이 카드를 던졌다. 정순미를 떠볼 심산이다. 그때 정순미의 얼굴이 붉어졌다. 두 볼부터 붉어지더니 금방 눈 주위까지 번졌다. 정순미가 시선을 내린 채 자리에서 일어섰다.

"잘 다녀오세요. 과장님."

"잠깐만."

정순미의 시선을 받은 윤기철이 손으로 소파를 가리켰다.

"앉아. 이야기 좀 하게."

"무슨 이야기요?"

주춤거리던 정순미가 다시 자리에 앉았으므로 윤기철은 어깨를 폈다. 할 이야기는 없다.

"우리가 여기 있는 동안 아무도 들어오지 못해. 대표 동지가 보초를 서줄 것이거든."

"글쎄, 무슨 이야기를 하시려고요?"

"재미있잖아, 대표 동지를 보초 세우고 말이야."

"장난하지 마세요."

정순미가 눈을 흘기는 시늉을 했지만 웃음을 참느라고 콧구멍이 조금 벌름거렸다. 정색한 윤기철이 정순미를 보았다.

"난 여자친구가 있었지만 여기 개성에 오기 전에 헤어졌어."

정순미는 눈만 깜박였고 윤기철이 말을 이었다.

"내가 차인 거지. 솔직히 개성공단에 발령받으면 좌천이야. 밀려난 것이나 마찬가지지. 그러니 보통 여자라면 차는 것이 당연…."

"저기요."

그때 말을 자른 정순미가 어깨를 부풀렸다가 내리더니 윤기철을 보았다. 다시 볼이 조금 붉어져 있다.

"그분 좋아하셨어요?"

"응?"

"사랑하셨느냐고요?"

윤기철의 얼굴에 쓴웃음이 번졌다.

"내가 엉덩이를 딥다 차인 것도 당연하지. 내 이용 가치가 없어졌으니까."

"……."

"아프리카 출장을 가서도 휴대전화 통화를 하는데 여긴 휴대전화도 안 터지잖아?"

"……."

"그 여자는 여기 사정을 두루 꿰고 있었다고. 그래서….."

"저기요."

다시 윤기철의 말을 끊은 정순미가 윤기철을 보았다.

"이제 그만요."

"그러지."

이제는 윤기철이 먼저 자리에서 일어섰다. 입가에 웃음이 떠올라 있다.

‡

달라졌다. 오늘은 업무용 회사차를 몰고 나왔는데 통행증을 내밀었더니 북측 관리는 이름과 얼굴만 확인하고 나서 그대로 통과시켰다. 위쪽에서 지시가 내려온 것 같다. 이번 서울행은 휴가다. 5박6일, 일요일까지 끼어서 7일간 휴가를 받은 것이다. 그런데 자유로를 달리던 윤기철은 자신의 가슴이 가라앉아 있는 것을 느꼈다. 휴가 가는 분위기가 아닌 것이다. 꼭 뭔가를 떼어놓고 가는 것 같다. 옆쪽 의자 위에 놓인 검정색 알루미늄 가방은 어느덧 잊고 있었다.

"이런 빌어먹을."

앞쪽을 응시한 채 윤기철이 혼잣말을 했다.

"내가 어쩌려고 이러지?"

제 마음속을 읽은 것이다. 정순미다. 정순미가 들어 있다. 무겁고 뜨거운 느낌. 그러나 안정되어서 가슴을 편안하게 만드는 존재,

이건 윤기철이 처음 느끼는 감정이다.

"할 수 없지 뭐."

다시 불쑥 말을 뱉은 윤기철이 제 목소리를 듣고는 그 의미를 분석했다. 저절로 튀어나온 말이어서 제 본심을 알아내려는 것이다. 그러나 알 수 없다. 여건상 불가능하다는 뜻인지 마음 가는 대로 내버려두자는 소리인지.

‡

"수고하셨습니다."

가방을 받은 박도영이 정색하고 말했다. 이곳은 인사동의 한정식집 방 안이다. 오늘도 방 안에는 셋이 둘러앉았다. 윤기철과 박도영, 이인수다. 가방을 내려놓은 박도영이 내용물을 볼 생각도 않았는데 윤기철도 열어보지 않았다. 그때 박도영이 물었다.

"이번에는 휴가라고 하셨지요?"

"예, 일주일간. 다음 주 수요일에 돌아갑니다."

"푹 쉬시겠네요."

"지겨워질 것 같아요. 괜히 휴가를 오래 낸 것 같습니다."

"그래요?"

이인수와 시선을 부딪친 박도영이 웃고 나서 물었다.

"보조사원 정순미하고는 잘 지내시죠?"

"아 그거야…."

말을 멈춘 윤기철이 박도영을 보았다.

"무슨 문제가 있습니까?"

"아닙니다. 자, 술이나 한잔하시지요."

박도영이 술병을 들어 윤기철의 잔에 소주를 따랐다. 교자상에는 한정식 찬이 가득 놓여 있었지만 셋은 젓가락으로 깨지락거리고만 있다.

"건강을 위해서 한잔하십시다."

술잔을 들어 올린 박도영이 한 모금에 술을 삼키더니 윤기철을 향해 웃었다.

"정순미 성분이 좋습니다."

아까부터 긴장하고 있던 윤기철이다.

잠자코 시선만 준 윤기철에게 박도영이 말을 이었다.

"아버지가 당원으로 개성중학교 교감이고 어머니는 개성제1병원 간호부장이죠. 정순미가 개성공단에 오기 전에는 보육원 교사였습니다."

"……."

"정순미는 저쪽으로부터 교육을 철저히 받겠지요. 아마 정순미의 일거수일투족이 계산된 행동이라고 봐도 될 겁니다."

일거수일투족이란 말에 윤기철의 눈이 치켜떠지는 것을 본 박도영의 얼굴에 쓴웃음이 번졌다.

"그 사람들, 아무나 연락원으로 쓰지 않습니다. 사상 무장이 철저하게 되어 있고 집안이 좋은 데다 훈련까지 잘된 요원들을 내보냅니다."

정순미가 바로 그 주인공이란 말이었다. 가슴 한쪽이 송곳으로 찔린 기분. 윤기철은 이맛살을 찌푸렸다. 실감이 나지 않았다. 그때 박도영이 말했다.

"그리고 이것 받으시지요."

박도영이 눈짓을 하자 이인수가 가슴 안주머니에서 봉투 하나를 꺼내 내밀었다. 봉투를 받은 윤기철이 물었다.

"뭡니까?"

"사례비라고 해야 될까요? 우리는 작전비라고 합니다만."

박도영이 웃지도 않고 봉투를 눈으로 가리켰다.

"국가를 위한 일을 하고 계시지만 우리도 월급 받지 않습니까? 북한하고 다른 점이죠. 정순미는 이렇지 못할 테니까요."

‡

봉투에는 100만 원권 수표가 10장 들어 있었다. 1000만 원이다. 거금이다. 윤기철의 급여 넉 달분 실수령액에 해당한다. 1만 달러, 윤기철의 머릿속은 그것이 정순미의 100달분 월급 가깝게 된다는 것까지 계산해낸다. 인간의 뇌는 시키지 않아도 그렇게 연상하는 습성이 있다. 잠재의식이 건드린 것 같지만 기계처럼 그쪽을 끌 수는 없는 노릇이니 미안해할 필요는 없다.

"아이고."

봉투에서 수표를 꺼낸 어머니가 비명 같은 외침을 뱉었다. 윤기철 스물아홉 평생에 어머니의 이런 반응은 처음이었다.

"아이고, 이게 얼마야?"

수표를 쥘부채처럼 쫙 편 어머니가 다시 외쳤다. 그 서슬에 두 장이 식탁 위로 떨어졌다.

"야, 백만 원짜리다."

집에 와 있던 동생 윤영철이 수표를 집어 들고 소리쳤다.

"천만 원이야."

윤기철이 말했을 때 소파에서 TV를 보던 아버지가 마침내 입을 열었다.

"특별 보너스라고?"

"예, 아버지."

"아이고, 진짜 천만 원이네."

어머니의 외침을 배경음악처럼 들으면서 아버지가 다시 물었다.

"느그 회사가 잘되냐?"

"예, 개성공단 회사가요."

"공단 직원들 다 받았어?"

"아니, 한국 쪽 파견 직원만요."

"엄마, 수표 이리 줘봐."

그때 윤영철이 끼어들었다.

"놔, 놔, 봐서 뭐하게!"

어머니는 수표를 보여주지도 않으려고 한다.

"아, 시끄러!"

버럭 소리를 지른 아버지가 곧 입맛을 다시더니 윤기철을 향해 웃었다.

"돈이 저렇게 좋은가?"

윤기철의 가슴이 먹먹해졌다. 아버지가 그날 벌어온 1만 원권 지폐를 펴고 있던 어머니가 떠올랐기 때문이다. 그때 아버지는 그 앞쪽에 앉아 있었는데 대부분 어깨를 펴고 으스대는 분위기다. 그런데 지금 어머니는 그보다 백배는 좋아한다. 1만 원 권 대신 100만 원짜리 수표를 펴고 있는 것이다.

‡

명색이 휴가였지 낮에는 '교육'을 받았다. 박도영은 윤기철의 휴가일에 맞춰 완벽한 교육 계획을 세워놓고 있었다. 다음 날 오전에 윤기철은 소공동의 빌딩 5층 사무실에서 보안과 안전 교육을 받았다. 편하게 소파에 앉아 '김선생'과 '최선생'이라고 자신을 소개한 두 사내로부터 연락 방법이나 미행을 피하는 방법 등을 교육 받았는데 재미가 있었다. 그들은 '참고로' 또는 '요원은 아니지만' '만일의 경우에 대비해서' 등의 단서를 달고 나서 말해주었지만 진지한 자세였다. 윤기철도 자신은 이미 수렁에 빠진 처지라는 것을 알고 있었기 때문에 열심히 들었다. 멈추면 위험하다. 계속 나아가는 방법밖에 없는 것이다. 오후에 중식당의 방에서 점심을 먹으면서 박도영이 말했다.

"알아두시는 것이 나을 것 같다고 판단했습니다. 윤 과장님이 전성일이라고 알고 있는 사람은 당 조직비서실 소속의 부부장급 인사요. 당 조직비서는 조기홍이고 조기홍은 김정은의 최측근이지요."

조기홍은 언론을 통해 많이 듣고 보았다. 화면으로 보았지만 얼굴도 안다. 김정은 옆에 자주 앉아 있었다. 박도영이 말을 이었다.

"이것은 곧 김정은의 은밀한 메시지라고 우리는 판단하고 있어요. 북한과 공식 비공식 채널이 여러 개 있지만 지금 우리는 가장 강하고 빠르며, 은밀한 통로를 개척한 겁니다."

"……."

"어제 가져오신 가방에 그 증거가 들어 있었습니다."

윤기철의 시선을 받은 박도영이 크게 심호흡을 했다.

"나는 우연을 믿지 않습니다. 그래서 TV에서 주인공이 여자를 거리에서, 식당에서, 외국에서까지 우연히 만나는 장면이 나오면 꺼버리지요. 이건 유치하다고 표현하기 이전에 협잡이고 사기죠. 시청자 수준을 무시하는 싸구려 농간입니다."

표현이 심하다는 생각이 들었지만 박도영의 표정은 진지했다.

"벼락 맞아 죽는 사람, 교통사고를 당한 사람도 원인이 있었기 때문입니다. 전류가 흐르는 곳에 있었든지 차 뒤에 바짝 붙어 있었든지…."

물잔을 들어 한 모금 삼킨 박도영의 얼굴에 쓴웃음이 번졌다.

"난 윤 과장님이 연락원으로 선택된 게 우연이 아니라는 말씀을 드리려는 겁니다."

"……."

"따라서 윤 과장님 주변에서 일어나는 일은 우연한 사건이 아니라는 주의가 필요합니다."

숨만 들이쉬는 윤기철을 향해 박도영이 말을 이었다.

"북측도 준비했고 우리도 준비한 상태라는 말입니다. 이 작전이 즉흥적이 아니라는 말씀을 드리고 싶었어요."

그때 윤기철이 물었다.

"작전 목적은요?"

불쑥 물었지만 박도영은 기다리고 있었다는 듯이 대답했다.

"평화 공존."

‡

사람은 대개 주머니가 든든하면 배포가 커지는 법이다. 물론 그 '사람'은 평범한 인간을 말한다. 부자는 그런 감동이 없을 테니까. 오늘 윤기철은 이태원의 그린호텔 17층의 라운지에서 한 병에 30만 원짜리 위스키를 마시고 있다. 오후 8시 반, 어둑한 라운지의 분위기는 따뜻하고 감미롭다. 조명과 향기, 그리고 낮게 깔리는 음악이 잘 어울렸다.

"어, 이 자식, 불러내기는."

다가온 사내는 선배 임승근. 그런데 뒤에 생글생글 웃으면서 신이영이 따르고 있다.

"내가 연락했더니 두말 않고 달려오는구먼."

앞쪽에 앉으면서 임승근이 신이영을 향해 이죽거렸다.

"그래, 어쩔래?"

신이영이 윤기철의 옆에 앉으면서 눈을 흘겼다. 윤기철은 숨을 들이쉬어 신이영에게서 풍겨나오는 향내를 맡았다. 그 순간 신이영의 끈적이는 알몸이 떠오르면서 몸이 뜨거워졌다.

"잘 지냈어?"

그제야 신이영이 묻자 윤기철은 웃기만 했다. 반가웠다. 임승근에게만 연락을 했는데 신이영까지 데리고 나온 것이다.

"자식아, 너, 열흘 만에 다시 나온 거지?"

잔에 술을 따르면서 임승근이 묻더니 스스로 대답했다.

"이번에는 무슨 일이냐? 신이영 씨 보러 온 거야?"

"그것도 그렇고, 회사 일로."

"그것도 그래?"

눈을 가늘게 떴던 임승근이 입만 벌리고 웃었다.

"자식, 빠졌군."

"자기야, 고마워."

바짝 붙어앉은 신이영의 눈동자가 반짝였다.

"야, 이번에는 남북경협자금 얼마나 가져온 거야?"

술잔을 든 임승근이 묻자 신이영은 질색을 했다.

"좀 가져왔어."

시치미를 뗀 얼굴로 윤기철이 임승근에게 대답했다.

"여기도 어려운 사람이 많을 것 같아서."

"입 안 다물래?"

마침내 신이영이 눈을 흘겼지만 임승근은 마무리를 했다.

"왜, 액자 하나 더 만들어야지."

✝

신이영의 알몸은 뜨겁고 탄력이 있었다. 두 번째 밤이었지만 빈틈없이 엉켰고 리듬이 맞았다. 창문을 열어젖힌 모텔 방 안으로 습기를 머금은 바람이 몰려 들어왔다. 흰 커튼이 날리면서 신이영의 신음도 흩어졌다. 물 튀기는 소리가 들리는 것도 방 안 분위기를 더 고조시킨다. 이윽고 신이영이 사지를 힘껏 조이면서 폭발했다. 거침없는 탄성이 터져 나갔으므로 윤기철은 황급히 손바닥으로 막았다. 신이영이 손을 깨물었다. 그 순간 참지 못한 윤기철이 터졌고 그것을 느낀 신이영의 몸이 다시 경직되었다. 밤이 깊었다. 밤바람 속에 도시의 매캐한 냄새가 맡아졌다. 바람이 땀에 젖은 피부를 스치고 지나면서 살이 닿은 부분이 끈적끈적해졌다.

"자기, 나, 뭐하는지 알지?"

얼마쯤 시간이 지났는지 모른다. 이제는 윤기철의 팔을 베고 누운 신이영이 생각난 듯 물었다. 볼을 윤기철의 가슴에 붙이고 있어서 숨결이 스치고 지나갔다.

"그래 알아."

윤기철이 신이영의 어깨를 당겨 안았다.

"부자라면서?"

"하지만 그 30만 원, 나에겐 3억보다 가치 있는 돈이었어."

"비꼬지 말라고."

"개성공단 발령받고 여친한테 차였어?"

"형이 별걸 다 이야기했네."

"액자 이야기도 했지?"

"진짜 해놓은 거야?"

신이영이 입을 다물어서 방 안에 잠깐 정적이 덮었다. 흰 커튼이 출렁거리고 있다. 방 안의 불은 환했고 두 알몸의 사지는 아직도 엉켜 있다. 신이영의 다리 한 짝이 윤기철의 하반신 위에 비스듬히 걸쳐졌다. 이윽고 신이영이 물었다.

"내가 자기 왜 좋아하는지 알아?"

"아, 그럼."

천장을 바라본 채 윤기철이 시큰둥한 표정으로 대답했다. 잠깐 시선을 든 신이영이 다시 윤기철의 가슴에 볼을 붙였다.

"알면 이유 말해봐."

"개성공단에 있으니까."

신이영이 입을 다물었고 윤기철은 말을 이었다.

"한번 딱 들어가면 휴대전화 통화도 안 되는 놈이니 놀고 뒤탈이 없어서 좋지."

"……."

"내가 그런 이유로 엉덩이를 차였지만 그걸 좋아하는 상대도 있는 거야. 다 음양이 있는 법이라고."

그때 신이영이 상반신을 일으켰다. 젖가슴이 출렁였다가 바로 섰다. 눈이 부신 것처럼 그 젖가슴을 바라보며 누운 윤기철에게 신이영이 말했다.

"나 갈게."

"내가 너무 자주 오는 편이야?"

신이영이 침대 밖으로 나오면서 커다란 엉덩이가 윤기철 쪽으로 펼쳐졌다. 숨을 들이쉰 윤기철이 눈도 깜박이지 않고 엉덩이를 보았다. 그때 신이영이 윤기철에게 몸을 돌렸다.

"가기 전에 언제라도 전화해."

시선이 부딪치자 신이영이 이를 드러내고 웃었다.

"실컷 회포 풀고 가."

‡

"어, 거기 앉아."

지도총국 국장 오영환이 웃음 띤 얼굴로 앞쪽 의자를 가리켰다. 오전 10시 반, 중앙특구개발 지도총국은 섬유단지 아래쪽에 위치해 있어서 '용성'에서는 걸어서 10분 거리밖에 안 된다. 그러나 정순미는 차로 왔기 때문에 5분도 안 걸렸다. 정순미가 잠자코 자리에 앉았을 때 오영환이 피우던 담배를 재떨이에 비벼 껐다.

"그런데 갑자기 무슨 일이야? 급해?"

"네."

짧게 대답한 정순미가 똑바로 오영환을 보았다. 눈빛이 또렷했고 입술이 야무지게 닫혀 있다.

"윤기철이 휴가에서 돌아오면 근로자 충원을 요청할 겁니다. 제가 그렇게 시킬 테니까요. 그럼 조경필 동무가 요구서를 보낼 테니까 100명만 충원해주세요."

"100명이나?"

오영환이 눈을 둥그렇게 떴다.

"섬유에 할당된 인원이 250명인데 용성에 100명을 떼어주면 나머지 10여 개 공장은 어떻게 하고?"

"윤기철한테 힘을 실어줘야 됩니다."

정순미가 차가운 표정으로 오영환을 보았다. 얼굴 피부가 창백했고 핏기는 전혀 보이지 않는다. 여전히 시선을 준 채로 정순미가 말을 이었다.

"그래야 본인도 의욕을 낼 것이고 회사에서도 인정받게 될 테니까요."

"할 수 없군."

어깨를 늘어뜨린 오영환이 담뱃갑을 집어 들었다가 도로 내려놓았다.

"알았어. 조처하지."

"그리고 국장 동지."

자리에서 일어선 정순미가 머리를 조금 기울였고 이맛살을 찌푸렸다. 이것 또한 전혀 다른 모습이다. 오영환의 시선을 받은 정순미가 말했다.

"평양 백화점에서 남자용 실크 스카프 하나만 구해주세요. 윤기철이 휴가에서 돌아오면 선물하려고 그래요."

"아, 그래. 내가 평양에 연락하지. 그런데 언제까지 필요한가?"

"다음 주 수요일에 돌아오니까 월요일까지는 제가 받으면 좋겠네요."

"그러지."

자리에서 일어선 오영환이 웃음 띤 얼굴로 정순미를 보았다.

"지난번에 구해준 수제 손지갑은 받고 좋아하던가?"

정순미는 슬쩍 웃기만 했고 오영환은 그것으로 만족한 표정을 지었다.

‡

오늘도 회사에서 3교대로 철야 근무를 했기 때문에 정순미는 오후 10시 반이 되어서야 집에 돌아왔다. 개성 시내에 살고 있었기 때문에 회사에서 나와 한 시간이면 집에 닿는다.

"저녁 먹을래?"

TV를 보던 어머니가 물었으므로 정순미는 머리를 내저었다.

"회사에서 야식 먹었어."

"떡이 있는데, 줄까?"

"됐어."

아버지 정동호는 아직 귀가하지 않은 모양이다. 세 식구가 모두 직장에 다니기 때문에 같이 식사하는 경우가 드물다. 그러나 생활 수준은 상류층이다. 자가용만 없을 뿐이지 40평 아파트에 없는 것이 없다. 피아노는 정순미가 일곱 살 때 샀고 TV도 2대나 된다. 인민군 대좌였던 할아버지에 이어서 아버지도 결혼 전부터 당원인 혈통이다. 어머니 쪽 외가도 성분이 좋아서 외삼촌은 평양에서 산다. 정순미가 씻고 나왔을 때 어머니가 물었다.

"그 과장이란 놈, 서울에서 안 왔어?"

"다음 수요일에 온다고 했잖아."

앞쪽에 앉은 정순미가 TV를 보더니 이맛살을 찌푸렸다.

"또 보는 거야? 도대체 몇 번을 봐?"

"한 스무 번 됐나?"

화면에서 시선을 떼지 않은 채 어머니가 웃었다. TV에서는 한국 드라마 〈발리에서 생긴 일〉이 나오고 있다. 물론 비디오테이프다. 어머니 따라서 보는 바람에 정순미도 대사를 외울 정도가 되었다. 그때 리모컨으로 비디오를 끈 어머니가 머리를 돌려 정순미를 보았다.

"그 과장놈, 아버지가 택시운전사라고 했지?"

"그래, 개인택시."

"벌이는 어때? 개인택시."

"하루 벌어서 하루 먹는 일당 노동자나 같아. 쉬는 날에는 돈을 못 벌거든."

"남조선에서는 노동자가 하류층이라던데 그래도 그놈은 출세했구나."

소파에 등을 붙인 정순미가 두 다리를 쭉 뻗으며 웃었다.

"출세한 것도 아냐. 남조선에서는 개성공단으로 좌천을 보내는 경우가 많으니까."

"그놈이 너한테 화장품도 사다주는걸 보면 좋아하는 것 아니냐?"

"서울에서 엉덩이 차이고 개성에서 만회하려고? 어림없지."

"그게 무슨 말이야?"

정색한 어머니 김영화의 얼굴을 본 정순미가 피식 웃었다.

"개성으로 좌천되고 나서 제 애인한테 엉덩이를 차였다는 거야."

"누가 그래?"

"제 입으로."

"과장놈이?"

"그렇다니까?"

그러자 두어 번 눈을 깜박인 김영화가 말했다.

"너한테 그런 말까지 하는 걸 보면 널 좋아하는가보다."

"글쎄, 내가 대역이냐고? 난 싫어."

"대역 노릇하는 게?"

"아니, 괜히 부잣집 자식처럼 티를 내는 것이. 겸손한 척, 모른 척 시치미를 떼지만 다 드러나."

그러고는 정순미가 머리까지 내저었다.

"일 때문에 어쩔 수 없이 접촉하는 거야."

어머니에게 그 일 내용을 말해줄 수는 없는 것이다. 평양에서 온 전성일 동지한테 직접 지시를 받은 후부터 정순미는 사명감으로 벅차 있는 상태였다. 개성공단 근로자로 채택되었을 때보다 10배는 더 큰 감동을 받은 것이다. 조국을 위한 일이다. 정순미는 각오가 되어 있었다.

‡

"기억해두셔야 할 일이 있는데."

오전 교육이 끝났을 때 박도영이 말했다. 소공동의 사무실 안에서 둘은 마주 보고 앉아 있다. 박도영이 말을 이었다.

"정순미가 북측의 준비된 연락원이라는 말씀은 드렸지요?"

"예, 들었습니다."

"정순미 집안이 좋아요. 아버지가 개성중학교 교감으로 당원이고 어머니는 개성 제1병원 간호부장입니다."

"……."

"북한에서는 상류층이죠. 개성 시내의 40평짜리 아파트에서 사는 건 우리 쪽으로 치면 방배동에서 60평짜리에서 사는 것과 같다고 보시면 될 겁니다."

"……."

"북측도 윤 과장님 주변 조사를 다 했겠지만 우리도 마찬가지죠."

그때 문득 윤기철의 머릿속에 신이영의 알몸이 떠올랐다. 어젯밤 행적을 북측이, 그리고 박도영도 알고 있는 것이 아닐까? 그때 박도영이 물었다.

"정순미 성품이 어떻습니까?"

"수줍음을 많이 타고 얼굴이 잘 빨개졌는데, 처음에는 모든 걸 다 근로자 대표한테 일러바쳐서 저하고 원수가 되었는데…."

"요즘은 나아졌어요?"

"그런 셈이죠."

"선물 같은 건?"

"지난번에 화장품세트를 사다줬더니 이걸 선물로 주더군요."

윤기철이 상체를 들고 바지 뒷주머니에서 지갑을 꺼내 보였다. 수제 지갑이다.

"어디 봅시다."

손을 내민 박도영이 지갑을 받아 들더니 앞뒤와 안을 살피고 나서 말했다.

"이거 평양에서 파는 겁니다. 수제로 150달러쯤 되는 건데 비싼 선물 받으셨네요."

"아니, 그건."

숨을 들이쉰 윤기철이 아직도 지갑을 살피고 있는 박도영에게 말했다.

"정순미가 제 손으로 만들었다고 하던데요?"

"그래요?"

퍼뜩 눈을 치켜떴던 박도영이 지갑 안쪽을 헤집더니 윤기철에게 보였다.

"여기 상표 떼어낸 자국 보이시죠? 잘 뜯어냈지만 실밥이 벌어져 있지 않습니까? 몇 년 전 평양에 간 한국 측 대표단원 하나가 이걸 10여 개 사서 나눠준 적이 있지요. 우리 직원도 하나 받아서 잘 압니다. 똑같네요."

윤기철이 마치 지갑에 뭐가 묻은 것처럼 조심스럽게 받았을 때 박도영이 말을 이었다.

"잘하시겠지만 모른 척하세요."

‡

밤 12시가 다 되어서 들어온 윤덕수가 윤기철을 보더니 밝은 얼굴로 말했다.

"됐다."

"뭐가요?"

윤기철은 되묻고 윤덕수한테서 돈가방을 받던 이정옥이 눈을 둥그렇게 떴다.

"정말요?"

이제는 윤기철이 이정옥을 보았을 때 윤덕수가 말했다.

"내일 저녁 7시에 사당동 사거리에 있는 일식당에서 만나기로 했어."

윤기철은 입을 다물었고 윤덕수가 저고리를 벗으면서 말을 이었다.

"그쪽도 부모가 나와. 딸하고 셋이지. 우리도 셋. 여섯 명, 방으로 예약까지 해놓고 왔어."

"내일 오전에 미장원 가야겠네."

이정옥은 1000만 원을 받더니 아버지 말대로 간이 부었다. 어제는 냉장고를 바꾸더니 오늘은 세탁기를 바꾸려고 돌아다니다 왔다. 윤기철은 방으로 돌아와 침대에 누웠다. 30평형 아파트여서 목소리만 높이면 안방의 소리도 다 들린다. 내용은 모르지만 어머니의 밝은 목소리가 울리고 있다. 내일 약속이란 아버지의 친구 딸과 '선'을 보는 것이었다. 요즘 같은 시대에 무슨 선이냐고 할 수도 있지만 윤기철 주변 인물들 대부분 그렇게 결혼했다. 침대에 누운 윤기철은 문득 자신이 아버지의 말에 전혀 거부감을 나타내지 않았다는 것을 떠올렸다.

‡

12시가 되었을 때 박도영이 방 안으로 들어섰다. 오늘은 매트리스를 깐 사무실 바닥에서 '호신술' 교육을 받는데 교관은 제 성도 가르쳐주지 않고 두 시간을 교육시켰다. 이제 막 교관이 나간 후여서 윤기철은 창가에서 땀을 말리는 중이다.

"교관이 윤 과장님 정도면 현장 요원으로 활용해도 되겠다고 합니다."

웃음 띤 얼굴로 말한 박도영이 윤기철과 창가에 나란히 섰다. 앞쪽은 건너편 빌딩의 창문도 없는 벽이다.

"좀 혼란스럽죠?"

팔짱을 끼고 선 박도영이 앞쪽을 향한 채로 불쑥 물었다. 윤기철은 힐끗 시선만 주었고 박도영의 말이 이어졌다.

"북한은 간단한 나라가 아니죠. 저 체제로 70년 가깝게 차곡차곡 굳어진 나라란 말입니다. 일순간에 허물어질 경우도 있겠지만 그만큼 기득권 세력은 자기 기반을 공고히 해놓았습니다."

"……"

"정순미는 기득권 세력 중 하나죠."

"……"

"이번에 개척된 이 루트는 가장 확실한 비밀 루트가 될 것 같습니다. 북한 집권자와 직통 라인이 만들어진 셈이지요. 남북 관계에 고무적인 일입니다."

그러고는 박도영이 윤기철을 보았다. 웃음 띤 얼굴이다.

"이렇게 선택되신 것이 부담이 되는 것만은 아니지요? 그렇지 않습니까?"

"그러네요."

어깨를 떨군 윤기철이 마지못한 듯한 표정을 짓고 대답했다.

"영광입니다."

그러나 박도영이 다시 앞쪽을 향한 채로 말을 잇는다. 차분한 얼굴이다.

"정순미는 연락원으로 선발된 것에 대한 자부심과 긍지를 갖고 있을 것이라는 생각이 드네요. 아마 그럴 겁니다."

박도영이 혼자서 머리를 끄덕였다.

"어릴 때부터 그렇게 배우고 자랐으니까요. 우리하고는 종자가 다릅니다."

"……."

"더구나 정순미는 북한의 상류층, 기득권층이죠. 정순미는 이미 윤 과장님의 환경에 대해서 다 알고 있을 겁니다."

이쪽에서 말도 해주었다. 이제 윤기철이 팔짱을 끼었다. 팔짱을 낀다는 것은 몸이 무의식중에 방어 자세를 취하는 것이다. 학창 시절 윤기철은 싸우려는 상대가 팔짱을 끼고 있으면 망설임 없이 주먹을 뻗었다. 그리고 백발백중 이겼다. 그런 상대는 겉으로는 으르렁대지만 속으로 떨고 있기 때문이다. 팔짱이 그 증거다. 이미 기 싸움에서 진 것이다. 박도영이 말을 이었다.

"이번 교육을 마치면서 주의하시라고 충고 말씀드리는 겁니다."

윤기철은 대답 대신 길게 숨을 뱉었다. 그것으로 족했는지 박도영은 가만히 있었다. 정순미는 긍지와 자부심으로 일하는 반면 대한민국의 나는 격려금 1000만 원을 받고 기운을 낸 셈이다. 그것이 남북한의 차이가 되었다. 어깨를 부풀렸던 윤기철이 팔짱을 풀었다.

‡

"반갑습니다."

먼저 부모에게 인사를 하고 나서 윤기철이 여자한테 그렇게 말했다. 시선을 받은 여자의 얼굴에 웃음이 떠올랐다.

"저도요."

서정아, 26세, 천안전문대 졸, 가구회사 직원, 둥근 얼굴에 부드러운 인상, 168cm쯤 되었고 살찌지도 마르지도 않은 건강한 체격. 윤기철의 부모는 좋아서 웃음을 참느라고 애쓴다. 배추밭에서 삼을 본 것 같은 분위기다. 그런데 서정아의 부모 쪽도 비슷했다. 우선 윤기철의 키가 185cm나 되는 데다 건강하다. 그리고 중소기업이지만 이름이 알려진 회사 과장이다. 이들에게 개성공단 파견은 별로 중요하지 않다. 윤덕수는 초등학교 동창이며 같은 개인택시 운전사인 서정아 아버지에게 박도영한테서 받은 1000만 원도 이

야기했을 것이다. 1년에 서너 번 이런 보너스를 받는다고 뻥쳤을
지도 모른다. 이것이 내 수준이다. 갑자기 가슴이 서늘해진 윤기철
이 어깨를 부풀렸다가 내렸다. 정순미가 상류층이라고?

‡

대충 밥을 먹은 양가 부모가 후식도 안 먹고 방을 나갔을 때는
30분쯤 후다. 모두 다 생선초밥을 시켰기 때문에 식사가 빨리 끝
났다. 윤기철이 빈 그릇들을 둘러보고 나서 서정아에게 물었다.
"포장마차에서 소주나 한잔할까요?"
그 순간 서정아의 눈동자가 흔들렸다가 바로잡혔다.
"포장마차요?"
"네, 오면서 보니까 근처에 포장마차가 많던데."
서정아가 2초쯤 시선을 준 채로 입을 떼지 않았는데 윤기철은
기다렸다. 물론 분위기 좋은 카페나 택시를 타면 10분 안에 호텔
바에도 갈 수 있다. 그렇다고 포장마차가 막 내놓은 카드도 아니
다. 호의적으로 보면 받아들일 수도 있다. 그때 서정아가 말했다.
"네, 좋아요. 소주 한 병만 마셔요."
선은 처음 보지만 다 마찬가지 아니겠는가? 시작이 중요하다.
포장마차 안 가겠다고 했다면 가볍게 끝낼 수 있었다. 그쯤은 중
학생도 아는 기본 상식이다.

‡

포장마차에 들어가 나란히 앉아 안주가 놓이고 소주잔이 채워지는 동안 분위기는 점점 부드러워졌다. 윤기철이 툭툭 말을 던지고 서정아가 웃는 패턴이 반복되었지만 자연스러웠다. 서정아는 조하나처럼 까탈스러운 성격이 아닌 것 같았다. 같은 개인택시 운전사 자손으로 재고 자시고 할 것이 있겠느냐는 의식이 그렇게 만들었는지 모르지만 편안했다. 웃는 얼굴을 보다가 몇 번 같이 잔 것 같다는 착각까지 들 정도였다.

"그런데요."

소주를 둘이 한 병쯤 비웠을 때 서정아가 웃음 띤 얼굴로 윤기철을 보았다.

"양가 부모님은 서로 마음에 드시는 것 같죠? 안 그래요?"

"글쎄올시다."

윤기철은 그렇게만 대답했다. 어머니야 조금 따지겠지만 아버지는 '소한테 치마만 입혀 데려가도 네가 살지 내가 사냐?' 할 양반이다. 물론 서정아가 소는 아니다. 그때 서정아가 말했다.

"제가 애인이 있는데 당분간은 보이지 못할 말 못할 사정이 있거든요?"

"……."

"가만 보니깐 그쪽도 부모님한테 시달리시는 것 같은데 우리 당분간 교제하는 척하면서 시간을 버는 것이 어떨까요?"

아주 조리 있고 명료한 대사였다. 감동한 윤기철이 심호흡을 두 번이나 하고 나서 서정아를 보았다.

"남북 핵협상도 일방적으로 되는 것이 아니죠. 서로 내놓을 것
이 있어야 하니까요. 난 부모한테 별로 시달리지 않아요. 개성공단
으로 들어가면 전화도 불통이거든요."

말이 술술 나왔지만 긴 말에는 거짓말이 끼어 있다고 믿어온 윤
기철이다. 그래서 나중 말은 짧게 줄였다.

"조건을 내놓고 합의합시다. 내 조건은…."

"뭐죠?"

서정아가 짧게 물었으므로 윤기철이 어깨를 부풀렸다가 내렸다.

"그쪽 말 못할 사정이 풀릴 때까지 한 달에 한 번씩 자주는 것."

"……."

"물론 한 번에 한 시간이면 됩니다."

"……."

"내가 두 달에 한 번 나올 때도 있어요. 그럼 한 달, 아니, 한 시
간 버는 거지."

그러자 시선만 주고 있던 서정아가 차분한 표정으로 머리를 끄
덕였다.

"고려해볼게요."

눈이 마치 시체의 눈 같았으므로 윤기철은 그 말이 다른 쪽 귀
로 빠져나갔다. 그래서 자리에서 일어선 서정아의 허리에 대고 겨
우 말했다.

"계산은 내가 할 테니까 그냥…."

144

‡

"아, 당분간 교제해보기로 했어요."

다음 날 아침, 식탁에서 만난 윤덕수의 시선을 받자 저절로 터져나온 윤기철의 말이다. 계획하지 않았다고 할 수는 없다. 그것이 최선의 방법이라고 뇌가 계산했다고 봐야 옳다. 어젯밤에는 혼자 술을 마시고 늦게 들어온 것이다. 갑자기 외로워졌다고 아무나 불러대는 성품의 윤기철이 아니다. 술 먹다가 신이영 생각이 열 번도 더 났지만 참았다.

"잘 생각했다."

만족한 표정이 된 윤덕수가 군말 없이 콩나물국을 떠먹으면서 말했다. 다른 때 같으면 내가 술도 마시지 않았는데 웬 놈의 콩나물국이냐고 했을 것이다. 어머니가 윤기철 해장하라고 끓였기 때문이다.

"걔가 아주 살림꾼이란다. 반찬 솜씨도 좋아서 술안주는 다 만든다는구면."

"며느리하고 같이 살 것도 아니면서 웬 술안주래?"

어머니가 빈정거렸지만 기분 좋은 아버지는 놔두었다.

"오늘 춘식이하고 한잔해야겠구면."

서춘식은 서정아 아버지의 이름이다. 반찬을 집던 윤기철의 얼굴에 희미하게 웃음이 떠올랐다. 서춘식이 그 소리를 들으면 서정아한테 이야기할 것이고 그 다음 과정이 궁금했기 때문이다. 자, 그냥 놔둘 것인가? 최소한의 성의라도 보여야 도리 아닌가?

‡

개성으로 돌아가는 날 아침, 소공동 사무실에 들른 윤기철에게 박도영이 가방 하나를 탁자 위에 내려놓으며 말했다. 검정색 알루미늄 가방으로 컸고 무거워 보였다.

"이걸 가져가시지요."

내용물을 물을 생각도 없었기 때문에 가방에서 시선을 뗀 윤기철에게 박도영이 말을 이었다.

"미화 50만 달러가 들었습니다."

머리를 든 윤기철을 향해 박도영이 쓴웃음을 지어 보였다.

"조금씩 쓰셔야 될 것 같습니다. 아마 가져가시는 데는 별 지장이 없을 겁니다."

"알겠습니다."

머리를 끄덕인 윤기철의 앞쪽에 박도영이 다시 작은 상자를 놓았다.

"펴보시지요."

상자를 들고 뚜껑을 연 윤기철이 숨을 삼켰다. 시계가 들어 있었기 때문이다, 여자용으로 두 개나. 롤렉스 마크가 선명하게 드러났다. 고가품이다. 시계에서 시선을 뗀 윤기철이 박도영을 보았다. 얼굴이 굳어 있다.

"정순미한테 주는 겁니까?"

"정순미 어머니한테까지 주는 거죠."

박도영이 이만 드러내고 소리 없이 웃었다.

146

"받으면 좋고 받지 않아도 상관없습니다. 우리한테는 손해 보는 장사가 아니죠."

"……."

"지난번에는 15만 원짜리 화장품을 사주셨지만 지금은 조금 긴장할 겁니다. 아무리 정순미가 상류층이라고 해도 저건 구하기 힘들 테니까요."

"알겠습니다."

선뜻 대답이 나온 것은 상류층 소리에 자극을 받아서다. 윤기철이 자리에서 일어서자 박도영이 손을 내밀어 악수를 청했다. 윤기철이 손을 내밀었더니 박도영이 의외로 힘껏 쥐었다. 눈빛도 강해져 있다.

‡

오후 2시 반, 박도영이 말한 대로 윤기철은 가방과 시계 상자를 들고 개성공장에 도착했다. 한국 측은 물론 북한 측도 윤기철이 탄 승용차는 안에 뱀이라도 들어있는 것처럼 문만 열어놓고는 손을 대려고도 안 했다. 그들은 앞뒤 차의 시선을 의식해서 통과시킬 때 검사하는 시늉은 했지만 뒷자석에 놓인 가방은 보이지 않는 모양이었다. 먼저 가방을 숙소 사물함에 넣어두고 사무실로 들어섰더니 김양규가 반겼다.

"아이고, 어서 와. 오 국장이 자네 찾았어."

큰 소리로 말하는 바람에 사무실 안의 시선이 모였다. 과장 둘에 여직원 넷이 앉아 있었는데, 정순미만 이쪽에 시선을 보내지 않는다.

"그래요. 박스 체크 좀 하고 연락하겠습니다."

그러면서 정순미의 등에 대고 말했다.

"정순미 씨, 선적 파일 갖고 창고로 갑시다."

사무실 안에서는 존댓말이다. 다가온 오석준과 건성으로 인사를 하고 난 윤기철이 사무실을 나왔다. 건물 밖으로 나와 창고를 향해 천천히 걸었더니 뒤에서 발걸음 소리가 점점 가까워졌다. 이윽고 옆으로 다가온 정순미가 웃음 띤 얼굴로 윤기철을 보았다.

"잘 다녀오셨어요?"

윤기철은 오후의 햇살을 받아 환해진 정순미의 얼굴을 보았다. 속눈썹 끝이 반짝이고 있다. 귓가의 솜털을 본 순간 윤기철의 심장박동이 빨라졌다.

"창고에 들어가 있어."

윤기철이 정순미의 귀에 시선을 준 채로 말했다.

"전성일 선생한테 드릴 가방을 가져왔는데 꽤 무거워."

정순미가 머리를 끄덕였다.

"알았습니다. 기다릴게요."

"그동안 별일 없었지?"

"네."

"나 보고 싶지 않았어?"

억지로 만든 소리다. 박도영이 정순미에 대해서 말해주지 않았다면 이런 말 묻지도 않았다. 그때 정순미가 머리를 들었다. 윤기철을 마주 보면서 윤기 있는 입술을 뗀다.

"보고 싶었죠."

그 순간 윤기철은 숨을 들이쉬었다. 시선을 뗀 윤기철이 몸을 틀어 숙소 쪽으로 발을 디디면서 박도영이 거짓말을 했을지도 모른다는 생각을 했다. 그런 사람들이야 거짓말을 밥 먹듯이 하지 않겠는가? 작전을 하려면 상대를 속여야 하는 것이 필수다.

"고마워."

윤기철이 창고 쪽으로 갈라지는 길에 선 정순미의 옆모습에 대고 말했다.

"나도 매일 정순미 씨 생각했다고."

몸을 돌린 윤기철이 서둘러 발을 뗐다. 그래, 작전이다. 너도 작전, 나도 그렇다. 갈 때까지 가보자. 문득 그런 생각이 떠올랐고 그 순간 마음이 안정되는 느낌이 들었다. 죄책감이 사라진 것이다.

‡

창고 안으로 들어선 윤기철이 문을 닫고는 자물쇠까지 채웠다. 이곳은 업무과용 창고로 사무용품, 작업복, 신발, 서류 등이 쌓여 있다. 20평 정도의 면적에 안쪽에는 책상과 의자, 낡은 소파까지 놓였는데 정돈이 잘되었다. 책상 옆쪽 의자에 앉아 있던 정순미가 일어섰는데 조금 긴장한 것 같다. 형광등 빛에 비친 흰 얼굴이 굳어 있다. 다가선 윤기철이 먼저 알루미늄 가방을 책상 위에 놓았다. 가방이 무거워서 묵직한 소리가 났다. 그리고 종이백도 옆에 놓았다. 시계다. 윤기철이 의자에 앉자 정순미가 잠자코 앞쪽에 앉는다. 마주 보는 위치다. 거리는 50cm 정도, 숨결이 닿을 정도다. 윤기철이 정순미를 보았다. 정순미의 시선이 윤기철의 목에 닿는다. 부드러운 표정이 되어 있고 겸손한 자세다. 그 순간 윤기철의 머릿속에 박도영의 목소리가 울렸다.

"상류층."

청 천 벽 력

"저건 전성일 선생한테 전해줘."

윤기철이 알루미늄 가방을 눈으로 가리키고 나서 종이백을 집어 정순미에게 내밀었다.

"이건 내가 정순미 씨한테 주는 선물이야, 받아."

그때 예상 밖의 일이 일어났다. 정순미가 방그레 웃었던 것이다. 얼굴이 굳어지거나 빨개진 것이 아니다. 웃었다. 정순미가 종이백을 받으면서 묻기까지 했다.

"뭔데요?"

김이 빠졌다기보다 변화에 적응 못해서 당황했다는 표현이 맞을 것이다. 그래서 윤기철은 말까지 더듬었다.

"어, 시, 시계."

종이백에서 시계 상자를 꺼낸 정순미가 뚜껑을 열더니 활짝 웃었다.

"세상에, 롤렉스네."

나머지 하나도 열어본 정순미가 눈을 크게 뜨고 윤기철을 바라보았다.

"두 개나."

"하나는 정순미 씨 어머님한테 드리려고 샀어."

아무리 북한 상류층이라고 해도 롤렉스를 함부로 차고 다니지는 않겠지. 언젠가 김정일 생전에 군 장성, 당 간부에게 롤렉스를 선물로 줬다는 기사를 읽은 적도 있다.

"정말 이거 받아도 돼요?"

이제는 조금 상기된 얼굴로 정순미가 물었으므로 윤기철의 얼굴에도 웃음이 떠올랐다.

"아, 당연히 받아야지. 당신과 당신 어머니 주려고 한참이나 고른 건데."

"고맙습니다."

"좋아하는 것 보니까 나도 기뻐."

"저기."

정순미가 의자 밑에서 포장지로 싼 얇은 꾸러미를 윤기철에게 건넸다.

"이건 제 선물요."

"어?"

놀란 윤기철이 꾸러미를 받더니 다시 웃었다.

"이것, 참, 내가 선물 받으려고 그런 건 아닌데."

포장지를 뜯자 화려한 색깔의 실크 스카프가 드러났다.

"이야."

윤기철이 감탄하자 정순미가 설명했다.

"평양 백화점에서 구해온 스카프예요. 과장님 어머님 갖다드리세요."

정순미의 선물도 전성일 측에서 공급해주었을 것이다. 윤기철이 짐짓 감동한 표정을 짓고 대답했다.

"그래, 고마워. 어머니도 좋아하실 거야."

"그런데요."

시계 상자를 다시 종이백에 넣으면서 정순미가 말했다.

"법인장님께 말씀드려서 오늘 중으로 근로자 충원 요청을 하시지요."

윤기철의 시선을 받은 정순미가 눈웃음을 쳤다.

"제가 대표 동지한테 이야기해놓을 테니까 요청서만 주시면 바로 총국에 제출하라고 할게요."

윤기철이 손목시계를 보았다. 오후 4시가 되어가고 있다.

"알았어. 오늘 중으로 대표한테 넘기도록 하지."

자리에서 일어선 윤기철이 쓴웃음을 지어 보였다.

"만일 되기만 한다면 내가 과장 진급이 될 거야. 난 과장대리거든."

‡

"뭐? 지금?"

윤기철의 말을 들은 김양규가 이맛살을 찌푸렸다. 법인장실 안이다.

"그야 충원 적어서 주는 건 10분도 안 걸리지. 그런데 갑자기 왜 그러는 거야?"

"지난번에 오 국장이 저한테 말했거든요."

정순미 이야기를 꺼낼 수는 없다. 김양규의 시선을 받은 윤기철이 말을 이었다.

"이번 달 초순에 충원 신청을 해보라고 말입니다."

"그랬어?"

"지금 써주시면 제가 조 대표한테 갖다주겠습니다."

"좋아, 기다려."

김양규가 서랍을 열면서 말했지만 믿기지 않는다는 표정이 역력했다.

"3년 동안 끌었는데 하루아침에 될까?"

"손해 볼 것은 없지 않습니까?"

"그건 그래."

서류를 꺼내놓은 김양규가 길게 숨을 뱉었다.

"내가 이놈의 서류 열 번도 더 썼다."

펜을 쥔 김양규가 앞에 선 윤기철을 보았다.

"몇 명을 요청할까? 50명? 50명만 충원돼도 춤을 추겠다."

"100명으로 하지요."

"그럼 넌 대번에 법인장으로 승진할 거다."

"되나 안 되나 그렇게 해보세요."

"에라 모르겠다."

김양규가 쓰기 시작했으므로 윤기철은 길게 숨을 뱉았다.

‡

윤기철이 대표실로 들어서자 조경필이 손을 내밀며 다가왔다.

"잘 오셨습니까?"

"예, 덕분에."

윤기철이 두 손으로 든 제품 박스를 탁자 위에 놓았다. 현재 공장에서 사용하는 제품 박스다. 윤기철이 박스 안에서 화장품 상자를 꺼내 조경필에게 내밀었다. 지난번에 정순미한테 사다준 것과 같다. 이번에도 오는 길에 두 개를 사왔는데 그중 하나를 제품 박스에 넣어온 것이다.

"이거, 한국산 화장품인데 중국 관광객들한테 아주 인기지요."

시선만 주고 있는 조경필의 옆에 박스를 내려놓은 윤기철이 벙긋 웃었다.

"조 대표님 생각이 나서 사왔습니다. 사모님께 갖다드리시지요."

"아니, 윤 과장님."

정색한 조경필이 손까지 들었을 때 윤기철이 말을 이었다.

"그리고 여기, 근로자 충원 신청서 가져왔습니다. 오늘 중으로 총국에 전해주셨으면 합니다만."

"신청서야 지금 갖고 가지요. 하지만…."

"잘 부탁합니다."

박스는 탁자 위에 둔 채 윤기철이 뒤로 한 걸음 물러서면서 다시 웃었다.

"이젠 제 호의도 받아주실 때가 되지 않았습니까?"

‡

아파트로 들어선 정순미가 이쪽에 등을 보인 채 주방에 선 어머니를 불렀다.

"어머니, 선물."

어머니가 머리만 돌렸으므로 정순미는 봉투를 흔들었다.

"윤기철이 선물 가져왔어!"

그제야 정순미는 어머니의 얼굴이 굳어 있다는 것을 깨닫고 주춤했다.

"뭐야? 무슨 일 있어?"

오후 10시 반이다. 특근을 했기 때문에 늦게 돌아온 것이다.

"아버지는?"

집 안을 둘러본 정순미가 다시 어머니에게 물었다.

"아직 퇴근하시지 않았어?"

"순미야."

어머니가 정순미의 팔을 끌어 소파에 앉히더니 옆에 앉았다. 그러고 보니 TV도 꺼져 있다. 이제는 긴장한 정순미가 어머니를 보았다. 그때 어머니가 말했다.

"아버지가 보위부에 가셨다."

어머니의 목소리가 떨리고 있다.

"세상에, 이런 일이 일어나다니."

"……"

"글쎄, 지난주에 네 큰아버지가 체포되었다는구나."

"뭐야?"

놀란 정순미의 입에서 외마디 외침이 터졌다. 큰아버지라면 아버지의 형 정일호다. 할아버지의 대를 이어 군인이 된 정일호는 인민군 중장으로 호위총국 소속 사단장이다. 정일호는 집안의 기둥이며 배경이었다. 정순미가 연락원이 된 것도 집안이 좋았기 때문이다. 얼굴이 하얗게 굳어진 정순미의 입에서 혼잣소리가 터져 나왔다.

"어떻게 해, 어떡하면 좋아….."

‡

그날 밤 12시가 조금 넘었을 때 문 두드리는 소리가 들렸으므로 모녀는 소스라치며 일어섰다. 둘은 소파에 앉아서 11시가 넘으면 자주 소등이 되는 바람에 촛불 한 자루를 켜놓고 서로 얼굴만 바라보고 있던 참이다. 서둘러 현관으로 나간 어머니가 문을 열더니 억눌린 비명을 뱉었다. 그와 함께 사내 셋이 집 안으로 몰려들어 왔다. 사복 차림이었지만 촛불 빛에 비친 사내들은 보위부원이다.

"아, 둘이 다 있구먼."

앞장선 사내가 말하더니 털썩 앞쪽 소파에 앉았다. 비틀거리며 물러선 어머니가 소파 모서리에 걸려 하마터면 넘어질 뻔했고 정순미는 일어선 채 몸을 굳히고만 있다. 사내가 둘을 번갈아 보면서 말했다.

"같이 가야겠어. 10분 시간을 줄 테니까 옷 단단히 입어."

"어, 어디로 말입니까?"

어머니가 겨우 묻자 사내는 입술 끝만 비틀고 웃었다.

"어디긴? 보위부지."

사내가 헝클어진 머리칼을 손가락으로 쓸어 올리면서 집 안을 둘러보는 시늉을 했다.

"잘사는군, 반역자들을 보면 인민들의 고혈을 빼먹어서 대부분이 잘살아."

"동지."

어머니가 사내 앞으로 한 걸음 다가섰다. 눈을 치켜뜨고 있었는데 필사적인 모습이다. 어머니가 말을 이었다.

"저는 괜찮습니다. 하지만 저 애, 내 딸은 개성공단에서 일을 합니다."

"알고 있어."

사내가 시큰둥한 표정으로 정순미를 힐끗 보았다.

"우리가 그런 것도 모르고 왔을 것 같나?"

"아닙니다. 하지만 저 애는 공단에서 중요한 과업을 수행 중입니다. 동지."

"무슨 말이야?"

이맛살을 찌푸린 사내가 응접실과 안방을 서성대는 동료 둘을 보았다. 셋은 모두 신발을 신은 채로 집 안에 들어와 있다. 그때 어머니가 말했다.

"저 애는 남조선과의 연락원 노릇을 하고 있습니다. 확인하시면 됩니다."

어머니의 시선이 정순미에게 옮겨졌다. 눈을 크게 뜬 어머니가 정순미를 노려보았다. 이런 표정은 처음이다.

"뭐하는 거냐? 지도총국장과 당조직 비서실 동지의 이름을 대지 않고?"

‡

허겁지겁 숙소로 들어선 김양규가 점심을 먹는 윤기철을 보더니 활짝 웃었다. 이런 웃음은 본 적이 없었으므로 멍한 표정을 짓는 윤기철에게 김양규가 다가와 섰다.

"이봐, 금방 조경필이한테 들었어. 다음 달 초에 100명이 충원된다네."

식탁에 두 손을 짚은 김양규의 얼굴은 상기되어 있다.

"세상에, 난 자네가 100명 충원 신청을 하라고 했을 때 그냥 로또 사는 셈치고 총국에 써낸 거야."

마침 식탁에는 둘뿐이었지만 김양규가 목소리를 낮췄다.

"자네가 총국 오 국장한테 진짜 잘 보인 모양이야. 이거, 본사에 보고하면 난리 나겠다. 3년 숙원이 풀린 거야."

허리를 편 김양규가 몸을 돌렸으므로 윤기철이 그의 등에 대고 물었다.

"어디 가십니까?"

"본사에 보고."

걸음을 멈춘 김양규가 쓴웃음을 지었다.

"자네한테 먼저 보고한 셈이네."

김양규가 식당을 나가자 윤기철은 수저를 내려놓았다. 따지고 보면 정순미의 공이 제일 크다. 정순미가 다리를 놓아주었다.

‡

오늘도 특근이었기 때문에 선적량을 체크하던 윤기철이 문득 머리를 들었다. 오후 3시 반, 사무실 안에는 여직원 둘뿐이고 모두 현장에 나가 있다. 법인장 김양규는 100명 충원 통보를 받고 나서 들떠 사방에다 연락을 하더니 내일 본사로 출장을 간다. 본사로 가면 생색은 혼자 다 낼 것이다. 다시 모니터로 시선을 내린 윤기철이 문득 오늘은 정순미하고 두어 마디밖에 이야기를 나누지 않았다는 것을 깨달았다. 점심을 먹고 근로자 충원이 확정되었다는 빅 뉴스를 전해주려고 정순미를 찾았더니 그때부터 보이지 않던 것이다.

"정순미 씨 어디 갔는지 알아요?"

앞쪽에 대고 윤기철이 묻자 자재과 보조사원 김현주가 이쪽으로 몸을 돌렸다.

"머리가 좀 아프다고 휴게실에 누워 있어요."

"많이 아픈가?"

"그렇진 않은 것 같아요."

둥근 얼굴을 편 김현주가 배시시 웃었다.

"걱정되세요?"

"그래, 많이."

그때 생산과 보조사원 손선정이 거들었다.

"우리 순미는 눈이 높으니까 과장님이 열심히 노력해야 될 겁니다."

"그런가? 어떻게 열심히 하라는 거지?"

"아프면 약 사들고 가야죠."

"지금 갈까?"

"여자 휴게소에 가려고요?"

손선정과 김현주가 깔깔 웃었다. 다른 과장들하고는 이런 대화가 어림도 없다. 모두 윤기철이 총국으로부터 신임을 받고 있다는 것을 알기 때문에 이런 분위기가 가능한 것이다. 역시 자재과장 장원석이 사무실로 들어온 순간 직원들은 몸을 돌리더니 다시 일을 시작했다.

✝

"부르셨어요?"

대표실로 들어선 정순미가 묻자 조경필이 웃음 띤 얼굴로 끄덕였다.

"그래, 근데 어디 아픈가?"

"아닙니다. 피곤해서 좀….."

휴게실에서 누워 있던 정순미를 조경필이 불러낸 것이다. 조경필이 눈썹을 모으고 정순미를 보았다.

"얼굴이 핼쑥하네. 약은 먹었어?"

"약 먹을 만큼은 아닙니다."

"어쨌든 총국에서 하루 만에 충원 승인을 해주다니 나도 놀랐어."

자리에서 일어선 조경필이 머리까지 내저었다.

"더구나 100명이나 말이야. 어제 윤 과장이 100명 충원 요청서를 가져왔을 때 반신반의했거든."

"……."

"이게 다 정순미 동무 덕분인지를 법인장이나 윤 과장이 알기나 하나?"

"……."

"그런데 참."

잊었다는 얼굴로 조경필이 정순미를 보았다.

"오 국장 동지가 5시쯤 총국으로 오라는 연락이 왔어."

머리를 든 정순미를 향해 조경필이 말을 이었다.

"국장 동지를 뵈면 내 안부도 전해줘."

✢

대표실을 나온 정순미가 이제는 업무과 비품 창고로 들어가 낡은 의자에 앉았다. 안에서 문을 잠갔으므로 문을 열 때까지는 자유다. 의자에 등을 붙인 정순미가 길게 숨을 뱉었다. 어젯밤 어머니와 함께 보위부로 끌려갔던 정순미는 새벽 5시가 다 되어 풀려나왔다. 평양의 전성일에게 연락이 되었기 때문이다. 지하 유치장에서 1층 사무실로 끌려온 정순미에게 보위부 담당 군관이 말했다.

"집에 돌아가, 그리고 아침에 정상적으로 출근하라우."

군관은 언짢은지 정순미의 얼굴을 한 번도 제대로 보지 않고 말을 이었다.

"이 사실을 외부에 발설하지 않는 것이 동무한테 이로울 거야. 우리가 감시하고 있다는 것을 잊지 않도록, 알았나?"

"예."

대답한 정순미가 기를 쓰고 물었다.

"저, 제 어머니, 아버지는요?"

"그건 네가 알 필요 없는 일이야."

자르듯 말한 군관이 처음으로 머리를 들고 정순미를 똑바로 보았다. 흐린 눈이다. 눈이 마치 죽은 생선의 눈 같다.

"네 몸 걱정이나 하라우."

아파트로 돌아온 정순미는 문이 열려 있는 것에 놀라 집 안으로 뛰어들었다. 부모가 돌아와 있는 것으로 알았다. 그러나 다음 순간 정순미는 현관에 선 채 움직이지 않았다. 집 안은 아수라장이 되어 있었다. 가구는 다 없어졌고 TV도 사라졌다. 옷장은 부서진 채 넘어져 있었는데 헌옷만 남았다. 주방의 그릇도 쓸만한 것은 다 가져갔다. 피아노도 보이지 않는다. 비틀거리며 주방으로 돌아온 정순미는 냉장고까지 실어간 것을 그제야 알았다. 벽에 걸린 시계도 없고 사진 몇 장만 비틀린 채 매달려 있다. 지도자, 장군님의 사진을 떼어간 것은 당연했다. 가장 먼저 모셔갔을 것이다. 보위부에서 청소해갔을 것이기 때문이다. 흉가가 되어버린 집에서 두 시간을 지낸 다음 정순미는 개성으로 출근했던 것이다.

‡

포장반에 서 있던 자재과장 장원석이 윤기철을 불렀다.

"이봐, 윤 과장, 같이 나가자."

멈춰 선 윤기철의 팔을 끈 장원석이 공장 밖으로 나왔다. 4시 40분, 맑은 공기가 폐 안으로 들어오면서 정신이 났다. 심호흡을 하고 나서 윤기철이 장원석에게 물었다.

"무슨 일입니까?"

"아까 내가 자재과 창고에서 마악 나오다가 정순미를 보았는데…."

윤기철을 힐끗 살핀 장원석이 바짝 다가섰다.

"정순미한테 무슨 일 있어?"

"무슨 일이라뇨?"

"우리 자재과 창고 옆에서 업무과 창고가 보이지 않아? 이렇게 대각선으로….'

장원석이 손으로 대각선을 만들어 보이더니 말을 잇는다.

"정순미가 업무과 창고를 나오더라고. 근데 눈물을 닦는 게 아니겠어? 눈물을. 그러고는 문을 잠그고 가던데 난 가슴이 철렁 내려앉더라고."

"……."

"문을 잠그기 전까지 난 자네하고 정순미가 안에서 무슨 짓을 한 줄 알았어. 자네가 정순미를 따먹었기 때문에 그런 줄 알았단 말이야."

"나 참, 이 양반이."

"문을 잠그는 걸 보니까 아아, 아니구나 했지. 근데 왜 울었을까?"

"울긴 왜 울어요? 잘못 보았겠지."

"오늘같이 경사가 난 날에 말이야."

"지금 어디 있습니까? 하루 종일 못 보았네."

"참, 조금 전에 회사 차 타고 총국에 갔어. 국장 호출이야."

"……."

"이젠 끗발이 조 대표보다 높아서 조 대표가 차 수배를 해주더라니까. 근데 왜 울었지?"

"아, 글쎄, 잘못 보았다니까 그러네."

"아니라니까? 눈물 닦는 거 똑똑히 보았다니까 그러네."

눈까지 치켜뜬 장원석이 곧 머리를 다른 쪽으로 기울였다.

"시발, 그럼 우는 게 아니면 뭐야?"

‡

방으로 들어선 정순미는 책상 앞에 앉아 있는 오영환을 보았다. 오영환은 서류를 읽고 있었는데 인기척을 들었을 텐데도 머리를 들지 않는다. 전에는 이러지 않았다. 먼저 웃고 반겼으며 오히려 정순미의 말을 들어주는 입장이었다. 책상 앞으로 다가선 정순미는 오영환의 머리꼭지를 내려다보았다. 머리통 중앙에 지름이 5cm 정도로 탈모가 진행되고 있다. 그렇게 5초쯤 지났는데 정순미는 5분도 더 된 것처럼 느껴졌다. 그래서 오영환이 머리를 들었을 때 정순미는 멍한 표정이 되어서 바라만 보았다. 몸이 굳어 있었기 때문이다. 오영환의 얼굴에는 표정이 없다. 생긴 그대로만 펼쳐져 있다.

"긴 이야기 않겠어."

오영환이 억양 없는 목소리로 말했다.

"부부장 동지께서 당분간은 그대로 과업을 수행하라는 지시야."

정순미가 입을 열었지만 숨만 들이켰다. 배에 힘이 풀려서 소리가 나오지 않았기 때문이다. 이제 오영환의 목소리가 굵어졌다.

"동무의 책임이 얼마나 막중한지 깨달았을 거야, 그렇지 않은

가?"

"그렇습니다."

정순미는 자신의 목소리가 달라져 있는 것을 들었다. 남 같다.

"분발하라고. 그리고, 참."

어깨를 치켜세웠다가 내린 오영환의 얼굴에 야릇한 웃음이 떠올랐다.

"부부장께서 동무가 집안일을 외부에 발설하지 않도록 하라고 지시하셨어. 이건 기본적인 일이니까 잘 알 거야."

"명심하겠습니다."

"됐어, 가봐."

그러고는 오영환이 못마땅한 표정을 지었는데 정순미를 놔둔 것이 불쾌하다는 기색이었다. 정순미에게는 보위부원보다 더 지독한 종자로 느껴졌다.

‡

저녁 식사 후 휴식 시간이 되었을 때에서야 윤기철은 정순미를 찾아냈다. 4시 반쯤 정순미가 지도총국에 들어갔다는 말만 들었고 돌아왔는지도 몰랐던 윤기철이다. 오후에 장원석이 정순미를 발견했다는 업무과 비품 창고로 가보았더니 과연 자물쇠가 풀려 있다. 안에 누가 있다는 표시였다. 열쇠는 윤기철과 정순미 둘만 갖고 있었으니 뻔했다. 문을 당겨본 윤기철은 안에서 잠겨 있는 것을 알았다.

"이봐, 정순미 씨, 문 열어."

문을 두드리며 불렀더니 대답이 없다. 다시 한 번 두드리면서 윤기철이 말했다.

"안에서 뭘 해? 남자 있는 거야?"

그러고 나서 10초쯤 더 있었을 때 자물쇠 풀리는 소리가 나더니 문이 열렸다.

"무슨 남자가 있다고 그래요?"

눈을 흘기는 시늉을 하면서 정순미가 비켜섰는데 웃음 띤 얼굴이다.

"아니, 왜 이렇게 어두워?"

안으로 들어선 윤기철이 이맛살을 찌푸렸다. 정순미는 안쪽의 벽에 붙은 전등 하나만 켜놓고 있었기 때문이다.

"피곤해서 잠 좀 잤어요."

"하긴 여기가 농땡이 치기는 좋지."

안을 둘러본 윤기철이 정순미를 보았다. 정순미는 전등을 등지고 서 있어서 얼굴은 윤곽만 드러났다.

"여기서 연애하기 좋겠다."

숨을 들이쉰 윤기철이 소파에 앉았다.

"그런데 무슨 일 있어?"

"뭐가요?"

여전히 전등을 등진 정순미가 소파 끝 쪽에 앉아서 되물었다. 오후 6시 반이 되어가고 있다. 이쪽은 현장 건너편으로 입구도 반대쪽으로 나 있어서 조용하다. 근로자들의 통행이 거의 없기 때문이다.

"지도총국에 다녀왔다면서? 충원 이야기한 거야?"

"충원은 되겠죠."

"다른 일 있어?"

"없어요."

"회사는 축제 분위기야. 근로자들도 좋아하고, 그런데⋯."

윤기철이 눈을 가늘게 뜨고 정순미를 보았다.

"오늘의 주역이 피곤하다면서 이런 구석에 처박혀 빌빌거리다니."

윤기철은 장원석이 오후에 창고 앞에서 우는 것 같은 정순미의 모습을 보았다고 이야기하려다가 참았다. 갑자기 윤기철이 손을 뻗어 정순미의 팔목을 쥐었다. 놀란 정순미가 손을 뽑으려고 했지만 윤기철은 놓지 않았다.

"아니, 시계 안 찼어?"

정순미의 팔목에는 차고 다니던 일제 시계가 채워져 있었던 것이다.

"집에 뒀어요."

다시 정순미가 손을 당겼으므로 윤기철이 손을 놓았다. 창고 안은 어둡다. 그래서 잠깐 정적이 덮였을 때 분위기가 어색해졌다. 윤기철은 창고 안의 공기가 점점 끈적이는 것처럼 느껴졌다. 밀도는 높고 습기를 띠고 있다. 둘의 숨소리도 들린다. 이런 상황이 싫으면 일어나서 나가야 한다. 말하지 않아도 뻔한 상황이기 때문이다. 윤기철은 일어날 생각이 없다. 소파 끝 쪽에 두 손을 무릎 위에 놓고 단정히 앉아 있는 정순미도 마찬가지인 것 같다. 그때 윤기철이 입안에 고인 침을 삼켰다.

"좋구만."

윤기철이 갈라진 제 목소리를 들었다. 그러나 어깨를 펴고 똑바로 정순미를 보았다.

"내가 정신 나간 놈인지는 모르지만 이런 분위기가 좋아."

정순미는 등에 빛을 받아서 몸의 윤곽이 선명한 대신 얼굴에는 그늘이 드리워졌다.

"그래, 사람 사는 게 다 그렇지. 뭐, 서로 조건이 맞아야 사랑도 하고 결혼도 하는 게 아니겠어?"

"……."

"내 친구는 첫눈에 반해서 죽자 살자 하고 1년 연애하다가 결혼했는데 1년 만에 이혼했어."

"……."

"그 자식이 결혼 석 달 만에 실직자가 되었거든. 왜 헤어졌냐고 물었더니 뭐라고 한 줄 알아? 사랑하기 때문에 헤어졌대. 참 뭐 같은 소리지."

"……."

"또 어떤 놈은 뭐, 저렇게 생긴 놈이 다 있나, 할 정도로 성격 더럽고 별 볼일 없게 생긴 놈이었는데 게임을 개발해서 수백억을 벌었지. 그러더니 공주 같은 아가씨하고 결혼해서 잘만 살아."

"……."

"내 말은 남녀 관계가 별것 아니라는 거야. 서로 몇 개씩 상처나 혹 같은 걸 갖고 다니는 거지. 중요한 건 본성이야."

그러고는 윤기철이 길게 숨을 뱉고 나서 정순미를 보았다. 한마디가 입안에서 맴돌고 있지만 참았다.

"아이고, 이젠 가야겠다."

손목시계를 보는 시늉을 하면서 윤기철이 몸을 일으켰다.

‡

윤기철한테 받은 롤렉스 시계 두 개는 집 안 가구와 함께 약탈당했다. 모두 수용소로 끌려갈 상황이니 집 안 가구는 당연히 압류되어야만 한다. 집도 마찬가지다. 그런데 정순미가 석방되는 바람에 집만 남은 상황이 된 것이다.

오늘도 특근이어서 10시 반에 집에 돌아온 정순미가 그제야 집 안 정리를 했다. 빈집처럼 만들어놓아서 청소하기는 쉬웠는데 기운이 떨어져서 자주 쉬었다. 자꾸 눈물이 흘렀기 때문에 아예 수건을 들고 다녔다. 이웃집에서는 내막을 알 것이다. 밤중에 가구를 실어내는 대소동이 일어났으니 지금쯤은 전 주민에게 알려져 있겠다.

이윽고 안방 구석에 쪼그리고 앉은 정순미가 무릎 위에 머리를 얹었다. 방에는 촛불 한 자루를 켜놓았는데 불꽃이 흔들리고 있다. 어느덧 11시 반이 되어 있었으므로 주위는 조용하다. 아버지, 어머니는 지금쯤 보위부에서 교화소로 끌려갔을지도 모른다. 큰아버지가 무슨 죄로 체포되었는지도 알 수가 없다.

빈 방 구석에는 조금 전 회사에서 가져온 봉투가 놓여 있다. 내일 아침에 먹으려고 초코파이 3개를 넣어온 것이다. 어제 아침만 해도 어머니가 해준 밥을 먹고 출근했지만 어젯밤에 냉장고까지 다 실어가는 바람에 집에는 먹을 것이 없다. 그때 휴대전화의 벨이 울렸으므로 정순미는 소스라쳤다. 휴대전화를 거실의 낡은 의자 위에 놓았는데도 벨 소리가 안방까지 크게 울렸다. 솟구쳐 일어선 정순미가 허겁지겁 휴대전화를 집어 들었다. 보위부는 휴대전화는 가져가게 놔두었다. 개성공단 출입증, 용성사원증까지. 가방에 든 창고 열쇠도 돌려주었다.

"여보세요."

정순미가 응답하자 곧 사내의 목소리가 울렸다.

"오늘도 특근이라고 했지?"

정순미는 숨을 죽였고 사내의 목소리가 이어졌다.

"나, 보위부 담당자야. 동무, 지금 집에 있지?"

"네."

엉겁결에 대답한 정순미가 문 쪽을 보았다. 문은 잠겨 있다. 사내가 다시 물었다.

"내일은 몇 시에 퇴근이야?"

"내일도 특근입니다."

"10시 반쯤 집에 오지?"

"네."

"알았어."

사내가 입맛 다시는 소리를 냈다.

"내가 매일 확인할 테니까 퇴근하면 집에 붙어 있으라고, 알았

172

지?"

"네."

전화가 끊겼지만 정순미는 한동안 전원을 끄지 못했다. 멍한 상
태로 아무 생각이 없었기 때문이다.

‡

"지린吉林성의 중국 공장에서 북한 근로자들이 받는 임금이
1500원 정도라는군."

시설과장 오석준이 아침 식사 자리에서 말했다. 오늘은 오석준
과 자재과장 장원석, 생산과장 고형민과 윤기철까지 넷이 둘러앉
아 아침을 먹는다. 오전 7시 40분, 법인장 김양규는 충원 보고를
하려고 본사로 가 아직 돌아오지 않았다.

"정보기술 분야 고급 인력은 5000원도 받는다는 거야."

원元은 위안을 말한다. 즉 1500원은 한국 돈으로 약 30만 원,
5000원은 100만 원이다. 개성공단의 근로자 평균임금이 기업부담
금까지 합쳐 평균 170달러 정도이니 중국 공장은 10만 원 정도를
더 주는 셈이다. 그때 고형민이 혼잣소리처럼 말했다.

"거긴 기숙사에다 가둬놓고 일 시키니까 본전을 빼고도 남아.
중국 놈들이 우리처럼 일 시킬 것 같아? 교육 훈련도 못 시키고 작
업장 배치도 우리 마음대로 못하는 우리하고 같나? 천만에 말씀이
야."

"이 양반이 오늘 아침은 왜이래? 왜 나한테 인상을 써."

오석준이 투덜거리자 장원석이 쓴웃음을 지었다.

"어제 충원될 인원 배치 문제로 조 대표한테 깨졌거든."

"내가 왜 깨져?"

고형민이 이제는 장원석에게 대들었다.

"그 새끼가 뭔데 나를 깨?

"어허, 이 양반이 왜 나한테 화풀이야?"

장원석이 이맛살을 찌푸렸을 때 오석준의 시선이 윤기철에게로 옮겨졌다.

"조 대표는 윤 과장한테 맡기면 되잖아? 고 과장은 도무지 융통성이 없어."

"그렇지."

장원석이 거들었다. 그러자 밥을 삼킨 윤기철이 물그릇을 들고 일어섰다.

"이거 왜 이러십니까? 나하고 조 대표하고 싸움 붙일 일 있어요?"

하지만 오석준의 말이 맞다. 그쯤은 윤기철이 해결할 수 있는 일이었다.

‡

완제품 박스가 쌓인 창고는 넓고 환풍이 잘되었다. 오후 8시 반, 창고 안으로 들어선 윤기철이 박스를 세고 있는 정순미에게 다가갔다.

"2차분 박스가 225개야, 맞지?"

"네 맞아요."

뒷모습을 보인 채 정순미가 대답했다. 정순미는 박스 두 개 위에 올라가 있어서 윤기철 눈앞에 날씬한 종아리가 보였다. 이윽고 박스를 확인한 정순미가 머리를 돌려 윤기철을 내려다보았다. 천장의 형광등이 환하게 비치고 있었으므로 정순미의 머리 위가 반짝였다. 마치 성자가 머리 위에 관을 쓴 것 같다. 정순미를 올려다보던 윤기철이 머리를 기울이며 말했다.

"야위었어."

"네?"

"얼굴에 수심이 가득해."

윤기철이 한 걸음 다가서자 정순미가 옆쪽 박스로 내려섰다. 그래서 박스 하나 높이에 선 셈이 되었다. 윤기철이 말을 이었다.

"요즘 무슨 고민 있어?"

"없는데요."

"날 좀 봐."

"왜요?"

되묻기까지 했지만 정순미는 시선을 마주치지 않고 땅바닥으로 내려왔다. 넓은 창고 안에는 둘뿐이다. 윤기철이 정순미의 옆모습에 대고 물었다.

"그래. 내가 서울에서 돌아온 다음 날부터야. 슬슬 나를 피하고 시선도 마주치지 않고, 비품 창고에나 들어가 있고, 그리고….

윤기철이 한 걸음 다가서자 정순미는 한 걸음 옆으로 비켜섰다.

여전히 얼굴도 돌리지 않았기 때문에 윤기철의 심장박동이 빨라졌다.

"벌써 나흘째야. 그러고 보니 직원들하고 이야기하는 것도 못 보았어."

"못 보셨겠죠."

낮게 말한 정순미가 발을 떼었을 때 윤기철이 다시 물었다.

"내가 도와줄 일 있어?"

주춤 멈춰 섰던 정순미가 다시 발을 떼었고, 정순미 등을 향해 윤기철이 말했다.

"내가 지난번에 하다 만 이야기가 있어. 우리 입장이야 어떻든 간에 정순미 씨 첫인상은 깊게 박혔다고."

윤기철이 손으로 제 가슴을 치려다가 말았다. 정순미가 본다면 쳤을 것이다.

‡

아파트 2층 6호의 강호성은 개성시당 건설부 소속의 정비과장이니 당의 하급간부다. 같은 40평대 아파트에 살면서 안면만 있는 사이였는데 오며가며 이틀에 한 번쯤은 만났다. 그런데 사건이 일어난 다음 날 아침, 출근길에 만난 강호성은 서둘러 외면하더니 스치고 지나갔다.

아파트 현관 앞이었다. 5층 아파트는 40평형대로 각층에 6가구씩 30가구가 산다. 오래된 아파트여서 입주민은 거의 대부분이 7,

8년씩은 살아온 터라 몇 층 몇 호에 누가 사는지는 다 알고 있다. 3층 4호에서 10년째 살아온 정순미네는 교육자와 간호사 집안이어서 사귀기에 무난한 가족이었다. 정순미 어머니한테서 약 얻어 가지 않은 가구가 없을 정도였고 그중 두 가구의 가장은 정순미 아버지의 제자였다.

오후 10시 40분, 통근버스에서 내린 정순미가 아파트로 들어섰다. 오늘도 10시 전후로 전력 공급이 끊겼기 때문에 아파트 계단은 어둡다. 이 시간에는 모두 집 안에 들어와 있어서 통행자도 없다. 계단을 오른 정순미가 3층 계단을 향해 발을 떼었을 때다. 2층 복도 끝 쪽에서 인기척이 보이더니 어둠 속에서 사람이 드러났다.

"잠깐만."

다가선 사내는 2층 6호의 강호성이다. 다가선 강호성의 얼굴은 굳어 있다. 주위를 둘러본 강호성이 들고 있던 종이 뭉치를 정순미에게 내밀었다.

"냉장고까지 다 가져가는 것 보았어. 여기 떡 가져왔으니 먹어."

정순미가 괜찮다고 하려고 입을 벌렸지만 말 대신 눈물이 떨어졌다. 떡보다 말을 걸어준 것이 고마웠기 때문이다. 그때 강호성이 말했다.

"공단 다니는 덕분에 빠졌다고 들었어. 정말 다행이야."

"고맙습니다."

정순미가 손등으로 눈물을 닦았을 때 강호성이 길게 숨을 내뱉었다.

"기운 내. 이렇게 살아난 것만 해도 천만다행이야. 아파트는 남왔지 않아?"

"아저씨."

정순미가 50대 초반의 강호성에게 바짝 다가가 섰다. 어둠 속이었지만 두 눈에 가득 고인 눈물이 보였다. 방음장치가 제대로 안 된 아파트여서 복도로 희미한 소음이 쏟아져 나오고 있다. 강호성의 시선을 받은 정순미가 울먹이며 말했다.

"아무도 저한테 연락해주는 사람도 없고 알려주지 않아요."

"……."

"제 부모가 지금 어떻게 되었는지 알고 싶어요."

"……."

"그것만 알면 돼요. 아저씨."

"내가 내일 밤 이 시간에 알려주지."

주위를 둘러본 강호성이 길게 숨을 뱉더니 물었다.

"내일도 이 시간에 퇴근인가?"

"네."

"보위부에 연줄이 있으니까 알 수 있을 거야."

그러고는 강호성이 뒷걸음을 치더니 어둠 속에 묻혔다.

‡

오늘밤은 11시 15분에 전화가 왔다. 술에 취한 듯 사내의 목소리는 느렸고 억양도 없다. 사내가 대뜸 말했다.

"이달 말까지 아파트를 비워야 할 테니까 준비하고 있어."

사내의 목소리는 웃음기를 띠고 있었다.

"짐은 별로 없겠지만 말이야."

"저기."

정순미가 호흡을 골랐다. 당국에서 40평짜리 아파트에 혼자 살게 두지는 않을 것이라고 예상은 했다. 더구나 숙청당한 집안의 가족이다. 이달 말까지면 15일이 남았다.

"제가 옮겨질 곳은 어디인가요?"

"그것도 우리가 해줘야 한단 말인가?"

사내가 빈정거렸다.

"왜? 큰 아파트에서 호의호식하고 살다가 옮기라니 불만인가?"

"아닙니다. 불만 없습니다."

"잠잘 곳 정도는 찾아줄 테니까 기다려."

"감사합니다. 동지."

"이렇게 전화할 수 있게 된 것만으로도 너는 당의 은혜를 입은 거다."

"알고 있습니다. 동지."

전화가 끊겼으므로 정순미는 천천히 휴대전화를 귀에서 떼었다.

‡

근로자대표 조경필이 불렀을 때는 오전 10시경이다. 정순미가 대표실로 들어섰더니 조경필이 얼굴을 펴고 웃었다.

"어, 그런데 왜 이렇게 야위었지?"

놀란 듯 그렇게 조경필이 물은 순간 정순미는 숨을 들이쉬었다. 목이 메었고 눈이 뜨거워졌지만 이를 악물고 참았다. 조경필한테 까지는 전해지지 않은 것이 다행이다. 상부에서는 전할 필요가 없다고 생각했겠지만 시간문제다. 눈을 크게 뜬 정순미가 대답했다.

"요즘 감기 기운이 있어서요. 식사를 잘 못했어요."

"약은 먹었어?"

"어머니가 간호사니까요."

그 순간 정순미의 가슴이 철렁 내려앉았다. 저도 모르게 말이 나왔기 때문이다. 그때 조경필이 웃음 띤 얼굴로 말했다.

"내가 쓸데없는 말을 물었구먼. 그건 그렇고, 총국에서 연락이 왔어. 11시까지 오 국장 동지한테 오라는군."

"……."

"오 국장 동지를 만나면 근로자 사기가 충천하다는 말씀도 전해줘. 당과 장군님의 은혜에 감사하다는 말씀도."

"알겠습니다."

머리를 숙여 보인 정순미가 조경필의 시선을 외면한 채 몸을 돌렸다. 만일 요즘 사건을 알게 되면 조경필의 태도가 어떻게 변할지 생각만 해도 몸서리가 났다. 그래서 얼굴 보기도 두려워졌다.

‡

"나는 조 대표가 총국에 가는 줄 알았더니 정순미 씨를 보냈군."

시설과장 오석준이 혼잣소리처럼 말했다. 점심시간이어서 오석준과 장원석, 윤기철은 숙소 식당에 둘러앉아 있다. 이제는 모두 정순미가 총국에 자주 드나들며 근로자대표 조경필도 함부로 못 하는 신분이 되어 있다는 사실을 안 것이다. 그때 김치찌개를 떠 먹고 난 장원석이 윤기철에게 물었다.

"별일 없는 거야?"

"뭐가 말입니까?"

윤기철이 건성으로 묻자 장원석이 이맛살을 찌푸렸다.

"정순미 말이야. 안 건드렸어?"

"이 양반이 정말."

오석준은 벙글벙글 웃었지만 장원석이 그 표정 그대로 다시 물었다.

"내가 모를 줄 알아? 둘이 비품 창고, 선적 창고로 돌아다니는 걸 말이야."

"이 양반이 실성했군."

"그래, 미쳤다. 어쩔래?"

장원석이 수저를 소리 나게 내려놓았으므로 주방에 서 있던 아줌마까지 이쪽을 보았다.

"내가 이혼하고 나서 남들 연애하는 꼴을 보면 미친다. 어쩔 테냐?"

"아니 그게 내 잘못이요?"

농담으로 받아들이지 못한 윤기철이 눈을 부릅뜨고 대들었을 때 오석준이 손을 휘저으며 말렸다.

"어이, 싸움 나겠다. 장난이 싸움 되겠구먼. 윤 과장이 참아."

"저 양반은 괜히 나만 잡고….'

벌떡 일어선 윤기철의 가슴이 서늘해졌다. 문득 정순미의 수심에 잠긴 얼굴이 떠올랐기 때문이다. 비품 창고의 어둠 속에 잠긴 듯 떠 있던 얼굴이다.

‡

그 영향인지 오후에 정순미가 다가왔을 때 윤기철은 외면한 채 맞았다. 이곳도 완제품 박스 창고 안이다.

"과장님, 제가 총국에 다녀왔는데요.'

정순미가 윤기철의 옆얼굴에 대고 말했다.

"가방 하나 가져왔습니다. 서울에 가져가시라는데요.'

머리를 돌린 윤기철은 정순미의 두 눈이 유난히 번들거리는 것을 보았다. 오후 5시 반이다. 창고 안은 불을 환하게 켜놓았는데 정순미가 불빛을 정면으로 받고 있기 때문인 것 같다.

"가방은 비품 창고 안에 두었습니다.'

"오늘 출장 신청하기에는 늦었는데.'

윤기철이 혼잣소리처럼 말했더니 정순미가 머리를 내저었다.

"지금 신청하시면 조 대표가 총국으로 가져갈 것입니다. 그럼 내일 오후에는 허가증이 나올 겁니다.'

"알았어.'

주위를 둘러본 윤기철의 얼굴에 서서히 웃음기가 떠올랐다.

"근데 요즘 왜 그렇게 심각해?'

다시 시선을 내린 정순미를 보자 윤기철의 가슴이 답답해졌다. 그래서 말이 막 나갔다.

"남들은 우리 둘이 연애하는 줄로 알아. 둘이 창고를 들락거린다고."

"……."

"그렇게 심각한 얼굴로 옆에 있으면 마치 이루지 못할 사랑에 애간장이 녹는 남녀를 연상하게 될 거라고."

"……."

"그렇게 된다면야 오죽 좋겠어? 한번 시도해보는 거지. 그럴 가치도 있고."

그때 정순미가 몸을 돌렸으므로 윤기철은 쓴웃음을 지었다.

‡

오후 10시 30분, 정순미가 다가서자 어둠 속에 묻혀 서 있던 강호성의 모습이 드러났다. 2층 복도 끝 쪽 계단 아래는 빈 공간이어서 눈에 띄지 않는 데다 으슥하다. 폐품만 쌓여 있는 곳이어서 출입하는 사람이 드물다. 정순미의 시선을 받은 강호성이 말했다.

"알아봤어."

정순미는 침만 삼켰다.

"두 분은 체포된 그다음 날에 함경북도 제2정치범수용소로 가셨어."

"……."

"요즘은 정치범수용소에 번호를 붙여서 제2호가 어딘지 아는 사람이 드물어. 길주군 목성 근처에 있다고도 하고 명천군에 있다고도 해."

"……."

"어쨌든."

그러고 나서 강호성이 길게 숨을 뱉었다.

"두 분은 나오시기가 힘들겠어. 백부님 가족은 총살당하셨다고 들었어."

"……."

"다른 곳에서 연락 온 곳 없지? 어머니 친척들 말이야."

"없는데요."

"끌려가지 않았으면 조사받고 숨을 죽이고 있겠지. 연락하는 것이 발각되면 받은 사람까지 연루되는 상황이야."

"……."

"내가 듣기로는 이 아파트도 정리된다고 하던데. 알고 있나?"

"통보받았습니다. 이달 말까지…."

"이게 무슨 일이란 말이냐?"

강호성이 탄식한 순간 참고 있던 눈물이 줄줄 흘러내렸으므로 정순미가 한 걸음 물러섰다. 그 모습을 보이기 싫어서다. 그러자 한 걸음 다가선 강호성이 오늘은 비닐봉지를 내밀었다.

"밥하고 찬을 넣었어. 아침이라도 든든하게 먹고 공장에 나가거라."

"아저씨."

"지금 말하지만 네 부친은 내 선배시다. 개성중학 4년 선배가 되신다."

비닐봉지를 쥐여준 강호성이 말을 이었다.

"내가 이런 경우를 여럿 보았어. 네가 개성공단에서 일하지만 가만두지는 않을 것 같다. 그러니까 마음 단단히 먹고 있어야 돼."

"……."

"이달 말에 아파트를 접수하고 널 어디로 보낼지도 몰라. 새 집을 얻어줄 만큼 여유 있는 분위기도 아니고 그런 전례도 없다."

그러더니 강호성이 다시 길게 숨을 뱉었다.

"어디, 이런 청천벽력 같은 일이 있단 말이냐?"

‡

"내가 봐도 분위기가 야릇해."

비품 창고로 들어서면서 윤기철이 떠들썩한 목소리로 말했다.

"이러니 연애한다는 소문이 날밖에."

기다리고 있던 정순미가 자리에서 일어섰지만 입을 열지는 않았다. 오늘은 천장의 등까지 켜놓아서 창고 안이 환하다. 소파에 앉은 윤기철에게 정순미가 알루미늄 가방을 내밀었다. 지난번에 윤기철이 들고 있던 가방이다.

"뭐가 들었지?"

가져왔을 때보다 가벼워진 가방을 옆에 내려놓은 윤기철이 지그시 정순미를 보았다.

"이번에는 뭘 사올까?"

"……."

"참 스카프를 어머니한테 갖다드려야겠다. 잊어먹지 말아야지."

정순미가 시선을 주고 있었지만 초점이 멀다. 말을 멈춘 윤기철이 물끄러미 정순미를 보았다.

"뭐, 생각해? 혹시 집에서 결혼하라고 재촉하는 거 아냐?"

정순미의 시선에 초점이 잡혔다.

"그런데 사랑하는 사람이 있어서 부모하고 다투는 거 아냐? 맞지?"

그때 정순미가 입을 열었다.

"저 어떻게 하면 좋아요?"

억양 없는 목소리가 떨렸고 눈에 금방 눈물이 가득 고였다.

머 나 먼   강

긴장한 윤기철이 정순미를 보았다. 장난으로 허튼소리를 뱉다가 무안을 당한 꼴이다.

"무슨 일이야?"

윤기철의 목소리가 어색하게 울렸다. 그때 정순미의 눈에서 주르르 눈물이 떨어졌다. 손등으로 눈물을 닦은 정순미가 흐린 눈으로 윤기철을 보았다.

"부모님이 정치범 수용소로 끌려가셨어요."

윤기철이 숨을 들이켰고 정순미는 말을 이었다.

"그래서 집에 혼자 남았지만 곧 다른 곳으로 옮겨가야 될 것 같아요."

"갑자기 왜?"

저절로 입에서 튀어나온 제 말을 들은 윤기철이 입맛을 다셨다. 놀라서 멍한 상태였기 때문이다.

"큰아버지가 체포되었기 때문에, 반역 혐의로…."

정순미의 목소리가 점점 또렷해졌다.

"저는 연락원 일을 하기 때문에 풀려났지만 곧 정리가 될 것 같습니다."

"어떻게 알아?"

"연락원이 바뀌겠지요."

"정순미 씨는?"

"집도 내놓으라고 했으니까 공장도 다니지 못할 것 같습니다."

윤기철은 정순미를 응시한 채 한동안 가만히 있었다. 생각을 정리해보려는 시늉이었지만 뭐가 떠오를 리가 없다. 결국 윤기철이 이렇게 물었다.

"그럼 어떻게 하지?"

"이달 안에 결정되겠지요."

조금 차분해진 정순미가 주머니에서 손수건을 꺼내더니 눈가를 꼼꼼하게 눌러 닦았다. 이달 안이면 일주일 남았다.

"아무래도 앞으로 못 뵐 것 같아서요. 제가 수용소에 끌려가게 될지도 모르거든요. 그래서…."

"조 대표도 알아?"

"지도총국장만 알아요. 지금은요."

정순미의 얼굴에 일그러진 웃음이 떠올랐다가 지워졌다.

"총국장이 그러더군요. 집안일을 외부에 발설하지 말라고요."

"……."

"제 생각이지만 과장님이 이번 일을 끝내고 오시면 저도 교체될 것 같습니다. 반역자 가족이 이런 곳에서, 더구나 연락원 과업까지 수행할 수가 없거든요."

윤기철이 천천히 머리를 끄덕였다. 이제는 생각이 조금씩 정리돼간다.

"내가 도와줄 일 있어?"

윤기철이 정순미를 똑바로 보았다. 정순미가 신세한탄이나 하려고 내막을 털어놓았을 리는 없다. 지금 자신을 똑바로 응시하는 저 표정을 봐도 그렇다. 절박하지만 뭔가 결심이 선 얼굴이다. 그때 정순미가 말했다.

"저 여길 떠나겠어요."

윤기철은 움직이지 않았고 정순미의 말이 이어졌다.

"도와주실 수 있어요?"

"어떻게?"

자신의 목소리에 불안한 기색이 낀 것 같아서 윤기철이 헛기침을 했다. 심장박동이 빨라졌고 저도 모르게 시선이 주위를 훑었다. 정순미가 아랫입술을 물었다가 풀었다.

"조·중 국경 쪽으로 올라가려면 며칠 걸릴 건데 돈이 없어요. 보위부에서 다 가져갔기 때문에, 선물로 주신 롤렉스도 가져갔어요."

"……."

"200달러만 빌려주세요."

"줄게."

바로 대답한 윤기철이 심호흡부터 했다.

"언제 갈 건데?"

"과장님이 내일 서울 가시고 나서요. 내일 밤에 출발하겠어요."

거기까지 또렷하게 말하던 정순미의 눈에서 주르르 눈물이 떨어졌다. 그러나 정순미는 곧 눈물을 멈추고 윤기철에게서 시선을 떼지 않고 말을 이었다.

"과장님, 고맙습니다."

"고맙긴, 200달러 가지고…. 그런데 200달러면 돼? 국경은 어떻게 넘을 건데?"

"제가 알아서 할게요."

다시 손수건으로 눈가를 꼼꼼하게 닦은 정순미가 심호흡을 했다. 이제는 다시 얼굴이 차분해져 있다.

"국경을 넘기만 하면 견딜 수 있어요. 대학에서 중국어를 배웠거든요."

‡

"달러 있어요?"

윤기철이 묻자 장원석이 주머니에서 지갑부터 꺼냈다.

"얼마?"

"얼마 있는데요?"

공단 매점은 상품 값을 달러로 받기 때문에 과장들은 대부분 달러를 갖고 있다.

"한 300달러 되나?"

"오늘 환율로 바꿔드릴 테니까 다 주세요."

그러면서 윤기철이 지갑을 꺼냈더니 지나가던 시설과장 오석준이 물었다.

"아까도 나한테 200달러 바꿔가더니만, 뭐 살 것이 있다고 그래?"

"술 좀 몇 병 사가려고요."

"그거 누가 마신다고."

윤기철이 장원석에게 원화를 건네고 대신 달러를 받았다. 10달러짜리, 5달러짜리까지 있어서 꽤 두툼했다. 오후 10시 반이다. 특근을 끝낸 직원들이 돌아온 숙소는 떠들썩했다. 다음 달 초 100명이 충원된다는 결정이 난 후부터 회사 분위기는 밝아졌다. 개성공단 파견 요원들에게 특별 보너스가 지급된다는 소문도 났다.

방으로 들어간 윤기철이 구입한 달러를 세어보았더니 575달러다. 100달러짜리가 두 장, 나머지는 소액권이다. 정순미가 쓰기에는 이것이 오히려 나을 것이다. 달러를 세던 윤기철이 문득 움직임을 멈추고는 머리를 들었다. 주방 쪽에서 웃음소리가 들려왔다. 또 소주를 마시는 모양이다. 대개 장원석이 바람을 잡으면 모이는데, 마시자고 부르지는 않는다. 달러를 모아 쥔 윤기철이 심호흡을 했다. 내일 오후에 허가증을 받아 개성을 떠나면 정순미 또한 내일 밤에 개성을 떠날 것이다. 하나는 허가증을 받고 떠나지만 또 하나는 탈출이다.

‡

개성은 직할시여서 도로가 잘 정비되어 있다. 더구나 명승지가 많아서 선죽교나 표충비, 공민왕릉과 고려의 여러 왕과 왕후의 무덤, 개성첨성대와 개성성균관 등이 학생들의 견학 필수 코스이기도 하다. 밤 10시 40분, 정순미가 선죽동 집에서 500m쯤 떨어진 남대문 뒤쪽의 작은 공터로 들어섰다. 공터는 짙은 어둠에 덮여 있지만 수백 명의 남녀가 움직인다. 공터 옆쪽의 골목에도 남녀가 웅성거렸는데 이곳이 바로 장마당이다. 어둠에 익숙한 정순미의 눈에 땅바닥에 쪼그리고 앉은 사람들이 앞에 펼쳐놓은 상품까지 다 보였다. 남조선의 드라마 비디오테이프, 중국에서 들여온 휴대전화에 짝퉁 명품까지 없는 것이 없다. 정순미도 이곳에서 남조선 드라마 테이프와 짝퉁 운동화, 남조선 라면까지 산 적이 있다. 회사에서 받아온 초코파이를 판 적도 있기 때문에 거래는 익숙하다.

"뭐 사려고?"

옆으로 다가온 사내가 물었는데 옅은 향내가 맡아졌다. 40대쯤으로 어두웠지만 단정한 차림이다. 이곳은 전혀 불빛이 없었지만 모두 밤고양이처럼 활동한다.

"아뇨, 그냥 구경."

정순미가 짧게 말하자 사내가 바짝 붙어 섰다.

"남조선 드라마 〈별들의 사랑〉 10달러."

사내를 그냥 스쳐 지나가자 이번에는 여자가 다가와 붙어 같이 걷는다. 사람이 많아 부딪치고 비켜야 앞으로 나갈 수가 있다. 그러나 마당은 조용하다. 그저 작은 웅성거림만 울릴 뿐이다. 여자가 낮게 말했다.

"뭐, 팔 거 있어? 다 살 테니까 말해."

"아뇨, 없어요."

"롤렉스 15달러. 정품이야. 보위부에서 나온 거야. 뒤에 장군님 서명도 있어."

숨을 들이켠 정순미가 걸음을 빨리 떼자 여자는 곧 사람들 사이에 묻혔다. 골목으로 들어선 정순미가 좌우를 둘러보았다. 양쪽 폐공장 담장에 붙어 앉은 암상인 주위로 사람이 가득 몰려 서 있다. 행인은 그들을 헤치고 나아가야 한다. 그때 정순미가 담장에 붙어서서 담배를 피우는 사내를 보았다. 담배를 빨아들이자 얼굴 윤곽이 희미하게 드러났다. 정순미가 사내에게로 다가섰다.

"아저씨."

"아, 단골 아가씨."

반색한 사내가 이를 드러내고 웃었다.

"잘 오셨어. 내가 〈별들의 사랑〉을 다 팔고 딱 두 개 남았어. 8달러만 내."

40대 중반의 사내는 조선족으로 그저 성이 김씨라는 것만 안다. 정순미와 정순미 어머니하고 2년 가까이 거래했으니 그에겐 단골 손님인 셈이다. 정순미가 김씨에게 바짝 붙어 섰다.

"단골 아가씨, 오늘은 뭐가 필요해?"

김씨가 묻자 정순미가 숨부터 골랐다. 이 사람을 만나려고 온 것이다.

"언제 돌아가세요?"

"왜?"

김씨가 금방 정색하더니 정순미를 보았다.

"누구, 손님 있어?"

"글쎄 언제 어느 쪽으로 가시냐고요?"

"내일 밤 이맘때 덕천, 회천, 강계를 거쳐서 가. 만포에서 국경을 넘지."

"강계까진 얼마죠?"

"누가 가는데?"

"내가요."

"아가씨가?"

김씨의 두 눈이 번들거렸다. 그러나 입가에는 웃음이 떠올랐다.

"강계에는 왜?"

"외삼촌한테."

"80달러만 내."

"너무 비싸요. 돌아올 때 차비까지 합하면 100달러가 넘게요?"

정순미가 머리를 내저으면서 한 발짝 물러섰다. 조선족 상인들은 트럭을 이용해서 합승 장사를 한다. 북한 지역 곳곳을 다니는 데다 일반 교통수단보다 빠르기 때문이다. 그리고 조선족 트럭은 허가증을 갖고 있어서 검문이 까다롭지 않은 것이 가장 큰 장점이다. 김씨가 입맛을 다시고 말했다.

"그럼 손님이 넷이군. 트럭 뒤쪽 짐칸에 숨어 타고 60달러, 그 이하는 안 돼."

"강계에는 언제 도착하죠? 미리 외삼촌한테 연락해놓으려고요."

"덕천, 회천에서 짐 실을 게 있고, 진천에서는 장마당에서 장사를 좀 해야 될 테니까 다음 날 새벽쯤에 닿겠군."

"내일 밤 몇 시에 만나요?"

"여기 말고 자남산공원 입구 건너편에 우신상점이란 데가 있어. 그 상점 뒤에서 만나."

주위를 둘러본 김씨가 말을 이었다.

"10시 정각, 알았어?"

"몇 명이 타죠?"

"거기까지 네 명."

김씨가 얼굴을 바짝 붙였으므로 정순미가 머리를 젖혔다.

"다른 사람들한테는 강계까지 60달러 냈다고 하지 마. 아가씨한 테는 너무 싸게 받은 거야."

‡

집에 돌아왔을 때는 11시 반이다. 그동안 휴대전화가 울리지 않았으므로 정순미는 조바심이 났다. 그래서 뛰듯이 집에 돌아와서는 옷을 벗지도 못하고 거실의 벽에 등을 붙이고 앉아서 기다렸다. 집 안의 불은 다 꺼져 있는 데다 가구도 없어서 마치 빈집 같다. 아버지 어머니가 체포된 지 엿새째 되는 날 밤이다. 엿새가 오랜 세월처럼 느껴졌고 지금은 가슴이 먹먹하기만 할 뿐 그리움이

나 서러움은 솟아나지 않는다. 그러나 시간이 지날수록 초조해지고 있다. 멀리서 닥쳐오는 해일을 보는 것 같다. 그때 휴대전화의 벨이 울렸으므로 정순미는 소스라쳤다. 기다리고 있었어도 놀란 것이다. 정순미가 휴대전화를 귀에 붙였다.

"여보세요."

"응, 집인가?"

보위부 사내다. 오늘도 사내의 목소리는 늘어져 있다. 술 취한 것 같다.

"예, 동지."

"별일 없지?"

"예, 별일 없습니다."

"알았어."

휴대전화 위치 추적으로 집에 있다는 것은 알고 있을 터였다. 통화가 끝났을 때 정순미는 손에 쥔 휴대전화를 물끄러미 보았다. 가구는 다 가져갔지만 집 안 냄새는 아직 남았다. 안방에 가면 어머니 냄새가 많이 난다. 안쪽에는 아버지의 퀴퀴한 냄새가 배어 있다. 그래서 정순미는 거실에서 잤다. 그날 밤 정순미는 꿈을 꾸었다.

"빨리 와, 빨리."

어머니가 손짓하며 부르는 뒤에 아버지가 웃음 띤 얼굴로 서 있었다. 주위는 밝다. 어머니는 아끼던 분홍색 원피스를 입었다.

"밥 차려놓고 우리가 얼마나 기다린 줄 아니? 빨리 와 밥 먹어."

정순미는 달렸다. 그러나 아무리 달려도 거리가 좁혀지지 않는다. 얼굴에서 땀을 쏟으며 달리던 정순미가 다리를 내려다보았다. 그 순간 놀란 정순미가 비명을 질렀다. 다리가 없어진 것이다. 놀라 잠에서 깬 정순미가 시계를 보았다. 오전 5시 반이다.

‡

오전 10시 40분, 총국에서 연락이 왔다. 윤기철의 허가증이 나왔다는 것이다. 어제 오후 늦게 신청했는데도 오늘 오전에 허가증이 나왔다. 빨라도 내일 오후에 나올 허가증이 반나절 만에 나온 셈이다.

"어쨌든 윤 과장은 통뼈라니까."

법인장 김양규가 입맛을 다시며 말했다.

"아버님 수술 끝나는 거 보고 며칠 더 있어도 돼. 여긴 급한 거 없으니까."

"죄송합니다."

"이 사람이, 부친 수술하신다는 데 당연히 가봐야지."

이번 출장 명분은 아버지가 갑자기 허리 수술을 하게 되었기 때문이라고 평계를 댔다.

"저, 점심 먹고 출발하겠습니다."

윤기철이 말하자 김양규가 건성으로 머리를 끄덕였다.

"아, 그래."

김양규는 다음 인사 때 본사 중역으로 영전한다는 소문이 돌고 있다. 이번 근로자 100명 충원이 결정적인 역할을 한 것이다.

✠

비품 창고로 들어선 윤기철이 자리에서 일어서는 정순미에게 말했다.

"그럼 이것이 마지막인가?"

정순미는 시선을 내렸고 다가선 윤기철이 다시 물었다.

"마음 굳힌 거야?"

"저 오늘 밤 떠나요."

"어떻게?"

"장마당에서 만난 조선족 트럭을 타고 북쪽으로 가요."

윤기철이 소파에 앉으면서 정순미에게 옆자리를 가리켰다.

"앉아."

오후 12시 10분이다. 점심시간이어서 모두 식당에 모여 있다. 옆자리에 앉은 정순미가 윤기철을 보았다. 얼굴이 핼쑥하고 입술이 터서 군데군데 세로로 갈라졌지만 아름답다. 윤기철은 갑자기 가슴이 서늘해진 느낌을 받았다. 지금 정순미는 목숨을 건 행동을 하려는 것이다. 지금까지 자신은 그런 적이 있던가? 없다. 어느 날 밤, 갑자기 부모가 체포되어 정치범 수용소에 갇히고 자신은 혼자 남게 된 경험은? 없다. 범죄에 연루되어 어떻게 될지 모른다는 공포감으로 밤을 새워본 적은? 없다. 윤기철이 똑바로 정순미를 보았다.

"돈 가져왔어."

주머니에서 달러 뭉치를 꺼낸 윤기철이 정순미의 손을 잡아 쥐여주었다.

"575달러야. 소액권으로 많이 바꿨어."

"너무 많아요."

깜짝 놀란 정순미가 몸을 뒤로 물렸지만 윤기철이 손을 잡아 억지로 쥐여주었다.

"나한테는 너무 적어."

"……."

"무사히 잘 빠져나가야 할 텐데."

"……."

"개좆 같은 나라, 잘 빠져나가는 거야."

그때 정순미가 머리를 들었다. 어느새 눈물을 흘리고 있어서 볼에 눈물 자국이 선명했다.

"그러지 마세요."

정순미가 가라앉은 목소리로 말했다.

"내 조국을 욕하지 마시라고요."

"알았어."

어깨를 늘어뜨린 윤기철이 길게 숨을 뱉었다.

"시발, 근데 너무하잖아? 큰아버지가 반역자면 친척도 다 공모자란 거야? 세상에 그런 법이 어디 있어?"

"우린 그래요."

"그래서 화도 안 난단 말이야?"

"하지만 저는 살고 싶어요."

어금니를 물었지만 정순미의 눈에서 다시 눈물이 흘렀다. 정순미가 손수건으로 눈물을 닦으면서 말했다.

"미안합니다. 그리고 고맙습니다."

"아, 천만에."

"혼자 있을 때는 울지 않는데 꼭 과장님하고 있을 때 눈물이 나요."

"언제 떠나는 거야?"

"오늘 밤 야근 끝나고 나서 바로 조선족 화물차로 강계까지 가기로 했어요."

"국경을 넘어서 한국으로 올 거지?"

"그건 아직 모르겠어요."

"모르다니?"

놀란 윤기철이 정순미를 쏘아보았다.

"그럼 중국에서 살겠단 말이야?"

"아직 결정 안했어요."

윤기철이 입을 다물었고 정순미도 머리를 숙인 채 말을 잇지 않았다. 윤기철의 시선이 아직도 정순미가 손에 움켜쥐고 있는 달러 뭉치로 옮겨갔다. 하긴 그렇다. 정순미는 다른 탈북자들과는 다르다. 한국 사회에 대한 동경이 있었을지는 몰라도 한국 생활은 꿈도 꾸지 않았을 것이다.

"부모님은 그럼 못 만나는 건가?"

윤기철이 문득 그렇게 물은 것은 실감이 나지 않기 때문이다. 마음속으로는 너하고는 다시 만나지 못하는 것이냐고 묻고 싶었지만 말은 그렇게 나왔다. 그때 정순미가 윤기철을 보았다.

"저 과장님 좋아했어요."

"……."

"이렇게 도와주셔서 고맙습니다. 은혜는 잊지 않을게요."

"잘 넘어가."

숨을 들이켠 윤기철이 생각난 듯 물었다.

"정순미 씨 휴대전화 있지? 번호 알려주면 내가 연락할게. 그리고 참, 내 휴대전화 번호도 알려줄 테니까…."

"저, 떠나면서 휴대전화 버리려고 해요."

"……."

"보위부에서 연락을 하기 때문에, 갖고 다니면 위치 추적이 된다고 해서…."

"그렇다면."

눈을 치켜뜬 윤기철이 주머니에서 휴대전화를 꺼내 정순미에게 내밀었다. 개성에서는 휴대전화를 쓸 일이 없어서 놔두었다가 오늘 서울로 떠나기 전에 미리 챙겨 넣었던 것이다.

"그럼 이거 가져가."

놀란 정순미가 휴대전화를 보았고 윤기철이 말을 이었다.

"이거, 북한에서는 안 터지겠지만 중국에서는 돼. 나는 한국에서 다른 휴대전화를 살 테니까, 내가 이 번호로 연락할게."

윤기철이 정순미의 손에 휴대전화를 쥐여주면서 물었다.

"국경은 언제쯤 넘을 것 같아?"

"사흘이나 나흘쯤 후에요. 내일 밤에 출발하면 이틀 후 새벽에 강계에 도착한다니까요. 거기에서 다시…."

그것도 일이 잘 풀려야 그렇게 될 것이다. 머리를 끄덕인 윤기철이 정순미의 손을 쥐었다. 한 손에 달러를, 다른 한 손에 휴대전화를 쥐고 있어서 윤기철은 정순미의 손등만 감싸 안았다. 그렇게 손을 잡힌 정순미는 윤기철을 마주 본 채 눈도 깜박이지 않았다.

‡

오후 6시, 소공동 사무실에서 만난 박도영이 얼굴을 활짝 펴고 웃었다.

"자주 나오시는 건 불편하지 않으시죠?"

"핑계 대기가 좀 그렇습니다."

쓴웃음을 지은 윤기철이 가방을 건네주면서 말을 이었다.

"이번에는 아버지가 허리 수술을 하신다고 거짓말을 했거든요."

"다음번에는 우리가 핑계를 만들어드리지요."

박도영의 눈짓을 받은 이인수가 주머니에서 봉투를 하나 꺼내더니 윤기철에게 내밀었다.

"받으시지요. 수당입니다."

이인수가 봉투를 내밀었으므로 윤기철은 받았다. 그러자 박도영이 웃음 띤 얼굴로 말했다.

"정보원 수당입니다. 당연히 받으셔야죠. 국가를 위해 일하시는데."

"감사합니다."

봉투를 주머니에 넣은 윤기철은 그 순간에 정순미 이야기를 하

지 않기로 마음먹었다. 오면서 망설였던 것이다. 말하는 것이 국
가를 위한 일인지 아닌지, 정순미한테 도움이 될지 해가 될지. 국
정원에 도움을 요청하면 들어줄 것인지, 오히려 북한 측에 정보를
줄 것인지 등을 궁리하느라고 자유로에서 사고가 날 뻔도 했다.

"며칠 휴가를 내셨지요?"

박도영이 말머리를 돌렸으므로 윤기철의 어깨가 늘어졌다.

"예, 이번에는 나흘인데요."

"가방 내용물을 보고 시간이 필요하면 연락드리지요."

그때는 휴가 기간을 연장하라는 말이었다. 머리를 끄덕인 윤기
철이 먼저 자리에서 일어섰다. 마음이 급해진 때문이다.

"그럼 제가 먼저."

‡

"너, 자주 나온다?"

오늘은 서초동의 카페로 임승근을 불러냈다. 주위를 둘러보면서
투덜거렸다.

"시발놈이 서울에서 뒹구는 나보다 좋은 데는 더 잘 알고 있구
먼."

"나도 오늘 첨 온 거야."

오후 8시, 서초동에서 내린 윤기철이 우연히 들어선 카페다. 임
대료가 비싼 곳이라 어설프게 꾸미고 건성으로 장사했다가는 금방
망하는 터라 신경 안 쓸 수가 없다. 손님이 반쯤 차 있는 카페 안은

장식도 세련되었고 손님 분위기도 좋았다. 잘되는 집안은 서로 윈 윈이 된다. 윤기철이 임승근의 잔에 위스키를 따르면서 말했다.

"형한테 상의할 일이 있어서."

"왜? 신이영이가 임신했대?"

"아, 그게 아니고."

"그 기집애는 이제 네 이야기 안 하려고 해. 그건 널 좋아한다는 표시거든."

"그게 아니라…."

"회사 문제는 아닌 것 같은데 이런 데서 술 시켜 먹는 걸 보면."

"형, 나 좀 심각한데."

한 모금 술을 단숨에 삼킨 윤기철이 똑바로 시선을 주자 임승근도 입을 다물었다. 윤기철이 어깨를 부풀렸다가 내리고는 입을 열었다.

"개성 우리 회사에 내 보조사원이 있어. 여사원인데 북한 근로자야."

"옳지."

임승근이 머리를 끄덕였다.

"건드렸구나."

한숨을 뱉으며 윤기철이 말을 이었다.

‡

10분쯤 지났을 때 임승근이 눈을 치켜뜨고는 윤기철을 보았다.

상체도 반듯이 세운 채 숨도 쉬는 것 같지가 않다.

"그렇다면 지금까지 네가 국정원과 북한 측의 비선秘線 연락원 노릇을 해왔단 말이지?"

윤기철은 머리만 끄덕였고 임승근이 잇새로 말을 이었다.

"그 애가 북한 측 연락원이었고?"

"맞아."

"그럼 지금 떠났냐?"

"오늘 야근이야. 야근 끝나고 밤에 조선족 화물차를 타고 떠나."

"야단났군."

어깨를 늘어뜨린 임승근이 투덜거렸다.

"시발놈, 이건 특종감인데."

"나, 형이 오기 전에 생각했는데."

술을 한 모금 삼킨 윤기철이 붉어진 눈으로 임승근을 보았다.

"내가 중국으로 가서 걔를 데리고 와야 될 것 같아."

"어어."

임승근이 외침을 뱉었는데 마치 누가 높은 곳에서 떨어지려고 하는 것을 본 것 같은 표정이다.

"이 새끼가 미쳤나?"

"아니, 나한테 미쳤다니. 형이 지금 제정신이야?"

"뭐?"

"그냥 놔두고 회사일 하는 놈이 미친놈이지, 안 그래?"

"어?"

"더군다나 걘 날 좋아한다고 했어."

"뭐, 뭐?"

심호흡을 한 임승근이 헛기침까지 하고 나서 물었다.

"좋아한다고?"

"내가 여자한테 그런 말 들은 건 처음이야, 아마."

"숱하게 들은 것 같은데. 내가 알기로는."

입맛을 다신 임승근이 갈증이 나는지 위스키 한 모금을 단숨에
털어넣었다.

"야, 진정해. 차분하게 생각해보자."

"내일 새 휴대전화 하나 사야겠어."

윤기철이 말을 이었다.

"형은 걜 데려오는 방법 좀 알아봐줘."

‡

"어, 왔어?"

김씨가 다가온 정순미를 보더니 피식 웃었다.

"아니, 그게 뭐야? 이웃 마을 놀러가나?"

그도 그럴 것이 정순미는 바지에 운동화를 신고 가벼운 점퍼 차
림이다. 등에 배낭을 멨지만 얄팍했다. 김씨 뒤쪽의 어둠 속에 트
럭의 거대한 형체가 드러나 있다.

"짐칸 안쪽에 자리 만들어놓았어. 지금 둘이 와 있으니까 자리
잡아."

그러고는 손을 내밀었다. 운임을 내라는 말이다. 정순미가 잠자

코 주머니에서 달러를 꺼내 내밀었다.

"강계에서 오는 차편 구할 수 있을까요? 아시면 소개해주세요."

"언제 돌아오는데?"

지폐를 세면서 김씨가 물었다.

"30일쯤요."

셈을 끝낸 김씨가 머리를 들고 다시 물었다.

"짐이 있나?"

"감자, 술까지 석 자루쯤 될 건데요."

"짐이 있으니까 100달러는 받아야겠는데."

"누구 트럭인데요?"

"내 친구지만 같이 일하니까 나하고 결정해도 돼. 트럭도 새것이야."

"그럼 80달러로 해주세요."

"이 아가씨가 깎는 게 버릇이 되었구먼."

마음에 들지 않았는지 입맛을 다신 김씨가 머리를 끄덕이면서 턱으로 트럭을 가리켰다.

"자, 타라고. 오는 건 다시 상의하지."

김씨에게 돌아오는 차비 흥정을 한 것은 의심받지 않으려는 의도였다. 조선족 차를 타고 국경까지 간다면 의심받을 것이 당연했기 때문이다. 트럭에 오른 정순미가 손목시계를 보았다. 10시 30분이다. 조금 전에 자남산공원 입구에서 휴대전화를 분해해 내버렸기 때문에 이제는 보위부 전화를 받을 수 없다.

✢

"어, 왔냐?"

식탁에 앉아 소주를 마시던 윤덕수가 붉어진 얼굴로 윤기철을
반겼다.

"한잔할래?"

"아뇨, 아버지."

밤 11시 반이다. 동생 윤영철은 편의점 알바를 하는 중이어서
집에 세 식구가 모였다.

"밥 좀 줄까?"

이정옥이 주방에서 물었지만 윤기철은 손만 젓고 방으로 들어
갔다. 이제 자주 오는 터라 박도영을 만나고 나올 때 이정옥한테
왔다고 전화는 했다. 씻고 옷을 갈아입고 나왔을 때 아직도 술잔
을 쥐고 있던 윤덕수가 불렀다.

"야, 한잔만 해라."

위스키 한 병을 임승근과 나눠 마셨지만 술이 취하지도 않았으
므로 윤기철은 식탁 앞자리에 앉았다. 윤덕수가 잔에 술을 따라주
면서 말했다.

"야 너 걔한테 전화 한번 해라."

"예? 누구요?"

물었지만 뻔하다. 윤덕수 친구 딸 서정아다. 제 남친하고 잘 풀
릴 때까지 사귀는 시늉을 하자던 가구회사 직원, 까맣게 잊어먹었
다가 지금 생각이 난다. 그때 그 조건으로 한 번씩 자달라고 했었

다. 그 나물에 그 밥이다. 그런 요구를 했으니 그런 대답이 나올 수밖에. 그때 윤덕수가 한 모금 술을 삼키고 나서 웃었다.

"아, 며칠 전에 그놈 집에 놀러갔었다. 그 애가 있기에 너 요즘 어떠냐고 지나는 말로 물었더니 글쎄 네가 서울 나오면 연락하겠다는구나."

"아이고, 이 양반아. 그냥 인사치레로 한 소리라니까 그러네."

다가온 이정옥이 데운 김치찌개를 내려놓으면서 말했더니 윤덕수는 벌컥 화를 냈다.

"아, 나한테까지 실없는 소리를 할까? 요즘 애들은 대놓고 싫으면 싫다고 한다면서?"

"아버지, 그렇게 며느리가 보고 싶으세요?"

윤기철이 불쑥 물었으므로 둘이 일제히 시선을 주었다.

"그걸 말이라고 하냐? 이 자식아?"

그건 윤덕수의 말이었고.

"누구 있냐?"

이건 이정옥의 말이다.

"아뇨, 아직."

대답을 그렇게 했지만 윤기철의 얼굴은 굳어 있다.

‡

"아픈 모양이다."

조경필이 김현주와 유민희를 번갈아 보면서 말했다. 오전 8시 반, 사무실 보조사원 김현주가 오늘 정순미가 출근하지 않은 것을 보고한 것이다. 그러나 조경필은 이미 반장 유민희로부터 정수미가 공단행 버스에 탑승하지 않았다는 것을 보고받았다. 대표실의 소파에 앉은 조경필이 말을 이었다.

"요즘 무리를 한 모양이다. 그렇지?"

"예, 대표 동지."

김현주가 대답했다.

"자주 머리가 아프다고 했습니다."

"좋아. 내가 알아서 보고할 테니까."

조경필이 끝났다는 시늉으로 머리를 끄덕여 보였으므로 자리에서 일어선 둘은 방을 나갔다. 소파에 등을 붙인 조경필이 문득 전화기에 시선을 주었다가 곧 돌렸다. 근로자가 무단결근을 하면 총국에 보고하도록 되어 있다.

그러나 정순미는 특별한 신분이다. 총국 국장을 제쳐놓고 그보다 한참 윗선인 당 조직 지도부 부부장급 동지의 지시를 받고 움직이는 연락원인 것이다. 부부장의 지시를 수행 중인지도 모른다는 생각이 들었으므로 조경필은 보고를 보류하기로 마음먹었다. 그때 남측 연락원인 윤기철이 마침 어제 서울로 떠난 것이 떠오르자 저절로 머리가 끄덕여졌다. 북남의 연락원이 제각기 임무를 수행 중인 모양이다. 덜렁 보고했다가 총국 국장까지 병신 취급당하게 될지도 모른다.

‡

　짐칸에 탄 넷 중 둘은 부부고 하나는 30대 여자다. 남자 하나, 여자 셋인데 부부는 오른쪽 구석에 자리 잡았고 정순미는 30대와 나란히 앉았다. 운전석 쪽에 등을 붙이고 앉은 것이다. 운전석에는 조선족 운전사와 차주 겸 물주인 김씨가 앉았다. 트럭은 덜컹거렸지만 쉬지 않고 잘 달렸다. 넷이 앉은 공간 앞쪽에는 수십 개의 자루가 쌓였는데 모두 북한에서 구입한 물품이다. 위쪽에 널빤지를 깔고 다시 자루를 쌓아서 트럭의 짐을 다 내려야 안에 탄 사람을 찾아낼 수 있다. 그래서 오전 10시가 되었어도 안은 어둡다. 양쪽 판자 틈새로 여러 줄기 햇살이 비치고 있었지만 차츰 어둠에 익숙해지자 옆에 앉은 여자의 얼굴 윤곽도 다 보인다.

　"난 회천까지 가는데 동무는 어디까지 가요?"

　옆에 앉은 여자가 묻는 바람에 정순미는 눈을 떴다. 트럭은 밤 10시 50분에 출발했으니 거의 11시간을 달린 셈이다. 도중에 검문소 3개를 거쳤고 기름을 넣고 엔진을 식힌다고 산길 모퉁이에서 한 시간 반쯤을 쉬었다. 틈틈이 차주 김씨가 뒤쪽에 대고 소리를 질러 상황을 알려주었다.

　"강계까지 갑니다."

　정순미가 여자를 보았다. 바지에 등산화를 신었고 등산복을 입었다. 정순미와는 달리 관광객 행색이지만 배낭과 여행용 가방에 물건이 잔뜩 들어 있다. 단발머리의 여자가 웃음 띤 얼굴로 짧은 숨을 여러 번 들이켰다. 냄새를 맡는 시늉이다.

"냄새가 좋아요. 향수죠?"

"아, 남조선 비누를 써서 그런가 봐요."

"남조선 비누?"

놀란 듯 여자의 눈이 커졌다. 동그란 눈의 귀여운 인상이다. 그러나 속은 알 수가 없다. 여자의 시선을 받은 정순미가 입술 끝을 올리며 웃었다.

"제가 개성공단의 남조선 공장에서 일하거든요. 거기선 남조선 비누를 공급해주기 때문에….'

"아아.'

여자가 커다랗게 머리를 끄덕였다. 개성공단에서 일한다면 신분은 확실하다. 공단의 근로자가 되려면 어떤 조건을 갖춰야 하는지를 모르는 사람이 없다. 어둠 속에서 여자의 눈동자가 흔들렸다.

"아아, 그러시군요."

"강계에 빨리 다녀오려면 이 방법밖에 없죠. 외삼촌한테 가서 뭘 좀 가져오려고 이렇게 된 겁니다."

"할 수 없지요."

머리를 크게 끄덕인 여자가 말을 이었다.

"전 회천군에서 중학교 교사로 있어요. 개성 오빠한테서 양식을 얻어가는 길이에요."

여자가 수줍게 웃었으므로 정순미는 어깨를 늘어뜨렸다. 범법자를 잡으려고 승객 행세를 하는 인간만 아니라면 고발할 수는 없다. 자신도 같이 통행증 없는 여행을 했기 때문이다. 정순미가 길게 숨을 뱉으면서 말했다.

"통행 허가증 받고 떠나려고 했더니 시간이 맞지 않아서요."

이것으로 옆에 앉은 여자하고는 조금 신뢰감이 쌓인 것 같다. 그때 등을 붙이고 앉은 벽에서 두드리는 소리가 들리더니 곧 김씨가 소리쳤다.

"30분쯤 후에 덕천이야! 덕천에서 한 시간쯤 쉴 거요!"

덕천에서 회천까지는 이제 이 트럭 속도로 한 시간쯤 걸릴 것이었다. 정순미가 손목시계를 보았다. 오전 11시 반이다.

‡

"예, 조경필입니다. 국장 동지."

서둘러 사무실로 들어선 조경필이 전화기를 귀에 붙이면서 말했다. 오후 2시 40분, 현장에 나가 있던 조경필에게 지도총국의 오영환이 전화를 한 것이다.

"이봐, 거기 정순미를 나한테 보내라고."

오영환이 지시하자 조경필이 숨을 들이켜고 나서 대답했다.

"예? 정순미 말씀이십니까?"

조경필의 눈동자가 흔들렸다.

"오늘 결근했습니다. 국장 동지."

"아니, 그럼 집에 있는 거야?"

"예? 저는….

"동무 왜 보고를 안했나?"

"예, 저기, 그것은….

눈앞이 노랗게 변한 조경필이 몸을 굳혔다. 큰일 났다. 무슨 영
문인지는 모르지만 보고 안 한 것이 탈 났구나.

"저는 부부장 동지께서 다른 과업을 주신 줄로만 알고…."

"부부장 동지 팔지 말라우!"

"예, 국장 동지."

조경필이 숨을 죽였을 때 통화가 끊겼다. 무슨 일인가? 조경필
이 전화기를 든 채로 생각했지만 머리만 멍할 뿐이다.

‡

30분쯤 후 보위부의 정순미 담당 백순철이 빈 아파트의 거실에
서서 휴대전화를 귀에 붙이고 있다. 집 안에는 보위부 요원 셋이
더 들어와 있었는데 모두 감찰반원이다.

"예, 없습니다."

백순철의 이마에 땀방울이 솟아나 있다. 그때 송화구에서 보위
부 감찰과장의 목소리가 울렸다.

"언제 집을 비웠는지는 파악 안 되었나?"

"예? 그, 그것은 오늘 아침인 것 같습니다. 제가 어젯밤에도 확
인했으니까요."

이미 보고한 내용이지만 백순철이 기를 쓰고 덧붙였다.

"예, 어젯밤 11시 40분에 집에 있는 것을 확인했습니다. 과장 동
지."

이렇게 해야만 살아날 수 있다. 어젯밤 11시 반쯤 술 취한 상태

에서 전화를 했다가 정순미가 받지 않았다고 할 수는 없다. 신호가 열 번쯤 울렸다가 끊어지기에 정순미가 자는 것으로 생각하고 놔둔 것이다. 그래도 책임은 져야만 한다. 그때 감찰과장이 소리치듯 말했다.

"상부에서 난리가 났어, 이 새끼야! 찾으라고!"

‡

이제는 셋이 남았다. 회천에서 교사가 내렸기 때문이다. 오후 5시 반, 트럭은 진천을 향해 달려간다. 북쪽으로 갈수록 검문이 잦아졌고 속도가 느려졌지만 아직 짐칸까지는 검사하지 않았다. 회천 근처의 검문소에서 짐칸으로 올라오긴 했지만 안쪽은 보지 않았다. 짐으로 덮여 있어 찾아내지 못했다고 봐야 맞다.

그동안 쉴 적에 두 번 밖으로 나가 씻고 용변을 보았으며 식사는 가져온 초코파이로 대신했다. 회천에서 내린 교사가 주먹밥 하나하고 초코파이를 바꿔 먹자고 해서 두 개 주었지만 배낭에는 아직 여덟 개가 남았다. 어제 퇴근할 때 회사에서 12개를 가져온 것이다. 매일 계를 탄 근로자가 많아서 빌리는 건 일도 아니다. 벽을 치는 소리가 들리더니 곧 김씨가 소리쳤다.

"진천 장마당에서 장사를 하고 갈 거야! 진천에서 강계까지는 세 시간쯤 걸릴 테니까 그렇게 알고 있어!"

"그럼 언제 강계에 닿는 거야?"

불쑥 옆쪽 남자가 소리쳤으므로 정순미는 깜짝 놀랐다. 지금까지 옆쪽 두 남녀하고는 말도 붙이지 않았기 때문이다. 40대 중반의 두 남녀는 처음 트럭에 탔을 때 눈인사만 했을 뿐이다. 둘이 부부 사이란 것도 김씨가 말해주었다. 그때 벽 틈으로 김씨의 목소리가 흘러나왔다.

"진천에는 오후 7시쯤 도착해서 11시쯤 출발할 거야! 그럼 강계에는 새벽 2시쯤 도착할 거네."

정순미는 길게 숨을 뱉었다. 그렇다면 강계까지 27시간쯤 걸리는 셈이다. 기차나 다른 교통수단을 이용했다면 여행증도 없는 터라 검문에서 바로 체포되었을 것이다.

‡

그 시간에 개성직할시 보위부 지부장 조건호가 방으로 들어선 평양 고위층을 만난다.

"어서 오십시오. 동지."

"수고 많으십니다."

40대쯤의 사내는 당 조직비서실 소속 과장이다. 이미 평양에서 전화를 하고 온 터라 상석에 앉은 과장이 앞쪽의 조건호와 감찰과장 박명규를 번갈아 보았다. 과장 이름은 강일주, 부부장 전성일의 부하다.

"말씀드렸지만 정순미 실종 사건 때문에 온 겁니다."

조건호와 박명규는 눈동자만 굴리고 있다. 지부장 조건호는 현역 소장이고 박명규는 중좌지만 하루아침에 목이 잘릴 수가 있다.

감시 대상인 반역자 가족을 도망치게 만든 것은 중죄다. 지금 밖에 대기시킨 담당자 백순철은 총살감이다. 강일주가 다시 말을 잇기도 전에 조건호가 나섰다.

"동지, 담당자 백순철이 정순미와 공모한 사실이 밝혀졌습니다. 백순철은 어젯밤에 정순미와 통화했다고 진술했지만 거짓임을 밝혀냈습니다. 정순미의 휴대전화는 10시 반에 끊겼고 자남산공원 근처의 공터에 버려져 있는 것이 발견되었습니다. 이것은 우리 보위부 감찰반 추적팀의 성과입니다."

"잠깐만요."

조건호의 말을 막은 강일주가 먼저 심호흡부터 했다. 말쑥한 양복차림에 흰 얼굴, 손목에는 롤렉스 시계가 육중하게 걸려 있다. 장군님의 하사품이 분명하다.

"좋습니다. 공모자를 색출했다니 다행입니다. 그런데."

강일주가 번들거리는 눈으로 둘을 훑어보았다.

"이 사건은 개성 공장에 알려지지 않도록 하십시오. 정순미가 반역자 가족이며 실종되었다는 사실을 공장 근로자는 물론 남조선 측도 알아서는 안 된다는 말입니다. 아시겠습니까?"

"아, 그거야."

조건호는 강일주의 말 속에서 실낱같은 희망을 보았다. 모든 일에는 다 복선이 있는 것이다. 50대 초반으로 소장 계급까지 오르는 동안 얼마나 곡절이 많았겠는가? 공장 측이 모르게 하는 조건으로 책임 추궁을 피할 수가 있을 것 같다. 어깨를 편 조건호가 똑바로 강일주를 보았다.

"알겠습니다. 공장 측이 전혀 모르게 처리하겠습니다."

오늘 개성 용성 근로자들이 퇴근해 오면 근로자 대표부터 잡아서 심문하려던 계획은 취소다. 조건호가 생기 띤 목소리로 말을 잇는다.

"물론 정순미를 담당한 놈은 반역 공모죄로 처리하겠습니다."

‡

오후 6시 35분이 되었을 때 식당 안으로 임승근이 들어섰다. 영등포시장 뒤쪽의 삼겹살 식당 안이다.

"야, 왜 전화번호까지 바꾼 거야?"

털석 앞자리에 앉은 임승근이 묻자 윤기철이 입맛부터 다셨다. 오늘 새 전화를 개통하면서 전화번호까지 바꾼 것이다. 그러고는 그 전화로 임승근에게 연락을 했다.

"그 전화를 정순미 줬거든."

"뭐라고?"

머리를 기울인 임승근에게 윤기철이 실토했다. 임승근을 속일 필요는 없는 것이다.

"아이고, 이 자식아."

어제는 휴대전화 이야기까지는 하지 않았다. 술잔을 든 임승근이 윤기철을 노려보았다.

"그래서 너, 어쩔 거냐?"

"결심했어."

"무엇을?"

"내가 중국에 갈 거야."

숨만 들이켠 임승근에게 윤기철이 말을 이었다.

"그쪽 국경 지역에 가서 정순미를 만나야지. 다행히 넘어오면 말이야."

"……."

"내일쯤 넘어올지 모르겠어. 아니면 모레쯤일까? 어쨌든 난 모레 중국으로 갈 거야."

"……."

"오늘 비자 신청을 했더니 내일 오후에 나온다는군. 대지급으로, 웃돈을 좀 줬지."

"……."

"회사에는 일주일 휴가를 냈고 국정원에도 연락은 했어. 내 전화번호 바뀐 것하고 휴가 냈다는 것까지만…."

"만나서 어쩔 거야?"

임승근이 불쑥 물었으므로 윤기철이 눈을 치켜떴다. 당연한 것을 왜 묻느냐는 표정으로 윤기철이 뱉듯이 말했다.

"자야지."

‡

진천의 장마당은 개성보다 오히려 더 넓은 데다 상품이 많았다. 중국에서 내려온 조선족 상인도 많았고 공터 옆쪽에는 10여 대의

트럭이 세워져 있었는데 모두 중국 번호판이 붙어 있다.

"개성에 언제 돌아가세요?"

트럭 옆에 쪼그리고 앉은 정순미에게 여자가 물었다. 3m쯤 떨어져 앉은 부부 중 여자다. 20시간이 넘는 동안 거의 말을 섞지 않다가 지금 말을 걸었다.

"며칠 있다가요."

대충 대답한 정순미가 여자를 보았다. 이곳은 개성 장마당보다 좀 밝다. 공터 왼쪽 끝에 주체탑이 불을 환하게 밝히고 있었기 때문이다. 거리가 100여 m 떨어졌지만 그 빛이 장마당을 비추고 있다. 여자는 파마머리에 진홍색 루즈를 발랐다. 미인형 얼굴이지만 입끝이 내려가 심술궂게 보인다. 옆쪽에 앉은 남편은 앞만 보고 있는데 트럭 안에서도 둘은 거의 대화를 나누지 않았다.

"아주머니는 개성 사시나요?"

예의상 정순미가 물었더니 여자가 머리를 내저었다.

"우린 강계 삽니다. 개성 사는 친척집에 다녀오는 길입니다."

"네에."

더 이상 이야기를 나누기 싫다는 몸짓으로 머리를 반대쪽으로 돌렸지만 여자의 말이 이어졌다.

"차주 김씨를 잘 아세요?"

"예, 몇 번 거래했어요."

마지못해 대답한 정순미가 엉덩이를 들썩였을 때 여자가 불쑥 물었다.

"강 건너려는 거죠?"

정순미는 2초쯤 지나고 나서야 알아들었다. 숨을 들이켠 정순미가 여자를 보았다. 여자의 시선이 정순미와 부딪치더니 떼어지지 않는다. 또 2초쯤 지났는데 그 순간이 긴 것 같았다. 숨을 뱉고 난 정순미가 되물었다.

"그렇게 보여요?"

"그래요."

머리까지 끄덕인 여자가 말을 이었다.

"우리 눈에도 그렇게 보였는데 김씨한테는 말할 것도 없겠죠."

"……."

"김씨가 친척이 아닌 이상 그냥 놔둘 것 같습니까? 아가씨 같은 늘씬한 미인이면 중국에서 3만 원쯤 받을 겁니다."

"……."

"그런 횡재를 저 장사꾼이 놓칠 것 같아요?"

"아주머니는 도대체 누구세요?"

마침내 정순미가 갈라진 목소리로 물었을 때 앞쪽만 보던 남자가 이쪽으로 머리를 돌렸다.

"우리도 강 넘어가려는 사람인데 아가씨가 딱해서 이런 이야기 해주는 거요."

사내의 눈이 어둠 속에서 번들거렸다.

동 행

"그럼 어떻게 하죠?"

정순미가 둘을 번갈아 보았다. 그러고는 덧붙였다.

"전 정말 강계로 간다고요."

아직은 두 사람을 믿지 못하겠다. 이들이 위장한 보위부원일 수
도 있지 않겠는가? 그때 사내가 풀썩 웃었다.

"우리가 보위부 정보원 같았으면 진즉 동무 데리고 갔지요. 안
그렇습니까?"

"……."

"이렇게 트럭에 숨어 타고 북행한 것만으로도 중죄지요. 가서
취조를 받으면 술술 자백하게 될 것이고."

"……."

"우리가 참 답답해서 동무한테 말해준 겁니다. 놔두려다 이 사람이 우리도 좋은 일 한번 해보자고 해서요."

"두 분 아저씨 아주머니는 정말 강 넘어서 가세요?"

"그래요."

이번에는 여자가 대답했다. 머리를 든 여자가 정순미를 보았다. 장터의 소음이 들려오고 있다. 오후 8시 15분이다. 8시가 넘으면서부터 손님이 모여드는 것이다. 여자가 말을 이었다.

"우리는 옌지에 사는 친척이 차주 김씨하고 잘 압니다. 그래서 강계까지 태워다 주기로 친척하고 차주하고 거래가 된 것이라고요."

주위를 둘러본 여자가 목소리를 낮췄다.

"차주는 우릴 어떻게 못해요, 하지만 아가씨는 위험해."

그때 정순미가 자리에서 일어섰다. 후들거려서 차체를 잡고 겨우 섰다.

"감사합니다, 은혜 잊지 않을게요."

"어디로 가시려고?"

남자가 묻자 정순미는 숨을 들이켰다.

갑자기 목이 막혔기 때문이다. 갈 곳은 생각하지 않았다. 겁이 나서 무작정 일어섰을 뿐이다. 그때 여자가 물었다.

"강계에서 어떻게 할 작정이었수?"

"거기서 만포를 거쳐 국경을 넘으려고…."

"어이구!"

혀를 찬 여자가 신음을 뱉으며 일어섰다. 허리를 주먹으로 두드리면서 여자가 말했다.

"무슨 사연이 있는지 모르지만 그렇게 지도만 보고 올라오다니, 정말 답답한 아가씨로구먼, 큰일 나겠어."

"이봐 어쩌려고 그래?"

남자가 묻자 여자는 내쏘듯 대답했다.

"그럼 가만두란 말이야? 할 수 있는 데까진 해줘야지."

‡

그 시간에 윤기철은 술잔을 들다가 눈을 둥그렇게 떴다. 식당 안으로 신이영이 들어섰기 때문이다.

"어?"

하면서 술잔을 내려놓았더니 임승근이 쓴웃음을 지으며 말했다.

"내가 불렀다."

"아유, 냄새."

하면서 신이영이 다가왔으므로 윤기철은 입을 다물었다. 그 표정을 본 신이영이 옆쪽 자리에 앉으면서 이맛살을 찌푸렸다.

"내가 반갑지 않은 모양이네?"

"아니, 그게…."

"그면 왜 그렇게 똥 씹은 얼굴이야?"

"이 여자 말하는 것 좀 봐."

"내가 불렀다."

신이영의 잔에 소주를 따르면서 임승근이 끼어들었다.

"네가 늦으니까 연락하지 말라고 했지만 말이야."

"아, 됐어, 됐어."

술잔을 쥐면서 신이영이 두 남자를 흘겨보았다.

"그런데 무슨 심각한 이야기 중이었어? 내가 끼면 안 돼?"

"안 될 거 없어, 바로 그대 이야긴데."

임승근이 능글능글한 표정을 짓고 말을 이었다.

"뭐 임신과 중절에 대해 이야기하는 중이었거든."

어깨를 부풀렸다가 내린 신이영이 윤기철을 보았는데 못 들은 표정을 짓고 있다. 노련한 반응이다. 그때 윤기철이 한 모금에 술을 삼켰다. 더 이상 정순미의 이야기는 끝이다. 임승근은 그래서 신이영에게 연락을 한 것이다.

‡

"동무, 어디까지 가시오?"

여자가 묻자 트럭 운전사가 대답했다.

"강계 가오."

"잘됐다."

반색한 여자가 트럭 운전사 쪽 받침대에 올라섰다. 정순미는 바짝 붙었고 여자가 운전사에게 서둘러 말했다.

"동무, 내 동생 좀 강계로 먼저 데려다주오. 물론 차 삯은 내지."

"왜? 장터 일 다 봤소?"

운전사가 여자와 정순미를 번갈아 보았다. 어둠 속이었지만 얼굴 윤곽이 드러났다. 50대쯤으로 마른 얼굴, 작업복 차림이었고, 농장 트럭은 엔진 소음이 요란했다. 장터 위쪽의 갓길 주차장까지 나온 둘이 막 떠나려는 트럭을 잡은 것이다. 여자가 운전사에게 물었다.

"강계 인민병원 앞까지 얼마 드릴까요?"

"중국돈 있어요?"

운전사가 묻자 여자는 버럭 소리쳤다.

"인민폐는 안 받소?"

"장터 나온 분이니까 중국돈 있으면 주시오."

"얼마?"

"70원."

"50원으로 갑시다. 난 30원에도 다녔소. 내 동생이 급해서 그래."

"누가 다쳤소?"

"아, 글쎄. 어머니가 위독하시다고 해서 동생 먼저 보내려고."

"알겠습니다."

운전사가 선선히 승낙하자 여자가 주머니에서 구겨진 50위안 지폐를 꺼내 정순미에게 건네주었다.

"자, 병원 앞에서 내려서 저 동무 줘라."

"나아, 참."

운전사가 쓴웃음을 짓더니 정순미에게 소리쳤다.

"빨리 타시오!"

정순미가 여자에게 눈인사를 하고는 서둘러 조수석에 올랐다.

물론 여자에게 20달러를 주고 중국돈 100위안을 받았다. 그것으로 여자는 흥정을 한 것이다. 정순미가 트럭에 오르자 여자는 차체를 손바닥으로 치면서 말했다.

"병원에서 기다려라 응?"

"예, 언니."

갑자기 눈물이 흘러내린 정순미가 손등으로 눈물을 닦자 여자가 소리쳤다.

"이년아! 마음 단단히 먹어야지 벌써부터 울고 난리야!"

‡

오늘밤 신이영은 더 적극적이었다. 자세를 바꾸면서 끈질기게 엉켰다. 그런데 윤기철이 그럴수록 냉정하게 받아들이자 신이영의 반응은 더 격정적이 됐다. 이윽고 신이영이 터지면서 윤기철을 부둥켜안았다. 절정은 언제나 새롭지만 오늘밤은 특별했다. 밤 12시 반이 돼간다. 영등포역 근처 모텔이다. 식당에서 임승근과 헤어지고 바로 이곳으로 온 것이다.

이제는 서로의 몸에 익숙해져서 절정이 가라앉았을 때 어떤 자세가 자연스러운지도 안다. 몸이 떼어지자 둘은 서로 마주 보고 누웠다. 서로의 다리가 한쪽씩 엇갈려 꼬였고 신이영은 윤기철의 팔을 벤 자세다. 아직도 가쁜 숨결 때문에 신이영의 배가 윤기철의 배에 부딪힌다. 불을 환하게 켜놓아서 신이영의 이마에 밴 땀이 반짝였다. 신이영이 윤기철의 턱에 더운 숨결을 뿜으면서 물었다.

"같이 근무하던 여직원이 탈북을 하고 있다면서?"

순간 숨을 들이켰던 윤기철이 길게 숨을 뱉었다.

"빌어먹을 자식."

"선배한테 그렇게 욕해도 돼?"

"항상 그래, 그 자식은 저 혼자 뭔가 해본 적이 없어."

"무슨 말이야?"

"시끄러워."

그때 신이영이 손을 뻗쳐 윤기철의 낭심을 움켜쥐었다. 세게 움켜쥐었기 때문에 윤기철이 입을 딱 벌렸다.

"아, 놔!"

"임승근이 날 불러서 긴장을 풀어준 거야."

"안 놔?"

"고맙다고 해야지, 내가 도와줄 수도 있을지 모르잖아?"

윤기철이 어깨를 늘어뜨렸고 신이영의 손에도 힘이 풀렸다.

‡

강계에 도착했을 때는 오전 1시가 됐다. 50km도 안 되는 거리를 달리는 데 3시간이 걸린 셈인데 도중에 엔진이 고장 나서 한 시간쯤 멈춰 섰기 때문이다. 강계 인민병원은 정문에 불을 켜놓았지만 한산했다. 가끔 병원 근무자가 들락거리는 것은 강계에서 유일한 야간 근무 병원이었기 때문이다. 정문에는 경비원이 서 있었기 때문에 정순미는 병원에서 100m쯤 떨어진 길가의 골목 안에 쪼

그리고 앉아 기다렸다. 박씨라고만 알려준 그 여자를 기다리는 것
이다. 2시까지는 오겠다고 했으니 앞으로 한 시간 남았다.

여자를 만나면 따라갈 작정이었다. 어떻게든 북조선, 내 조국을
빠져나간다. 그 생각뿐이다. 어떻게 할 것인지 어디로 갈 것인지
생각해보지 못했다. 경황이 없었기 때문이다. 일단 중국 땅에 닿고
나서 생각해볼 작정이었다. 무릎 위에 턱을 고이고 두 손으로 다
리를 감은 자세로 앉아 정순미는 윤기철을 떠올렸다. 개성에서 떠
나기 전부터 틈만 나면 윤기철을 생각했는데 기운이 나도록 해주
는 효과가 있다.

그래서 이제는 무의식 중에 윤기철이 떠오른다. 가방 안에 든 윤
기철의 휴대전화가 그 증거물이다. 정순미는 윤기철을 떠올리다
가 깜박 잠이 들었다.

‡

"정말 갈 거야?"

신이영이 묻자 윤기철은 머리만 끄덕였다. 둘은 그대로 알몸인
채 엉켜 있었는데 신이영이 시트로 하반신을 가렸다. 이맛살을 찌
푸린 신이영이 짧게 입맛 다시는 소리를 냈다.

"영화 스토리 같네."

"상관없어."

"회사는 휴가 냈다면서?"

"응."

"만나서 어떻게 하려고?"

"글쎄."

"잔다고 했다면서?"

"누가?"

"자기가."

잠깐 눈을 껌벅이던 윤기철이 쓴웃음을 지었다. 임승근한테 한 말이다.

"아, 그거야….."

"그거야 뭐?"

"한번 하고 나면 어색한 것도 없어지고, 또….."

말을 멈춘 윤기철이 입을 딱 벌렸다. 신이영이 또 낭심을 움켜쥐었기 때문이다.

"말을 꼭 그렇게 할래?"

"안 놔?"

윤기철이 눈을 부릅뜨고 성을 냈다.

"놔, 혼나기 전에."

"어머, 성내는 것 좀 봐."

눈을 흘긴 신이영이 손을 놓았을 때 윤기철이 잇새로 말했다.

"나도 어색해서 그런다. 왜?"

신이영은 눈만 껌벅였고 윤기철의 말이 이어졌다.

"황당하기도 하고, 이게 무슨 사랑 놀음인 줄 알아? 아냐, 그 계집애 맛도 별로 없을 거야, 하지만….."

숨을 들이켠 윤기철이 길게 뱉고 나서 신이영의 엉덩이를 움켜쥐었다.

"그래, 딴 놈들은 다르겠지. 하지만 난 그냥 놔둘 수가 없어. 못 본 척할 수가 없단 말이야."

‡

문득 눈을 뜬 정순미가 손목시계를 보았다. 눈동자의 초점을 잡았을 때 시계가 2시 20분을 가리키고 있다. 소스라치며 일어서던 정순미가 다리가 꼬여 앞으로 뒹굴었다가 다시 일어섰다. 골목을 나온 정순미는 병원을 향해 달려갔다. 아직 주위는 짙은 어둠에 덮여 있었지만 병원 정문 앞에는 대여섯 명의 남녀가 모여 있다. 환자가 들어온 것 같다. 병원 정문이 30m쯤 거리로 다가왔을 때다.

"이봐."

뒤에서 부르는 사내의 목소리에 정순미는 숨을 들이켰다. 멈춰 선 정순미가 몸을 돌리자 옆쪽 골목에서 사내 하나가 다가왔다. 여자의 남편이다. 남자의 뒤에는 박씨가 따르고 있다.

"어디 있었던 거야?"

꾸짖듯 물었지만 어둠 속에서 드러난 박씨의 얼굴에는 웃음기가 감돈다.

"걱정했잖아? 보이지 않아서."

"여긴 불안해서 저쪽 골목 안에 숨어 있다가….."

"우린 10분만 더 기다리다가 가려고 했어."

남자가 투덜거리듯 말했다.

"우리 둘도 힘들단 말이야. 그러니까 속 썩이지 말라고."

그러고는 남자가 뒤쪽으로 발을 떼었다.

‡

오전 5시 반, 눈을 뜬 신이영이 옆자리를 보았다. 비어 있었으므로 머리를 돌린 신이영은 창가의 의자에 앉아 있는 윤기철을 보았다. 팬티 차림으로 우두커니 앉아 있는 윤기철과 시선이 마주쳤다.

"뭐 해?"

"걔가 지금쯤 어디 있을까 생각하고 있었어."

"일루 와."

신이영이 두 팔을 벌려 안아달라는 시늉을 했다.

"새벽이야, 한 번 더 해줘."

의자에서 일어선 윤기철이 순순히 다가오자 신이영이 웃었다.

"옳지, 착하지."

"갈 데도 생각하지 않고 무작정 북한을 도망쳐 나오는 거야."

윤기철이 옆에 눕자 신이영이 서둘러 팬티를 벗겼다. 신이영은 알몸이다.

"내가 제 부모를 잡아넣은 북한 당국 욕을 했더니 제 조국을 욕하지 말래."

"벌써 섰네."

윤기철의 남성을 두 손으로 주무르던 신이영이 감탄했다.

"불쌍하잖아?"

"내가 위에서 해줄게."

신이영이 윤기철의 몸 위로 오르면서 말했다.

"그러니까 자기는 계속 개 생각이나 해."

‡

"김씨가 한참을 찾으러 다녔어."

박씨가 삶은 강냉이를 먹으면서 말을 이었다.

"우리한테 어디 쪽으로 갔느냐? 무슨 말을 한 거 없느냐? 하고 여러 번 묻다가 의심하는 얼굴로 힐끗거리기도 하더구먼. 그러더니 30분이나 늦게 출발한 거야."

그러자 남편이 거들었다.

"돈은 이미 받았겠다. 없어졌으면 잘됐다, 하고 떠나는 게 정상인데 그렇게 애타게 찾는 걸 보면 무슨 속셈이 있었던 거지."

"우리 아저씨가 그자하고 아는 사이가 아니었다면 무슨 일도 저질렀을 놈이야."

박씨가 맞장구를 쳤을 때 박씨 남편이 문밖으로 귀를 기울였다. 이곳은 강계 동북방으로 화평군 가산이라는 작은 마을이다. 산기슭의 민가에 들어온 셋은 삶은 강냉이로 아침을 먹는 중이다. 오전 7시 반, 강계에서 두 시간을 기다렸다가 트럭을 얻어 타고 온 것이다.

"대충 짐작은 했겠지만."

몸을 세운 남자가 정순미를 똑바로 보았다. 40대 중반이나 되었을까. 마른 체격에 피부는 검다. 키가 크고 눈매가 날카로워서 군인 같다.

"우린 넉 달 전부터 탈북 계획을 세우고 있었던 거야. 지금까지 모두 계획대로 온 셈이지. 다만 한 가지만 빼고."

사내의 얼굴에 희미하게 웃음이 떠올랐다가 지워졌다. 한 가지란 바로 정순미라는 표시다. 그때 문밖에서 발걸음 소리가 들리더니 곧 헛기침 소리가 났다.

"계시오?"

남자가 방문을 열자 목소리가 더 크게 들렸다.

"들어가도 되겠지요?"

"어서오세요."

그때 사내 하나가 들어섰는데 방 안을 휘둘러보던 시선이 정순미에게 멈췄다.

"셋이라고 해서 좀 이상했는데."

방 윗목에 앉은 사내가 박씨 남편에게 물었다.

"누굽니까?"

"오다가 만났는데."

박씨 남편이 대답했을 때 박씨가 거들었다.

"개성에서부터 같이 왔어요. 안돼 보여서 데려왔는데 도와주세요."

사내는 안내원이었다. 숨을 죽이던 정순미도 입을 열었다.

"저기, 국경만 넘게 해주시면 은혜 갚을게요."

"동무, 얼마 있소?"

불쑥 사내가 물었으므로 정순미가 입안에 고인 침을 삼켰다. 사내는 50대쯤 돼 보였는데 피부가 붉고 건장한 체격이다. 살집이 좋은 중국인 같다. 세 쌍의 시선을 받은 정순미가 사내에게 되물었다.

"얼마 드리면 되죠?"

"여기서 국경 넘게 해주는 데 중국돈 4000원은 받아야 돼."

숨을 들이켠 정순미가 머리를 내저었다. 얼굴이 창백해졌다.

"중국돈 없는데요."

"그럼 달러가 있어?"

"예, 조금."

"그럼 500달러, 이 동무들도 다 그렇게 계산했어."

"그렇게는 없는데요."

"안 돼, 그럼. 동무는 여기 남아."

그때 박씨가 정순미에게 물었다.

"얼마 있어?"

"200달러요."

그때 방 안에 무거운 정적이 덮였다.

‡

"윤기철이 무슨 일이야?"

박도영이 묻자 이인수는 어깨를 조금 올렸다가 내렸다. 2년간 LA총영사관에서 근무하고 나서 붙은 버릇이다.

"정기 휴가입니다. 좀 쉬려는 것 같습니다."

"자주 나오면서 휴가까지 추가해?"

소공동 사무실 안이다. 벽시계가 오전 10시 반을 가리킨다.

"일주일 휴가를 냈다니까 그럼 앞으로 일요일까지 끼어서 열흘 동안 노는군."

혼잣소리로 계산한 박도영이 입맛을 다셨다.

"수당까지 받았으니 잘 쓰겠다."

바쁜 일은 없기 때문에 윤기철을 빨리 돌려보낼 필요는 없는 것이다.

‡

그 시간에 윤기철은 집에서 어머니 이정옥과 마주 앉았다. 아버지 윤덕수는 일 나갔고 동생 윤영철은 도서관에 가 있어서 집 안에는 둘뿐이다.

"너, 고민 있냐?"

주방 식탁에 턱을 고이고 앉은 윤기철에게 이정옥이 묻고 나서 바로 말했다.

"그, 가구회사 다닌다는 애, 내키지 않으면 놔둬. 신경 쓸 거 없어."

"나, 신경 안 써."

"어젠 승근이하고 같이 있었냐?"

"응."

"너, 여자 없어?"

이정옥이 지나가는 말처럼 물었을 때 윤기철이 심호흡을 했다.

"어머니, 나 내일 중국에 좀 갔다올게."

"중국에?"

"응."

"출장이야?"

순간 시선을 든 윤기철이 머리를 끄덕였다. 출장 생각은 안 했다. 머리가 꽉 막힌 것 같아서 그냥 중국에 간다는 말만 하려고 했다. 집에는 알려야 했기 때문이다.

"내일 몇 시에 출발이냐?"

"오늘 비자 받고 비행기표 끊어야 해."

"언제 오는데?"

"사오일 걸릴 건데, 내가 전화할게."

"전화기를 잃어버렸으면 전화기만 새로 사면 되지 왜 번호까지 바꾸냐?"

이정옥이 불평했지만 곧 화제를 바꿨다.

"글쎄, 느 아버지가 차를 바꾼단다. 3년밖에 안 됐는데 왜 또 바꾸는지 모르겠다….."

윤기철은 소리 죽여 숨을 내뱉었다. 지금 정순미 이야기를 꺼내면 미친놈 취급을 받을 것이다. 우선 자신부터 그렇게 살았으니까. 내일 중국으로 떠난다는 것은 엄청난 모험이다. 직장은 물론 생명까지 위협받을 가능성이 있는 것이다. 막말로 잘나가던 인생 조지는 수가 있다. 윤기철이 이정옥을 물끄러미 보았다. 양념통에 조미

료를 넣고 있던 이정옥이 머리를 들고 윤기철을 보았다.

"왜? 엄마한테 할 말 있어?"

"아니."

"그럼 왜 그렇게 봐?"

"그냥."

자리에서 일어선 윤기철이 벽시계를 보았다. 오전 11시가 돼간다. 말 않고 떠나는 것이 낫겠다.

‡

"비자 받았고 내일 오전 10시 반 비행기입니다."

수화기에서 여행사 직원의 목소리가 울렸다.

"지금 여권 가지러 오시지요. 티켓도 준비해놓겠습니다."

"한 시간 안에 도착하지요."

휴대전화를 귀에서 뗀 윤기철이 지나가는 택시를 잡았다. 전에는 택시 탈 때마다 아버지를 만날까봐 초조했는데 지금은 그렇지 않다. 택시를 탄 지 10여 년 됐지만 한 번도 아버지를 만나지 못했다. 택시가 여행사 근처의 역삼동 길가에 멈춰 섰을 때였다. 휴대전화 벨이 울렸다. 발신자는 신이영이다.

"뭔 일인데?"

휴대전화를 귀에 붙이고 대뜸 물었더니 신이영이 되물었다.

"지금 어디야?"

"여권 찾으려고 여행사 앞에 도착."

"오늘 저녁에 약속 있어?"

"또 자게?"

"응."

"차라리 애 데리고 와라. 내가 가슴 아파서 못 보겠다."

"그럴게. 같이 저녁 먹자."

숨을 들이켠 윤기철에게 신이영이 말을 이었다.

"마침 잘 생각했어. 6시 반에 우리 집 근처 한식당에서 만나. 애 데리고 갈게."

‡

노 선생이 담배를 입에 물더니 라이터를 켜고는 연기를 깊게 빨아들였다. 정순미가 쪼그리고 앉아서 노 선생의 옆모습을 본다. 오후 3시 반, 이곳은 양강도 김형직군의 외진 마을이다. 이곳까지 트럭을 얻어 타고 한 시간, 걸어서 두 시간이 걸렸는데 이제 국경까지는 5km가 남았다고 했다. 노 선생으로 불린 사내는 이 근처에 사는 당원으로 보였다. 오면서 만난 여러 명이 먼저 인사를 했고, 보위부 초소도 일행 셋을 이끌고 거침없이 통과했기 때문이다. 초소 경비원은 노 선생을 보더니 경례까지 올려붙였다.

정순미는 소리 죽여 숨을 뱉었다. 노 선생한테는 미화 200달러를 주고 합의를 했다. 일행에 낀 셈이 된 것이다. 500달러를 불렀지만 박씨 부부가 그렇게 주었는지 알 수 없고 200달러를 내놓았더니 한참이나 구시렁대다 마지못한 척 집어넣었다. 박씨가 거들지 않았다면 더 오래 불평했을 것이다. 담배 연기를 뱉고 난 노 선생이 말했다.

"지금까지는 그럭저럭 왔지만 앞으로가 문제요. 저녁 7시부터 걷기 시작해서 12시까지는 국경에 닿아야 한단 말이오."

벽에 등을 붙이고 앉은 셋은 잠자코 시선만 준다. 박씨 부부도 긴장한 듯 노 선생한테서 시선을 떼지 않았다. 8월 중순이었지만 북방의 날씨는 서늘하다. 정순미가 숨을 죽이고 노 선생을 가만히 응시했다.

"지난주에 비가 많이 내려 강이 깊어지고 폭이 넓어져서 헤엄쳐 건너야 됩니다. 내가 고무 튜브를 준비해놓았으니까 꼭 잡고 있으면 조금 떠내려가다가 중국 쪽에 닿을 수 있을 거요."

"중국 쪽에서 기다리고 있을까요?"

박씨가 묻자 노 선생이 머리를 끄덕였다.

"조금 전에도 이상 없다는 연락을 받았습니다."

중국 측 안내원을 말하는 것이다. 노 선생의 시선이 정순미에게로 옮겨졌다.

"하나 더 추가됐다는 말도 했어요. 계산은 그쪽에서 할 것이라고 말입니다."

정순미가 얼굴을 굳혔지만 말을 받지는 않았다. 당연히 중국 측 안내원도 안내비를 내라고 할 것이다. 그때 박씨가 또 거들어주었다.

"그건 그때 가서 상의하는 거지. 지금은 강 건너는 게 가장 문제야."

✝

빈말인 줄 알았더니 신이영이 다섯 살짜리 아들을 데리고 나와 있었다. 한정식 식당의 방 안이다.

"왜? 놀랐어?"

웃음 띤 얼굴로 물은 신이영이 아이에게 말했다.

"동우야. 아저씨한테 인사해. 엄마 친구야."

"안녕하세요."

귀엽게 생긴 아이가 두 손을 배에 붙이더니 스튜어디스처럼 인사했다.

"어이구, 그래."

윤기철이 아이를 번쩍 안아 들었다가 내려놓고는 지갑을 꺼내 5만 원권 한 장을 빼 내밀었다.

"자, 과자 사 먹어."

아이가 눈을 둥그렇게 뜨더니 먼저 신이영 눈치를 보았다.

"응, 동우야. 받아. 엄마도 받았단다."

신이영이 정색하고 말하자 아이는 돈을 받더니 꾸벅 머리를 숙였다.

"감사합니다."

"오냐."

자리에 앉았을 때 종업원 둘이 교자상을 받쳐 들고 왔다. 그야말로 한식 정식상이다. 상을 훑어본 윤기철이 흡족한 표정을 지었다.

"좋아. 이거 다 먹고 오늘밤도 열심히 해줄게."

윤기철의 시선이 동우에게 옮겨졌다.

"동우도 같이 데리고 가자. 재우고 나서 뛰면 되지 뭐."

‡

노 선생이 앞장을 섰고 그다음이 정순미, 박씨, 그리고 박씨 남편이다. 횡대로 선 일행은 산비탈을 돌아 골짜기 안으로 들어갔다가 산을 넘어 다시 황무지로 나온다. 오후 8시 40분. 7시에 마을 변두리의 민가를 떠나 두 시간째 걷고 있지만 한 번도 쉬지 않았다. 걸은 거리로만 치면 8km 가깝게 걸은 것 같은데 국경은 아직 먼 모양이다. 이제 주위는 짙은 어둠에 잠겼고 습기에 찬 바람결에 피부가 끈적였다. 두 번째 낮은 산을 겨우 올랐을 때 앞서가던 노 선생이 몸을 돌리더니 말했다.

"쉽시다."

가쁜 숨을 몰아쉬던 셋이 쓰러지듯이 그 자리에 주저앉는다. 그때 나뭇가지를 잡고 선 채 노 선생이 말했다.

"검문소를 피해 오느라고 좀 돌았소. 이제 1km 남았소."

긴장한 셋이 어둠 속에 선 노선생을 보았다. 빗방울이 떨어지자 노 선생의 목소리가 밝아졌다.

"비가 오시는군. 비가 오시면 국경 경비대가 귀찮아서 순찰을 안 하는 경우가 많아."

나무둥치에 기대앉으면서 노 선생이 정순미한테 물었다.

"중국 측 안내원한테 안내비 낼 돈은 있어?"

"얼마 줘야 하는데요?"

"차로 움직여야 할 테니까 찻값을 받아야겠지. 거긴 여기처럼 걸어서 오고가는 데가 아냐."

정순미가 입을 다물었다. 수중에는 이제 230달러쯤 남았다. 575달러 중에서 그렇게 남은 것이다.

‡

한정식 반찬을 안주로 소주를 세 병 마셨는데 안주가 좋았기 때문인지 술을 마신 것 같지도 않았다.

"한 병 더 마실까?"

빈 술병을 눈으로 가리킨 윤기철이 말했다.

"난 술을 많이 마실수록 잘하잖아? 그러니까 딴 걱정 말고."

어느덧 동우는 잠이 들어서 요처럼 깔아놓은 방석 위에 눕혀졌다. 그때 신이영이 가방에서 봉투 하나를 꺼내 내밀었다. 묵직했는데 언뜻 보아도 돈뭉치다.

"자, 받아."

"뭔데?"

긴장한 윤기철이 묻자 신이영이 봉투를 흔들었다.

"돈이 필요할 거야. 그래서 달러로 1만 달러 가져왔어."

"……."

"자기는 가진 돈 중국돈으로 바꿔 갖고 가. 현지에서 필요할 테니."

신이영이 윤기철의 술잔 옆에 봉투를 내려놓더니 웃었다.

"그리고 다녀와서 한 번 더 해주라. 기회가 있다면 말이야."

‡

어둠에 덮인 강 건너편이 보이지 않았다. 빗방울이 점점 커지더니 지금은 후드득거리며 옷과 배낭 위로 떨어졌다.

"자, 정신 바짝 차리고."

노 선생의 목소리가 커졌다.

"튜브를 서로 묶었으니까 떠내려가도 같이 떠내려갈 거요."

빗방울이 강에 떨어지는 소리가 컸다. 옆에 나란히 선 박씨 부부도 강을 바라본 채 입을 열지 않는다. 노 선생 말로는 강폭이 40m 정도라는 것이다. 평소에는 20m로 깊이가 남자 가슴 정도였는데 지금은 중심 부근이 키가 넘을 것이라고만 한다. 노 선생은 같이 강을 건너지 않는 것이다. 밤 11시 5분. 10시 30분에 도착해서 저쪽 안내원을 찾고 준비하는 데 30분 넘게 걸렸다. 그때 강 건너편에서 손전등 불빛이 번쩍였다. 딱 한 번, 지금이 세 번째라는데 이번은 정순미도 보았다.

"자, 출발!"

노 선생이 손바닥으로 먼저 박씨 남편의 등을 쳤다.

"이게 마지막 불빛이야! 지금 가야 돼!"

그러고는 이어서 박씨의 등을, 맨 나중에는 정순미의 배낭을 치는 게 아니라 밀었다. 그때 박씨 남편이 강물로 뛰어들었고 정순미가, 박씨가 따라 뛰어들었다. 강가에서 강물로 뛰어든 순간 정순미는 숨을 들이켰다. 강물이 금방 가슴께까지 찬 것이다. 강물의 유속은 빠르다. 튜브를 두 손으로 단단히 감아 안고 있지만 사정없이 떠내려간다. 몸이 박씨에게 부딪혔고 물살에 휩쓸려 빙글 돌았다. 이제 발은 강바닥에 닿지 않는다. 빗방울이 얼굴을 세차게 때렸고 강물 위로 떨어지는 소리가 컸다.

"아이고 엄마."

갑자기 튜브가 당겨지면서 앞쪽에서 박씨의 비명이 들렸다. 튜브끼리 나일론 끈으로 묶여졌고 거리는 2m 정도다. 그런데 박씨가 보이지 않는다.

"꽉 잡아!"

박씨 남편의 목소리가 들렸을 때 물살에 휩쓸린 튜브가 빙글 돌면서 정순미는 물속으로 곤두박질을 쳤다. 물을 삼킨 정순미가 머리를 들었을 때 몸은 빠르게 흘러가는 중이다. 다행히 튜브는 놓치지 않았다.

‡

소주 한 병을 더 마시고 났더니 그냥 갈 것 같았던 신이영이 마음을 바꿨다. 그래서 잠이 든 동우를 윤기철이 업고, 신이영이 호텔에 체크인을 했다.

"뭐, 동우 데리고 들어오니깐 더 자연스럽다야."

동우를 침대 위에 눕히면서 신이영이 말했다.

"나도 미쳤지. 정상이 아냐."

구시렁대면서 동우 옷을 벗기는 신이영에게 윤기철이 말했다.

"이번에 중국에서 돌아오면 회사 그만두게 될 것 같아."

신이영은 잠자코 동우의 옷을 벗겼고 윤기철의 말이 이어졌다.

"일이 잘되었건 안 되었건 간에 말이야. 내가 정순미하고 남북한 비밀 연락원 노릇을 하고 있었거든."

"……."

"국정원에서 언짢게 생각할 거야. 미리 말해주지 않았다고 말이지. 하지만 말해주었다면 북한 측에 정보를 줄 가능성이 있었어."

"……."

"내가 정순미를 도와준 것이 곧 드러날 테니 난 개성에 못 가. 그렇다고 본사 근무가 제대로 될 리도 없고."

그때 신이영이 몸을 돌려 윤기철을 보았다. 두 눈이 번들거린다.

"너 나하고 같이 살래? 동우하고 셋이."

숨만 들이켠 윤기철에게 신이영이 말을 이었다.

"물론 네가 혼자 돌아왔을 때지. 그 기집애하고 같이 온다면 하는 수 없지. 숨어서 가끔 짜장면 노릇이나 하는 수밖에."

"……."

"혼자 돌아왔을 땐 내 빌딩 관리인이라도 시켜줄게. 밥 걱정은 안 해도 돼."

그러더니 답답한 듯 재킷을 벗어 의자 위로 던졌다.

"하지만 둘이 왔을 땐 못해. 내가 미쳤냐? 네 밥까지 먹여주게?"

밤 12시가 돼간다.

‡

"아줌마! 아줌마!"

장대같은 비를 맞으며 강가를 헤매던 정순미가 지쳐 땅바닥에 주저앉았다. 이쪽은 자갈땅이다. 그리고 짙은 어둠 속인 데다가 빗발마저 거칠어서 어디가 어딘지 구분이 되지 않는다. 그러나 강을 건너온 것은 맞다. 물을 다섯 번도 더 들이켰을 것이다. 잡았던 튜브를 놓치고 기를 쓰고 강가로 빠져나온 후 기진해서 누워 있다가 일어난 것이다. 얼마나 흘러왔는지도 모르겠다. 손목시계를 보았더니 어둠 속에서 야광침이 12시 반을 가리킨다. 30분쯤은 박씨를 찾으려고 헤맸다고 쳐도 강에 빠져서 30분도 더 허우적거린 것 같다. 그렇다면 과연 이곳은 어디쯤이란 말인가? 이윽고 자리에서 일어선 정순미가 발을 뗐다. 이제 더 안으로 깊숙하게 들어가야 한다. 국경에서 벗어나야 사는 것이다.

‡

오전 9시 50분, 인천공항의 게이트 앞에 앉아 있던 윤기철이 다시 휴대전화를 들었다. 이제 10분 후면 옌지행 비행기의 탑승이 시작된다. 버튼을 누르자 곧 안내 멘트가 흘러나왔다.

"전원을 꺼놓았기 때문에…."

버튼을 누른 윤기철이 메시지를 확인했다. 자신이 정순미한테 준 휴대전화에 남긴 메시지다.

"이 번호로 연락해. 내 새 휴대전화 번호야. 나 11시 반쯤 엔지에 도착할 거야, 기철."

정순미가 전원을 켜기만 하면 이 메시지와 통화를 시도했던 기록이 주르르 휴대전화에 입력될 것이었다. 그때 탑승 안내 방송이 나왔으므로 윤기철은 자리에서 일어섰다. 전에는 관광객이 많아서 표 끊기가 어려웠다고 했는데 지금은 탑승객이 별로 많지 않다. 20여 명의 중년 남녀 관광객들만 떠들썩할 뿐이다.

‡

"10시 30분발 엔지행입니다."

이인수가 말하자 박도영이 담배를 꺼내 물었다. 본부에서는 어림없는 일이지만 소공동 사무실에 나왔을 때는 담배를 피운다. 이인수도 같이 피우기 때문에 이곳이 흡연실인 셈이다.

"휴가 내고 놀러 가는 거야?"

건성으로 물은 박도영이 다시 신문을 넘겼을 때 이인수가 앞쪽에 앉았다. 벽시계가 10시 40분을 가리킨다. 윤기철이 탄 비행기가 막 이륙했을 시간이다.

"근데 윤기철의 휴대전화 말입니다."

이인수도 신문을 펼치면서 말을 이었다.

"분실했다는 휴대전화를 그대로 두고 새 휴대전화를 다른 번호로 구입했더라고요."

"……."

"분실했다면 다 취소하는 것이 정상인데 그냥 놔두었습니다."

"……."

"이상해서 통화를 시도해보았더니 전원이 꺼져 있더라고요."

윤기철은 중요한 임무를 수행하는 요원인 것이다. 보호 차원에서 관리를 해야 한다. 따라서 휴대전화 상황이 체크된 것은 기본 과정에 속한다. 머리를 든 박도영이 담배 연기를 뱉고 나서 물었다.

"그럼 윤기철이 휴대전화를 두 개 들고 다닌단 말인가?"

"현재로선 그렇습니다."

"근데 왜 휴대전화를 잊어버렸다고 해놓고 다른 번호를 알려준 이유가 궁금하단 말이지?"

"모르고 취소하지 않았을 가능성은 없습니다. 새 휴대전화 구매할 때 그것부터 확인하니까요."

"옛날 휴대전화는 갖고 다녀?"

"그걸 조사해야겠습니다."

"해봐."

절차는 간단하다. 오늘 오후에는 옛 휴대전화가 어디에 있는지 밝혀질 것이다. 물론 고의로 소멸했을 때도 마지막 위치가 나온다.

‡

누운 채로 정순미는 자신이 꿈을 꾼다고 생각했다. 사람은 꿈을 꾼다는 생각을 하면서도 계속 잔다. 정순미는 그런 경험이 많다.

"그래, 가자."

아버지가 말했다.

"이제 시간이 됐다, 순미야."

집 안이다. 아버지와 어머니는 둘 다 외출복 차림이었는데 밝은 표정이다. 그리고 손에 번쩍이는 롤렉스 시계를 찼다. 윤기철이 가져온 시계다.

"난 기철 씨 기다려야 돼."

정순미가 말했지만 가슴이 미어졌다. 부모를 따라가고 싶었기 때문이다.

"먼저 가서 기다려요. 내가 윤기철 씨하고 같이 갈게."

"순미야, 우리하고 같이 가자."

이번에는 어머니가 웃음 띤 얼굴로 말했다.

"그런 놈 기다릴 것 없다. 우리하고 장군님께 가자."

"어머니."

마침내 정순미의 눈에서 눈물이 흘러내렸다. 이건 꿈이다. 둘이 꿈에서 부른다.

"미안해, 어머니. 미안해, 아버지."

"잘 살아라, 내 딸."

아버지가 이제는 눈물을 흘리며 말했다.

"내 딸 순미야."

어머니가 울먹이며 말했을 때 정순미는 눈을 떴다. 방 안이다. 중국식 나무 침대 위에 자신이 누워 있다. 벽에 어수선하게 걸려 있는 옷가지. 창밖은 환하다. 비가 그쳤는가? 정순미의 머릿속에 어젯밤 일이 조금 전에 꾼 꿈처럼 떠오른다. 강가에서 빠져나와

두 시간쯤 걸었을 때 민가가 나왔다. 무서워서 그 민가도 피하고 더 걷다가 마침내 지쳐서 길가의 빈 사당 처마 밑에 앉았다. 시계를 보았더니 오전 4시 반. 30분 정도 쉬었을 때 비도 그쳤다. 그때 인기척이 나면서 앞에서 할머니가 다가왔다. 손에 괭이를 든 할머니다. 사당 앞을 지나던 할머니가 정순미를 보고는 깜짝 놀라 물었다.

"누구냐?"

중국어다. 중국어를 배워서 기본 회화는 할 수 있었던 터라 정순미가 자리에서 힘들게 일어나면서 말했다.

"하루만 쉬게 해주시면 대가를 드릴게요."

정순미가 등에 멘 배낭을 내리면서 말을 이었다.

"미화 10달러를 드리겠습니다. 몇 시간만 쉬고 떠나게 해주세요."

"국경 넘어왔어?"

할머니가 메마른 목소리로 물었다.

"혼자?"

"셋이 강을 건넜는데 둘은 물에 떠내려갔는지 찾지 못했습니다."

"저런."

혀를 찬 노인이 몸을 돌리더니 말했다.

"몇 시간만 쉬었다가 가. 당국이 알면 나도 봉변당해."

이렇게 된 것이다.

✝

비행기 안에서 알게 된 관광객 인솔자가 윤기철을 옌지 시내 호텔까지 버스로 데려다주었다. 물론 관광객이 묵는 호텔이다. 시내 중심가에 위치한 '국제호텔'은 한국인 관광객으로 들끓는다. 방을 잡고 들어섰을 때는 오후 12시 20분. 윤기철은 옷도 벗지 않고 침대 끝에 앉아 휴대전화 버튼을 눌렀다. 정순미가 휴대전화를 켰다면 바로 전화를 했을 것이므로 전화기를 귀에 붙였다. 신호음이 두 번, 세 번, 네 번째 울리고 나면 '전원이 꺼져 있다'는 멘트가 나온다. 그런데 신호음이 다섯 번, 여섯 번 울렸으므로 윤기철은 숨을 죽였다. 눈을 치켜뜨고 앞을 보았지만 초점이 멀다.

✝

전원 버튼을 누르고 났을 때 부르르 휴대전화가 진동을 했으므로 정순미는 깜짝 놀랐다. 민가의 방 안이다. 오후 12시 20분, 이제 젖은 옷을 말리는 참이어서 내복만 걸쳤다. 심장박동이 거칠어졌으므로 정순미는 옆에 내려놓은 휴대전화를 봤다. 발신자 번호판에 모르는 번호가 떠 있다. 진동음이 방 안에 가득 덮이는 것 같다. 이윽고 정순미는 휴대전화를 집고는 수신 버튼을 눌렀다.
"여보세요."
"나야."
소리치듯 응답하는 목소리는 윤기철이다. 순간 눈물이 왈칵 쏟아진 정순미가 주먹을 입에 붙이고 짧게 흐느꼈다.

"여보세요? 순미? 순미야?"

그새를 못 참고 윤기철이 다그치듯 불러댄다. 정순미는 숨을 고르고 나서 대답했다.

"네, 저예요. 순미요."

"그래, 알아. 근데 거기 어디야? 나왔구나? 그렇지?"

"네. 어젯밤에 강 건넜어요."

정순미가 그 순간 딸꾹질을 했으므로 손으로 입을 막았다.

"뭐야?"

놀란 윤기철이 소리쳐 묻자 정순미의 얼굴이 빨개졌다.

"아니에요. 아무것도."

"지금 어디야?"

"모르겠어요."

"모르다니?"

"중국 사람 집인데 쉬고 있어요."

"거기가 어딘지 물어봐. 내가 바로 갈 테니까."

"네, 10분쯤 후에 다시 전화 걸어주실래요?"

"그러지."

그래놓고 자기는 서두르면서 정순미한테 당부했다.

"조심해. 서두르지 말고. 침착하게. 그리고 태연하게."

"여기가 어디죠?"

정순미가 묻자 할머니가 대답했다.

"운더야."

254

"지도 있어요?"

"지도를 뭐하러 갖고 있어? 여기는 양무현 운더라고."

"양무현 운더. 버스 정류장은요?"

"여기서 산길을 따라 3km쯤 가야 나와."

"어디 가는 버스인데요?"

"퉁화."

"버스 정류장이 있는 곳 이름은요?"

"미관."

"양무현인가요?"

"맞아."

이만하면 됐다고 생각한 정순미가 숨을 골랐을 때 할머니가 지그시 시선을 주었다. 70대쯤 됐을까? 집은 기역자(ㄱ) 모양으로 지어졌고 뒤쪽에 창고까지 세워져 있었지만 노인 혼자 사는 것 같다.

"버스 정류장에 공안이 있어."

놀란 정순미가 시선만 주었을 때 노인이 말을 이었다.

"거기서 버스 타면 안 돼. 여기서 탈북자들 많이 잡혀갔어."

정순미가 어깨를 늘어뜨리면서 길게 숨을 뱉었다.

‡

이야기를 마친 정순미의 목소리가 낮아졌다.

"저기 배터리가 다 돼가요."

"응?"

놀란 윤기철이 앞쪽을 쏘아보았다. 이건 전원이 꺼진 상태보다
도 더 나쁘다.

"그럼 거기 할머니 전화번호라도 알려줘. 우리가 사례를 한다
고."

그랬다가 윤기철은 그것이 무리한 부탁임을 깨달았다. 심호흡을
한 윤기철이 휴대전화를 고쳐 쥐었다.

"내가 갈게."

"잠깐만요. 할머니 전화번호 물어보고 올게요."

정순미가 다급하게 말하더니 잠시 후 다시 목소리가 들렸다.

"집 전화번호가 있어요."

"됐어. 불러줘."

윤기철은 정순미가 불러주는 전화번호를 적으면서 온몸에 찬
기운이 스치고 지나는 느낌을 받는다. 이제 정순미는 매달리고 있
다. 절박한 상황인 것이다. 그렇다면 이쪽에서 그 상황에 맞춰줘야
할 텐데 어떻게 해야 할지 막막하기만 하다. 그렇지만 윤기철이
어금니를 물고 나서 말했다.

"걱정하지 말고 기다려."

‡

"양무현 미관요?"

이맛살을 찌푸린 안내원이 머리를 기울이더니 지린성의 60만분

의 1 지도를 폈다. 그러고는 투덜거리며 찾기 시작했다.

"국경 근처라는데 도대체 어디야?"

국제호텔의 로비 안은 더 시끄러워져 있다. 조금 전 관광객 한 무리가 도착했기 때문이다. 그 소란통에 윤기철이 조선족 안내원 하나를 골라 일당 50달러로 계약을 한 것이다.

"아, 여기 있다. 여깁니다!"

사내가 찾았는지 지도 위에 얼굴을 붙이고 소리쳤다.

윤기철은 사내의 손끝이 짚은 곳을 보았다. 국경에서 5km쯤 떨어진 마을이다. 주변에는 아무것도 없다. 윤기철은 미관 아래쪽에 작은 점처럼 찍힌 곳에 '운더'라고 적힌 것을 보았다. 바로 저곳에 정순미가 있다. 숨을 들이켠 윤기철이 허리를 펴고 안내원을 보았다. 30대쯤의 안내원은 이제 윤기철의 눈치를 살핀다. 그때 윤기철이 말했다.

"승합차 한 대 빌립시다."

"승합차를요? 그거 비쌀 텐데요."

심호흡을 한 윤기철이 사내에게서 시선을 돌렸다. 서둘면 안 된다. 머릿속에서 자꾸 그 말이 맴돌았지만 심장은 거칠게 박동한다.

그때 휴대전화가 진동으로 떨었다. 서둘러 꺼내 보았더니 발신자가 이인수다. 국정원이 웬일인가?

회 수 작 전

망설이던 윤기철이 휴대전화의 수신 버튼을 눌렀다. 무시할 수는 없다.

"여보세요."

윤기철이 응답했을 때 이인수가 대뜸 물었다.

"윤 과장님, 지금 어디 계시죠?"

"예, 여기 엔지인데요."

주위가 관광객으로 소란했기 때문에 윤기철이 로비 구석으로 다가가 섰다. 저도 모르게 이맛살이 찌푸려졌다.

"그런데 말입니다. 이런 말씀드리는 게 좀 뭣하지만 윤 과장님 휴대전화 누구한테 주셨습니까?"

이인수가 물었을 때 윤기철의 얼굴에 쓴웃음이 떠올랐다. 국정

원이 회사 총무부도 아니고 이쯤은 파악하고 있을 터였다. 윤기철
이 목소리를 낮추고 말했다.

"예, 그렇게 됐습니다."

"아니, 누구한테 주셨단 말입니까?"

이인수의 목소리가 조금 굳어졌다.

"누군데요?"

"그건 조금 이따 말씀드리지요."

"그 휴대전화 위치가 조중 국경 쪽이던데 무슨 일 있습니까?"

"그것도 조금 후에…."

"지금 말 못할 사정이 있는 겁니까?"

"좀 바빠서요."

"아니, 그것이…."

"오늘 오후에 자세히 말씀드리지요."

"몇 시쯤 말입니까?"

"2시쯤이 좋겠습니다."

"알겠습니다. 그러면…."

"그럼 2시에, 죄송합니다."

먼저 통화를 끝낸 윤기철이 허리를 폈다가 벽에 붙어 서서 이쪽
을 주시하는 안내원 최영수를 보았다.

‡

"어이구, 머리가 불덩이네."

이마에 손을 얹은 할머니가 혀를 찼다. 오후 1시 반, 긴장이 풀린 때문인지 깜박 잠이 들었던 정순미는 온몸에 식은땀을 흘리면서 깨어났다. 팔다리가 납덩이로 변한 것처럼 무거웠고 앓는 소리가 저절로 뱉어지는 바람에 놀란 할머니가 머리맡에 붙어 앉았다.

"글쎄, 이런 날에 왜 강을 넘어?"

얼굴의 땀을 수건으로 닦아주면서 할머니가 혀를 찼다.

"아유 이걸 어떡해. 여기서 누워 있으면 안 돼."

"곧 저를 데리러 와요. 할머니, 그때까지만 기다려주세요."

정순미가 열에 뜬 목소리로 사정했다.

"오늘밤까지만요, 할머니."

"오늘밤도 여기서 잔다는 말이야?"

"아니에요, 할머니."

무거운 팔을 뻗쳐 옆에 놓인 배낭을 당긴 정순미가 주머니에서 지갑을 꺼내 50달러짜리 한 장을 내밀었다.

"할머니, 이것 받으시고 오늘밤까지만 여기서 기다리게 해주세요."

"공안의 단속이 심해."

돈을 받아 쥐면서 할머니가 말했다.

"윗동네에서는 탈북자한테 옥수수 몇 개 준 사람이 공안에 끌려가 며칠간 고생하고 나왔어."

할머니의 두 눈이 번들거린다. 처음에 10달러 주었다가 지금은 50달러다. 그러나 안 준 것보다는 나을 것이다.

‡

최영수가 빌린 승합차는 한국산 봉고였고 조선족 기사까지 딸렸다. 기름값 제하고 운전사 비용까지 하루에 120달러, 장거리를 뛰면 운전사 숙식비도 부담한다는 조건이다.

"어디로 가십니까?"

관광객이 빠져나간 로비 옆쪽 커피숍은 썰렁했다. 40대쯤의 운전사가 윤기철에게 물었다. 윤기철은 아직 안내원 최영수에게도 목적지를 말해주지 않았다. 양무현 미관을 지도에서 찾고 나서 얼버무렸다. 미리 운전사에게 알려준다면 문제가 생길지도 모르기 때문이다. 운전사는 물론이고 안내원 최영수까지 북한의 정보원인지도 모르는 것이다. 탈북자 안내 단체를 통하는 것이 가장 무난했겠지만 시간이 없었다. 숨을 들이켠 윤기철이 운전사를 똑바로 보았다.

"양무현 미관까지 몇 시간이나 걸릴까요?"

"양무현 미관이라."

그때 운전사의 시선이 최영수에게로 옮겨지려다 탁자 위로 떨어졌다. 최영수가 운전사에게 목적지를 말한 것 같다. 운전사가 머리를 들고 윤기철을 보았다.

"지금 출발하면 다섯 시간쯤 걸립니다. 더 걸릴 수가 있고요."

"……."

"근처에 독립군 묘지하고 고구려 때인지 언제인지 알 수 없는 성벽터가 있을 뿐인데, 관광객이 잘 안 가는 곳입니다."

"그곳까지 갔다가 오늘밤에 돌아올 수 있겠지요?"

"그거야…."

마침내 운전사의 시선이 최영수와 부딪쳤다가 돌아왔다. 반쯤 대머리인 사내의 얼굴에 개기름이 번질거린다. 눈동자가 흔들거렸고 구취가 풍겼다.

"그런데 그곳까지 왜 가십니까?"

운전사가 묻자 윤기철이 호흡을 가다듬었다. 조금 전부터 각오는 했다.

"왜요? 이상합니까?"

되묻자 운전사가 쓴웃음을 지었다.

"제가 아니더라도 다 그렇게 물었을 겁니다. 모두 이상하게 생각할 테니까요."

"……."

"지리도 모르시면서 대뜸 국경과 가까운 마을로 가자고 하면 탈북자 데리러 가는 것으로 알 겁니다."

"……."

"만일 그렇게 하다가 공안에게 적발되면 우리 끝장입니다. 망하는 거죠. 우리만 망하는 게 아니라 가족까지 거지가 되는 겁니다."

그때 윤기철이 물었다.

"얼마면 하겠소?"

최영수와 운전사가 얼굴을 마주 보았다. 윤기철이 의자에 등을 붙였을 때 최영수가 물었다.

"몇 명입니까?"

"한 명."

"남자인가요?"

"여자."

"고위직입니까?"

"이 사람들이 가격 올리려고 별걸 다 따지는구면. 이보쇼, 고위직이면 내가 당신들 붙잡고 이러겠소? 기관에서 나섰지?"

버럭 화를 낸 윤기철이 다시 의자에 등을 붙였다.

"그냥 아는 여자요. 내가 엉겁결에 끼어들어서 지금 이렇게 빼도 박도 못하고 이러고 있다고요."

"우리는 모든 것을 걸어야 할 테니 우리 둘 몫으로 3000달러 내십시오."

최영수가 어깨를 부풀리며 말했다.

"제가 1000달러, 여기 있는 장형이 2000달러 먹습니다. 물론 경비 다 포함해서 그렇습니다."

"이 양반들이 부자 되겠구면. 나, 부자 아닙니다. 2000달러로 합시다."

"안됩니다."

운전사가 자리를 차고 일어섰으므로 윤기철이 쓴웃음을 지었다.

"아, 시발, 잘됐어. 나 포기할래, 이것으로 끝내자고."

따라 일어선 윤기철이 지갑에서 20달러짜리 2장을 꺼내 탁자 위에 던졌다.

"이걸로 나눠 쓰쇼. 그리고 공안에다 신고하려면 해. 증거는 하나도 없을 테니까. 내가 만만한 인간이 아냐."

‡

오후 2시, 용성 본사에서 보내온 메일이 도착하자 이인수가 말했다.

"입출 현황과 일일 생산량, 출퇴근, 휴가 내역이 왔습니다."

소공동 사무실 안이다. 뒤쪽 소파에 앉아 있던 박도영이 지시를 내렸다.

"출퇴근과 휴가 내역을 체크해봐."

용성 본사에 자료 요청을 한 것은 윤기철의 이상 행동에 대한 정보를 얻으려는 의도였다. 이인수는 지금 개성공단 용성법인이 본사에 보낸 지난 두 달간의 보고서를 읽고 있다.

"정순미가 병가를 냈는데요."

모니터를 보던 이인수가 불쑥 말했을 때 박도영이 들고 있던 신문을 내려놓았다. 이인수가 머리를 돌려 박도영을 보았다.

"닷새간 병가입니다. 그것이 닷새 전부터 오늘까지란 말입니다."

박도영이 자리에서 일어섰다.

‡

다시 깜박 잠이 들었던 정순미는 인기척에 잠에서 깨어났다. 그러나 눈을 뜨지는 않았다. 인기척이 조금 수상했기 때문이다. 실눈을 뜬 정순미는 할머니가 배낭을 뒤지는 것을 보았다. 아까 손지갑을 넣었던 곳을 기억하는지 지퍼를 열고 그곳에 손을 넣는다. 이윽고 손지갑의 지퍼를 연다. 그러고는 이쪽으로 머리를 돌렸으므로 정순미는 서둘러 눈을 감았다. 그 순간 온몸에 소름이 돋아났다. 손지갑에는 10달러짜리 2장, 5달러짜리 4장이 들어 있다. 나머지는 모두 빼내 지금 바지 주머니에 넣어놓았다. 이윽고 할머니가 손지갑에서 돈을 다 빼내고 원상태로 해놓았을 때쯤 해서 정순미가 앓는 소리를 내며 몸을 뒤척거렸다.

"어이구, 일어났어?"

할머니가 웃음 띤 얼굴로 물었는데 배낭에서 조금 떨어져 있다. 정순미는 따라 웃었지만 얼굴이 일그러졌다. 전화가 올 때까지 이곳에서 기다려야만 한다. 그런데 과연 전화가 올까?

‡

휴대전화가 진동을 했으므로 윤기철이 바지에서 꺼내 들었다. 발신자는 이인수, 벌써 2시 25분이다. 윤기철이 휴대전화를 귀에 붙였다. 앞쪽에 앉은 최영수가 힐끗 뒤를 보았다. 봉고차는 덜컹거렸지만 빠른 속도로 달리는 중이다.

"여보세요, 접니다."

‘접니다’는 붙이지 않아도 될 것을 앞쪽 둘이 들으라고 의도적으로 붙였다. 이인수의 목소리가 울렸다.

"정순미가 병가로 며칠 안 나오는데, 그것과 연결된 일입니까?"

윤기철이 먼저 숨을 들이켰다. 이제는 어쩔 수가 없다. 불안했고

266

도움이 필요하다. 안내원 최영수와 운전사와 실랑이 끝에 2300달러로 합의했지만 꺼림칙하다.

"맞아요."

먼저 그렇게 대답한 윤기철이 말을 이었다.

"미안합니다. 어쩔 수 없었습니다."

"아니, 윤형, 어쩌시려고."

버럭 소리친 이인수가 말했다.

"잠깐만, 전화 바꿔드리죠."

곧 박도영의 목소리가 울렸다.

"그럼 국경에 있는 건 정순미란 말입니까?"

"그렇습니다."

윤기철이 손등으로 이마의 땀을 닦았다. 어느새 땀이 배어나와 있다.

"지금 윤형, 어디 계시오?"

"그쪽으로 가는 중입니다."

"혼자?"

"봉고차를 빌렸어요. 안내원, 운전사하고 셋입니다."

"정순미가 지금 어디 있는지 정확한 위치를 말해봐요."

"왜요?"

"왜라니?"

"이유를 알아야 될 것 아닙니까? 혹시….'

"혹시 뭐요?"

"저쪽에다 말해서 데려가려는 건 아니죠?"

그때 앞에 앉은 최영수가 몸을 돌려 윤기철을 보았다. 지금까지 이쪽 말을 다 듣고 있었던 것이다. 숨을 죽인 윤기철의 귀에 박도영의 목소리가 울렸다.

"우리를 뭘로 보고 그런 말을 합니까? 윤 과장, 차분하게 생각해 보세요."

윤 과장이라고 부른 것도 의도적이다. 네 위치를 알라는 뜻이다. 박도영이 말을 이었다.

"윤 과장과 정순미의 이탈로 지금까지 만들어진 관계가 깨질 것 같습니까? 너무 예민하게 생각한 거요."

"하지만 미리 알았다면 날 막았을 것 아닙니까?"

"그랬겠죠."

가볍게 대답한 박도영이 다시 물었다.

"위치를 말해요. 하지만 지금은 우리가 도와드릴 테니까."

"……."

"이미 일이 저질러졌으니 잡히지는 말아야 된단 말이오. 어디요?"

"양무현 미관 아래쪽 운더라는 곳에 있습니다. 지금 민가에 있어요."

"민가라니? 조선족?"

"중국인 집입니다. 할머니가 혼자서 산다는데 전화번호는…."

전화번호를 불러준 윤기철이 덧붙였다.

"정순미가 갖고 있는 내 휴대전화 배터리가 다 나가서 통화가 안 됩니다."

‡

　화장실 앞에 선 정순미가 사방을 둘러보았다. 외딴집이다. 이 집은 골짜기 안쪽의 산비탈에 세워져 있어서 삼면이 트였다. 뒤쪽은 낮은 산으로 막혔는데 경사가 낮아 산꼭대기까지 밭이다. 열은 조금 내렸지만 대신 온몸에 한기가 덮였고 설사가 자주 나온다. 한 시간 동안 세 번째 화장실에 온 것이다. 오후 3시가 조금 넘은 시각이다. 할머니는 배낭 안의 손지갑에 남아 있던 40달러까지 다 가져갔으니 이제 공안에 신고할 것인가? 아니면 저녁때까지 기다려줄지 알 수 없었으므로 가시방석에 앉은 것 같다. 그러나 이런 몸으로 이곳을 떠날 수는 없다. 비틀거리면서 방으로 돌아온 정순미가 벽에 등을 붙이고 앉았다. 그때 부엌에서 꾸물거리던 할머니가 쟁반에 그릇을 받쳐 들고 들어섰다.

　"이봐, 쌀죽을 끓였어."

　할머니가 죽 그릇을 정순미 앞에 내려놓았다. 주름진 얼굴, 손가락은 마디가 소나무 가지 같았고 손톱은 조개껍데기처럼 두껍다. 정순미는 문득 죽에 독약이 섞여 있을지도 모른다는 생각이 퍼뜩 들었다.

　"소금으로 간을 맞췄어. 먹어."

　할머니가 죽 그릇을 정순미 앞으로 밀어주면서 말했다. 소금 대신 독약을 넣었는지도 모른다. 온몸에 다시 식은땀이 솟아오른 정순미가 머리를 내저었다.

　"배가 아파서 못 먹겠어요, 할머니."

‡

검문소 앞에 도착하자 운전사 장씨가 면허증을 내보이면서 중국어로 떠들썩하게 말했다. 공안이 건성으로 면허증을 보더니 장씨와 이야기를 주고받았다. 차단봉은 올라간 상태였고 도로 옆 벽돌로 지은 막사 앞에 공안 두 명이 담배를 피우면서 물끄러미 이쪽을 본다. 2차선 도로지만 좁다. 차량 통행이 드문 곳이라 공안 초소는 한가했다. 그때 앞쪽에 앉은 최영수가 윤기철에게 말했다.

"돌아올 때도 이 길로 오는 거라 미리 안면을 터놓는 겁니다."

윤기철이 머리를 끄덕였고 최영수가 말을 이었다.

"저놈들은 밤 10시까지 근무한다는군요. 하루 2교대라고 합니다."

그때 반대편에서 트럭 한 대가 왔으므로 담배를 피우던 공안 둘이 그쪽으로 다가갔다. 이쪽 공안도 머리를 끄덕이며 물러섰고 그때 장씨가 말보로 한 갑을 내밀었다. 담배를 받아 든 공안이 이를 드러내고 웃는다. 차가 다시 출발했을 때 장씨가 백미러를 통해 윤기철을 보았다.

"아무래도 돌아올 때는 차에서 내려서 검문소 뒤쪽으로 돌아와야 되겠어요."

무슨 말인지 이해를 못 한 윤기철이 시선만 주었을 때 최영수가 설명했다.

"검문소 못미처 내린 후에 검문소 뒤쪽으로 빠져 다시 위쪽 길로 나오는 거죠. 차에 타고 있다가 걸리면 빠져나갈 방법이 없거든요."

장씨가 바로 거들었다.

"저놈들이 탈북자들을 많이 겪어서 사냥개가 다 됐거든. 국경에서 나오는 차는 그냥 보내지 않소."

"검문소가 몇 개나 있습니까?"

윤기철이 묻자 장씨가 머리를 기울였다.

"세 개던가? 이 길은 간 지가 오래돼 잘 모르겠는데."

"임시 검문소가 위험하다고."

이번에는 최영수가 거들었다.

"차단봉 세운 검문소는 먼저 내려서 돌아갈 수 있지만 임시 검문소는 갑자기 길을 막고 검문한단 말입니다. 탈북자는 대부분 임시 검문에서 잡히지."

봉고는 다시 속력을 냈다. 그때 지도를 편 최영수가 혼잣소리로 말했다.

"절반쯤 왔는데."

옌지를 떠난 지 3시간 정도 됐으니 절반쯤 왔다면 오후 6시에는 도착할 수 있을까?

‡

소공동 사무실에는 세 사내가 둘러앉았다. 박도영과 이인수, 그리고 원장특보 한정철이다. 한정철은 차장급으로 원장의 직접 지시를 이행하는 신분이다. 박도영과 이인수는 긴장하고 있다. 둘을 국정원으로 부르지 않고 한정철이 직접 이곳으로 찾아온 것도 사태의 심각성을 말해준다. 옆쪽 회의실에는 한정철을 수행해온 요원들이 대기하고 있었지만 숨소리도 나지 않는다. 한정철이 입을 열었다.

"애국심 이전에 직무에 대한 책임감이 결여된 인간이야. 일에 대한 보수까지 받았으면 그런 행동이 어떤 결과가 될지 생각이라도 해봐야 될 것 아닌가?"

목소리는 낮았지만 둘은 선생님한테 꾸중을 듣는 초등학생처럼 탁자에 시선을 준 채 굳어 있다. 윤기철과 통화한 후 박도영은 바로 본부에 보고한 것이다. 그리고 지금 한정철은 본부의 결정을 말하기 전에 윤기철을 비난했다.

"지금 이 시간부터 이곳은 작전상황본부야. 알겠나?"

"예, 알겠습니다."

먼저 대답은 했지만 박도영이 한정철을 응시하고 다음 말을 기다렸다. 무슨 작전이냐고 묻는 것이다. 한정철이 한 번 긴 호흡을 하고 나서 대답했다.

"회수작전이야, 윤기철과 정순미를 돌려받는다는 뜻이지."

"……"

"본부장은 내가 맡는다."

어깨를 편 한정철이 말을 이었다.

"내가 상황실 요원들을 데려왔어. 자네 둘이 주축이 돼 도와줘야 돼."

‡

　전화벨이 울렸을 때 정순미는 화장실에서 돌아오는 중이었다. 화장실이 마당 끝에 있어서 안방을 지나다가 벨소리를 들었다. 할머니가 전화를 받는다.

　"예, 누구요?"

　그렇게 대답한 순간 정순미는 안방 문을 열고 기척을 냈다. 할머니가 힐끗 시선을 주었다가 입에 붙인 송화구에 대고 말했다.

　"예, 여기 있어요. 데리러 온다고 기다리고 있습니다."

　그러더니 다시 정순미를 돌아보고 나서 말을 이었다.

　"나도 불안해서 못살겠소. 그러니 빨리 오시오."

　정순미가 다가갔을 때 할머니의 목소리가 밝아졌다.

　"뭐, 사례를 해준다면야 고맙지. 그나저나 색시가 몸이 아파서 야단이야. 지금도 화장실에 다녀오는구먼."

　몸을 돌린 할머니가 전화기를 정순미에게 넘겨주었다.

‡

　"몸이 아프답니다."

　전화기를 건네주면서 최영수가 말했다. 최영수가 할머니와 통화를 한 것이다. 중국어를 모르는 터라 최영수에게 부탁할 수밖에 없다. 휴대전화를 귀에 붙인 윤기철이 정순미를 불렀다.

　"여보세요."

"네, 저예요."

먼저 전화를 귀에 붙인 정순미가 금방 대답했다.

"지금 오시는 중인가요?"

"그래, 두 시간쯤 뒤면 미관에 도착할 거야."

윤기철이 서두르듯 말을 이었다.

"내가 지금 차를 빌려서 안내원하고 그쪽으로 가고 있어. 근처에 도착했을 때 다시 연락할 테니까."

"죄송합니다. 저 때문에…."

"몸이 아프다고?"

"아니에요. 괜찮아요."

"그 할머니, 괜찮아?"

"조금 불안해요."

한국어였지만 정순미가 조심스럽게 말을 이었다.

"돈을 두 번이나 주었는데도 제 가방을 뒤져서 지갑의 돈을 훔쳐갔어요."

"얼마나?"

"40달러 정도. 인사로 두 번에 걸쳐 60달러를 주었는데도요."

"할머니 혼자지?"

"네."

"사례를 한다고 했으니까 사례받을 때까지 기다리겠군. 오히려 안심이야."

정순미를 안심시킨 윤기철이 손목시계를 보았다. 오후 4시 10분 전이다.

차 안에는 엔진 소음만 가득할 뿐 아무도 입을 열지 않았다. 최영수나 장씨의 표정도 굳어졌다. 창밖으로 단조로운 농촌 풍경이 스치고 지나간다. 붉은 칠을 한 농가의 대문, 옥수수밭, 낮은 산, 그리고 다시 마을이 나오고 붉은 대문집, 끝없는 옥수수밭, 도랑을 건너가는 농부의 모습도 조금 전에 본 것 같은 착각이 든다. 그때 앞에 앉은 최영수가 몸을 돌려 윤기철을 보았다.

"운더는 국도에서 3km쯤 떨어진 곳입니다. 차를 길가에 두고 저하고 둘이 걸어가야 되겠지요."

윤기철의 시선을 받은 최영수가 물었다.

"뭐, 옌지까지 모시고 오는 것으로 제 일은 끝나게 돼 있지만, 그 후에 제가 도와드릴 일이 있습니까?"

"무슨 말인데요?"

되물은 윤기철에게 운전사 장씨가 대신 대답했다.

"중국을 빠져나가는 데 도움이 필요하냐고 물은 겁니다."

"그건 아직…."

입맛을 다신 윤기철이 둘을 번갈아 보았다. 끌려가는 느낌이 들었고 불편해진 것이다. 약점을 보인 것 같다. 어금니를 문 윤기철이 물었다.

"어디, 한번 들어나 보십시다. 날 어떻게 도와주신다는 겁니까?"

"탈북 안내인을 잘 알아요."

정색한 최영수가 말을 이었다.

"물론 돈 받고 해주는 일이지만 수십 명을 남한으로 빼돌렸지요."

"……."

"나하고 친척이 되는데 남한에도 여러 번 다녀왔지요. 돈 많이 벌었습니다."

윤기철이 머리를 끄덕였다. 이제는 숨길 것도 없다. 저절로 다 벗겨진다. 그때 휴대전화가 진동을 했고 윤기철이 서둘러 꺼내 보았다. 그 순간 윤기철은 어깨를 늘어뜨렸다. 임승근이다. 주간지의 기자, 특종감 기사를 눈앞에 두고 의리상 쓰지 못하게 됐으니 장이 꼬였겠지. 휴대전화를 귀에 붙인 윤기철이 대뜸 말했다.

"형, 나중에 써. 나중에 다 이야기해줄 테니까."

"알았다. 나중에 쓴다."

임승근의 목소리는 차분했다.

"우선 너나 그 여자의 안전이 우선이지."

"고마워, 응원이나 해줘."

"지금 어디냐?"

"정순미가 숨어 있는 민가로 가는 중이야."

"언제 도착하는데?"

"어디? 민가에?"

"응."

손목시계를 본 윤기철이 성실하게 대답했다.

"한 시간 반쯤 걸리겠어."

"지금 4시니까 5시 반쯤?"

"거기서 또 걸어야 돼. 6시 반쯤 만나겠어."

"그렇구나. 옌지로 돌아오는 거냐?"

"그래, 돌아가는 것이 더 위험해. 시간도 더 걸리겠어."

"내가 도와줄 일 있어?"

"없어. 응원이나 해달라니까."

"내가 지금 옌지에 있어서 그런다."

숨을 들이켠 윤기철이 몸을 굳혔을 때 임승근의 말이 이어졌다.

"방금 도착했어. 내가 옆에서 지켜보면서 기사를 쓰는 것이 낫다는 생각이 들어서. 물론 너희 둘의 여정이 다 끝났을 때 기사가 나가겠지만 말이다."

그러더니 덧붙였다.

"내가 방해는 안 될 거다."

‡

검문소 한 곳과 임시 검문소 하나를 더 지나고 나서 미관 버스 정류장 근처에 도착했을 때는 5시 35분, 운전사 장씨와 봉고는 그곳에 두고 윤기철과 최영수는 곧장 국도를 벗어나 샛길로 들어섰다. 운더는 샛길로 3km, 산골의 저녁은 빠르다. 샛길로 들어선 지 얼마 되지 않았을 때 주위는 산 그림자로 덮였다. 흐린 날이다. 길가 웅덩이에 물이 많이 고였다. 어느덧 샛길에는 그들 둘뿐이었다.

최영수는 32세로 옌지 시내에서 아내와 둘이 오토바이 수리점을 운영한다고 했다. 10년 동안 오토바이 수리점에서 기술자로 일

한 후에 독립한 지 2년이 됐다는 것이다. 둥근 얼굴에 눈이 가늘고 입술이 꾹 닫혀져서 다부진 인상으로 키는 170cm 정도였지만 단단한 체격이다. 최영수가 제 휴대전화로 다시 할머니한테 전화를 했다. 이번이 세 번째다. 샛길을 걸으면서 최영수가 말했다.

"할머니, 우리가 지금 샛길로 갑니다. 왼쪽으로 옥수수밭을 지나고 있어요. 맞지요?"

"응, 맞아."

할머니가 대답하자 최영수가 옆에서 걷는 윤기철에게 재빨리 통역했다.

"쭉 가면 됩니까?"

"가다가 길가에 돌 쌓아둔 곳이 있어. 거기에서 오른쪽 길로 와."

"알겠습니다. 거기서 얼마나 돼요?"

"조금만 걸으면 왼쪽에 사당이 보이고 민가 두 채가 보일 거야. 거기를 지나."

"거기를 지나 얼마나 더 갑니까?"

"거기서 큰 나무가 있는 모퉁이를 지나면 내 집이 보여. 담 한쪽이 허물어져 있어."

"알겠습니다. 곧 뵙지요."

그때 윤기철이 어깨를 가볍게 쳤으므로 최영수가 서둘러 말했다.

"할머니, 잠깐 바꿔주세요."

‡

"별일 없지?"

"네, 지금 샛길이에요?"

정순미는 중국어를 아는 것이다. 대뜸 되묻더니 말을 이었다.

"제가 집 앞에 나가 있을게요."

"아프다면서."

"괜찮아요."

"30분 정도 걸릴 거야."

"기다릴게요."

정순미의 목소리가 떨렸으므로 윤기철은 소리 죽여 숨을 뱉었다. 그때 정순미가 말했다.

"꿈만 같아요."

"……."

"이렇게 오실 줄 몰랐어요."

윤기철은 머리를 돌려 주위를 둘러보았다. 그러고 보니 낯선 땅이다. 숲도 밭도 다 다르다. 폐로 들어오는 공기의 맛도 다른 것같다.

‡

"지금 어디 있나?"

한정철이 물었으므로 박도영의 시선이 벽에 붙은 중국 지도로 옮겨졌다. 벽에는 중국의 동북3성省을 확대한 지도가 붙어 있다. 그리고 옌지와 양무현 미관, 운더에 붉은색 핀이 꽂혔다.

"지금쯤 미관 근처에 닿았을 것 같습니다. 6시 넘어 도착할 것 같다고 했거든요."

박도영이 말하자 모두의 시선이 벽시계로 옮겨졌다. 오후 5시 45분이다. 서울보다 한 시간 늦은 중국 시간에 맞춰놓아서 지금 서울은 6시 45분이다.

"좋아. 그럼 6시 반쯤에 A하고 통화를 하도록 해."

"알겠습니다."

A는 윤기철. 정순미는 B다. 보통 작전 타깃 인물은 가명으로 불렸는데 이번은 A, B다. 박도영이 한정철을 봤다.

"특보님, 뭐라고 해야 됩니까?"

"호텔로 데리고 가면 우리가 도와줄 것이라고 해."

"기다리라고 할까요?"

"그러지. 5일만 기다리면 우리가 서류 만들어서 빼내든지 해주 겠다고."

"알겠습니다."

힐끗 벽시계를 본 한정철이 몸을 돌렸으므로 박도영도 창가로 다가섰다. 창밖엔 이미 어둠이 덮였다. 퇴근 시간이라 거리에는 오 가는 행인이 많다. 그때 옆에서 인기척이 났다. 이인수다. 머리를 돌린 김에 뒤쪽을 보았더니 상황실은 비었다. 한정철은 옆쪽 회의 실로 간 모양이었고 둘은 저녁을 먹으러 나갔다. 하나는 화장실에 간 것 같다.

"어떻게 하려는 것일까요?"

이인수가 낮게 묻자 박도영이 쓴웃음을 지었다.

"다 알면서 왜 묻는 거냐?"

"저쪽에다 이미 연락을 했겠지요?"

"했겠지."

뒤를 돌아본 이인수가 다시 물었다.

"윤기철은 건드리지 않겠지요?"

"그걸 내가 아나?"

"우리 팀은 접근 안 합니까?"

입을 벌린 박도영이 외면했으므로 이인수도 창밖만 보았다. 다 알면서 물었던 것이다. 이쪽은 이렇게 거창하게 상황실을 차려놓고 제2차 세계대전 영화 장면처럼 작전지에 붉은색 핀까지 꽂아놓았지만 실상은 허당이다. 상황실장 노릇을 하는 박도영이 한 일은 윤기철에게 통화하는 일뿐이다. 그리고 나머지는 한정철이 다 알아서 처리한다. 어깨를 늘어뜨린 박도영이 소리 죽여 숨을 뱉었다. 5일 동안 호텔에서 기다리면 서류 만들어서 빼내주겠다는 말은 거짓말인 것이다.

‡

"과장님."

대문 밖에서 기다리던 정순미가 다가온 윤기철의 점퍼 깃을 움켜쥐고 울었다. 두 눈에서 눈물이 줄줄 흘러내렸지만 정순미가 닦지도 않고 말했다.

"과장님, 고맙습니다."

"얼굴이 왜 이러냐?"

이맛살을 찌푸린 윤기철이 손바닥을 펴서 정순미의 이마를 짚었다. 정순미의 얼굴이 붉게 상기돼 있기 때문이다.

"어이구, 불덩이네."

놀란 윤기철이 옆에 선 최영수를 보았다.

"최형, 약 없지요?"

"준비를 못했는데요?"

최영수도 걱정스러운 표정으로 정순미를 보았다. 그때 할머니가 대문 밖으로 나왔다. 윤기철과 최영수를 번갈아 보는 눈동자가 번들거린다.

"할머니, 감사합니다."

윤기철이 인사를 하자 최영수가 서둘러 통역을 했다. 다가선 윤기철이 할머니를 내려다보았다.

"사례를 하겠습니다. 200달러면 됩니까?"

그때 최영수가 통역을 하지 않고 윤기철에게 말했다.

"이 할망구한테 그렇게 줄 필요 없습니다. 한 50달러만 주세요."

최영수도 할머니가 정순미 가방에서 돈 꺼내갔다는 이야기를 들은 것이다. 윤기철이 머리를 끄덕이자 최영수는 그렇게 통역을 하고나서 한국어로 말했다.

"자, 어서 가십시다."

오후 6시 20분이 돼 있었다.

‡

집을 나와 100m가 되지 않았을 때 정순미가 가쁜 숨을 몰아쉬
면서 멈췄다. 또 눈에 눈물이 가득 고였다.

"죄송해요. 좀 어지러워서….”

다가간 윤기철이 정순미를 보았다. 문득 심장이 내려앉는 것 같
더니 박동이 거세졌다. 정순미의 얼굴은 붉게 상기됐는데 열 때문
일 것이다. 눈을 치켜떴지만 흐렸고 금방이라도 눈물이 흘러내릴
것처럼 물기가 가득 고였다. 반쯤 벌린 입술은 말라서 갈라져 있
다. 그러나 아름답다. 그리고 안쓰러워서 가슴에 꽉 끌어안고 싶은
충동이 일어났다.

"나한테 업혀.”

윤기철은 제 목에서 나온 말이 남의 목소리처럼 들렸다.

"아니에요. 아니에요.”

당황한 정순미가 말했지만 윤기철이 등을 보이며 몸을 굽히고
재촉했다.

"어서, 시간이 없어.”

"자, 서둘러요.”

정순미의 배낭을 멘 최영수도 재촉했다. 이미 사방은 어둡다. 모
퉁이를 돌아서 할머니의 집은 보이지 않는다. 마침내 정순미가 윤
기철의 등에 업혔다. 허리를 펴고 일어선 윤기철은 정순미의 몸이
예상보다 가볍게 느껴졌다. 가슴에서 등으로 옮겨진 체온은 따뜻
했다. 정순미를 추어올린 윤기철이 발을 떼면서 말했다.

"조금만 참아. 가다가 약국이 있으면 세울 테니까."

그러나 오면서 보았지만 약국은 없다. 옌지로 가야만 한다. 윤기철의 가슴이 무거워졌다. 검문소가 2개, 임시 검문소를 1개 지났다. 그곳마다 먼저 내려 우회해서 걸어야 하는 것이다. 옌지에는 몇 시에나 도착할까? 아니, 잘 도착할 수나 있을까? 그때 정순미가 혼잣소리처럼 말했다.

"마운틴 오더 배를 예약해놓고 오신 거지요?"

윤기철이 숨을 들이켰다. 그렇구나. 배를 예약하지 않았다. 제품이 다 돼가는데 신고 갈 배를 예약하지 않았다니. 아니, 그것보다 이런 상황에서 그 걱정을 하다니. 우리는 이제 업무과 팀이 아니다.

"예약해놓고 왔어."

일단은 거짓말을 했지만 다리에 힘이 풀렸다. 이제 회사로 돌아갈 일은 없다.

‡

6시 40분이 됐을 때 바지 속에 넣은 휴대전화가 진동을 했다. 샛길을 걷다 마침 쉬는 때여서 윤기철이 꺼내 보았다. 이인수다. 반갑다. 막막했던 가슴에 활기가 일어난 느낌이 들었다.

"예, 접니다."

밝게 응답했더니 박도영의 목소리가 울렸다. 이제는 이인수 전화기로 박도영이 전화를 한다.

"윤 과장, 지금 어딥니까? 만났습니까?"

"예, 지금 국도로 가는 중입니다."

"같이요?"

"예, 근데 몸이 아파서요. 제가 업고 가느라 속도가 늦네요."

윤기철의 시선이 길 옆쪽 나무 밑에 앉아 있는 정순미를 스치고 지나갔다. 이미 어둠이 짙게 덮여 있어 열 발짝쯤 떨어진 정순미의 얼굴 표정은 보이지 않는다. 박도영이 물었다.

"어디가 아픕니까?"

"몸에 열이 나서 뜨거워요. 식은땀이 나고 배탈이 나서 화장실을 자주 갔다고 합니다."

"돌아갈 때 검문이 까다로운데, 곤란하게 됐는데."

박도영이 걱정스러운 목소리로 말했다.

"내려갈 때 검문소를 몇 개 거쳤습니까?"

"고정 검문소가 둘, 임시 검문소 하나였습니다."

"검문소를 어떻게 통과할 작정이죠?"

"가까운 곳에서 내려 검문소를 돌아간 다음에 다시 차를 타려고 하는데요."

"업고 다녀야 합니까?"

"그것이 빠를 것 같아요."

"알았습니다."

수화구에서 한숨 소리가 들리더니 박도영이 말을 맺었다.

"세 시간 후에 다시 연락드리지요."

"임시 검문소가 저쪽 산기슭 뒤쪽에 있었던 것 같은데."

차를 서행시키면서 장씨가 말했다. 오후 8시 45분, 기다리던 차를 탄 지 30분쯤이 지났을 때다.

"저기가 맞나?"

최영수가 앞쪽을 보았고 차 안에 긴장이 감돈다. 뒤로 젖혀진 의자에 누워 있던 정순미도 상반신을 일으켰다. 차는 길가에 멈췄고 모두 주위를 두리번거렸다. 차량 통행이 뜸해 가끔 다가오는 차의 전조등 불빛이 차 안을 비추고 지나간다.

"맞아, 저기야."

마침내 장씨가 자신 있게 말하고는 머리를 돌려 윤기철을 쳐다보았다.

"내가 검문소에서 안 보이는 곳에서 기다릴 테니까 연락을 하라고요."

"자, 내립시다."

최영수가 문을 열고 나가면서 말했다.

"나도 같이 갈 테니까. 이젠 죽어도 같이 죽고 살아도 같이 살아야지."

윤기철이 손을 뻗어 정순미의 어깨를 쥐었다.

"괜찮아?"

"괜찮아요."

자리에서 일어서면서 정순미가 윤기철을 보았다. 그러고 보니

차에 타고 나서도 정순미하고 이야기도 제대로 하지 않았다.

‡

밤 10시가 다 돼간다. 근처 식당에서 늦은 저녁을 먹고 돌아온 박도영이 상황실로 들어서자 모두의 시선이 모아졌다. 안에는 한정철과 요원 셋이 상황판 앞에 둘러서 있었고 이인수는 구석 자리에 앉아 있다.

"언제 다시 연락하기로 했지?"

한정철이 묻자 박도영의 시선이 중국 시간에 맞춰진 벽시계로 옮겨졌다. 8시 55분이다.

"10시쯤 하기로 했습니다."

"그때까지 무사할까?"

한정철의 손에는 커피잔이 들려 있다.

누가 커피를 타준 것 같다. 숨을 고른 박도영이 한정철의 시선을 맞받았다.

"전화해보면 알게 되겠지요?"

"그렇군."

머리를 끄덕인 한정철이 웃었다.

"요즘은 참 편한 세상이야. 휴대전화로 다 알 수 있으니 말이야."

"……."

"검문소가 몇 개라고 했지?"

"세 개를 거치고 내려갔으니까…."

"세 개를 통과해야 되겠군."

커피를 한 모금 삼킨 한정철의 시선이 상황판으로 옮겨졌다. 그러더니 혼잣말처럼 말했다.

"참, 요즘 세상에 저런 놈도 있다니."

‡

수로에 발이 빠지는 바람에 하마터면 엎어질 뻔한 윤기철이 몸을 세웠다. 업혀 있던 정순미가 놀라 윤기철의 목을 세게 조였다가 풀었다.

"미안합니다, 과장님."

"괜찮아."

말은 그렇게 했지만 목이 걸린 윤기철이 재채기를 했다. 재채기 소리가 어둠을 타고 사방으로 번지는 것 같다. 발을 뺀 윤기철이 수로 위의 좁은 길로 올라와 다시 걷는다. 사방은 짙은 어둠에 덮여 겨우 사물 윤곽만 보일 뿐이다. 아마 시간은 20분쯤 됐지만 300m쯤밖에 나아가지 못한 것 같다. 길이 수로에 막혀 끊겼기 때문이다. 이곳에는 임시 검문소가 있었다. 도로 오른쪽의 경작지다. 그러나 경사가 심한 땅인 데다 밭과 황무지, 수로와 바위더미에 가로막혀 도로 방향으로 나가지를 못한다. 앞장서 가던 최영수가 멈춰 서더니 휴대전화를 꺼내 전화를 했다.

"장형, 어딥니까?"

대뜸 그렇게 묻고 나서 장씨의 이야기를 듣는다. 빗방울이 후두 둑 한두 방울씩 떨어진다. 통화를 끝낸 최영수가 다가온 윤기철에 게 말했다.

"임시 검문소를 지나서 300m쯤 떨어진 도로변에 서 있답니다."

다시 발을 뗀 최영수가 말을 이었다.

"이제 국도 쪽으로 다가갑시다. 검문소와는 좀 떨어졌겠지요."

윤기철은 잠자코 정순미를 추켜 업었다. 이제는 업히는 것이 익숙한지 정순미는 가슴을 등에 딱 붙인다. 가슴의 온기가 등에 전해지면서 팔로 감아 안은 허벅지의 촉감도 느껴진다. 발을 떼던 윤기철의 눈앞에 문득 아버지의 얼굴이 떠올랐다. 아버지가 내 꼴을 보면 뭐라고 할 것인가?

‡

정순미는 윤기철의 등에 업힌 채 꿈을 꾸었다.

"어머니, 빨리 들어와."

적당히 뜨거운 목욕탕 안에서 정순미가 소리쳐 어머니를 불렀다. 주위는 환했다. 아파트 안인데 오늘은 전력 사정이 좋은 것 같다.

"응, 지금 간다."

어머니의 밝은 목소리가 들렸다.

"네 아버지 밥부터 차려주고 갈게."

"빨리 오라니까, 물이 식는단 말이야."

괜히 초조해진 정순미가 다시 소리쳤다.

"물이 너무 좋아."

"알았다."

목욕탕 문이 열리는 소리가 들렸으므로 정순미가 머리를 들었다.

"아앗!"

소스라치게 놀란 정순미가 외침을 내뱉었다. 어머니는 머리를 풀어헤쳤고 온몸이 피투성이다. 얼굴은 해골처럼 말랐는데 손에 알을 다 떼어 먹은 옥수수를 들고 있다. 그런데 웃는다.

"순미야 좋니?"

다가선 어머니가 빈 옥수수를 내밀었다.

"옥수수가 맛있다. 먹어봐."

"엄마, 왜 이래?"

정순미가 몸서리를 치면서 물러났다.

"당신이 우리 엄마야?"

그때 윤기철의 목소리가 들렸다.

"순미야, 정순미, 다 왔다. 저기 차 있다."

몸이 치켜 들려졌으므로 정순미는 꿈에서 깨어났다. 다시 온몸이 땀으로 흠뻑 젖었고 입에서 저절로 앓는 소리가 뱉어졌다. 그것을 들은 윤기철이 추어올려 업으면서 말했다.

"아파? 조금만 참아."

‡

뒷좌석을 펴서 정순미를 눕힌 윤기철이 점퍼를 덮어주었지만 정순미는 계속 떨었다. 오후 9시 40분, 차는 국도를 북상하는 중이다. 한동안 정순미를 내려다보던 윤기철이 정순미의 옆에 누웠다. 그러고는 정순미를 가슴에 안고 두 팔로 등을 감았다. 한쪽 다리로 정순미의 하반신을 감싸 안았더니 빈틈없이 몸 안에 안겼다. 정순미가 얼굴을 비비면서 윤기철의 가슴에 파고들었다. 정순미의 몸은 불덩이처럼 뜨거웠다. 뜨거운 입김이 윤기철의 턱에 닿는다. 숨결에 앓는 소리가 섞여 나왔는데 반쯤 잠이 든 것 같다. 덜컹거리는 차의 진동이 온몸으로 전해졌다. 그때 정순미가 몸서리를 치더니 길게 숨을 뱉었다. 윤기철이 머리를 숙여 정순미의 귀에 입술을 붙였다.

"잠든 거야?"

"아뇨."

신음과 함께 정순미가 대답했다.

"조금만 참아."

"네."

"나하고 같이 가자."

"네."

"나, 따라올 거야?"

"네."

"어디로?"

"어디든지요."

윤기철이 입술로 정순미의 귀를 물었다. 정순미가 더 깊게 윤기철의 가슴으로 비비고 들어가는 바람에 입술이 귀를 놓쳤다.

‡

휴대전화를 귀에 붙인 박도영이 발신음을 듣는다. 발신음이 스
피커로 상황실에 울린다. 벽시계가 오후 10시 5분을 가리킨다. 한
정철은 뒤쪽 소파에 기대앉아 신문을 보는 시늉을 했지만 귀를 세
우고 있을 것이다. 신호음이 네 번째 울린다. 상황실 안에는 모두
다섯 명, 한정철은 둘이 엔지 호텔에 들어갈 때까지 기다리겠다고
했으므로 앞으로 서너 시간은 더 있어야 될 것이다. 신호음이 여
섯 번째 울렸을 때 윤기철이 응답했다. 신호음이 다섯 번이 넘어
가면 불안해진다.

"예, 접니다."

"지금 어딥니까?"

박도영은 스피커에서 울리는 제 목소리가 다른 사람 같았다.

"절반 조금 못 왔는데요."

"검문은?"

"임시 검문소 하나는 통과했는데 곧 고정 검문소가 나옵니다."

"정순미 씨는 괜찮아요?"

윤기철의 목소리에 초조감이 묻어났다.

"지금 누워 있는데 앓고 있습니다. 반은 잠이 든 상태예요."

"……."

"온몸이 뜨거워서 수건을 물에 적셔 얼굴에 덮어줬습니다."

"검문소는 어떻게 통과할 겁니까?"

"이번 검문소도 미리 내려서 정순미를 업고 돌아가는 수밖에 없

는데요."

"……."

"시간이 꽤 걸립니다. 아까 통과한 임시검문소를 지나는 데 한 시간 넘게 걸렸거든요."

"……."

"그리고 정순미 컨디션이 점점 나빠지는 것 같아요. 빨리 병원에 데리고 가야 될 것 같습니다."

휴대전화를 귀에 붙인 채 박도영이 머리를 돌려 한정철을 보았다. 할 말이 있느냐는 시늉이다. 한정철도 마침 이쪽을 보고 있었는데 시선이 마주치자 외면했다. 어깨를 부풀렸다가 내린 박도영이 스피커에 대고 말했다.

"조심하세요. 윤 과장님. 나는 윤 과장님이 잘 빠져나오리라고 믿습니다."

이것은 박도영이 준비하지 않았던 대사다. 저절로 말이 나온 것이다.

‡

고정 검문소가 바라보이는 갓길에서 차를 세웠을 때 윤기철이 정순미를 안아 일으켰다.

"순미, 나하고 잠깐 내리자."

"네."

정순미가 대답을 했지만 눈동자의 초점이 흐리다. 머리가 흔들렸고 반듯이 앉으려다가 다시 상반신이 의자에 붙여졌다. 그것을 본 최영수가 말했다.

"안되겠는데."

머리를 내저은 최영수가 말을 이었다.

"그냥 돌파해봅시다."

"내가 업고 갈 테니 걱정 마시고."

정순미의 몸을 안아 일으킨 윤기철이 최영수에게 말했다.

"자, 내 등에 업혀주시오."

"저, 걸을게요."

두 발을 짚고 몸을 일으키던 정순미가 그대로 넘어져 의자 위에 상반신이 꺾였다. 놀란 최영수가 정순미를 잡아 앉혔고 운전석에서 그것을 본 장씨가 머리를 내저었다.

"역시 안되겠는데, 밀고 가는 수밖에."

"맞아. 돌파하는 것은 둘째고 병원에 빨리 가야 되겠어."

최영수가 맞장구를 쳤을 때 장씨가 윤기철에게 물었다.

"공안에게 뇌물로 쓸 달러 있습니까?"

"얼마면 됩니까?"

윤기철이 묻자 머리를 기울였던 장씨가 최영수에게 물었다.

"공안이 셋이면 300달러씩 주면 될까?"

"난 잘 모르겠는데…."

최영수가 망설이자 장씨가 버럭 화를 내었다.

"돈 주고 사정하면 제 놈 물건 가져가는 것도 아닌데 기를 쓰고 잡지는 않아. 너도 옆에서 도와줘야 돼!"

"알았어."

결심한 듯 머리를 든 최영수가 윤기철을 보았다.

"돌파합시다."

둘의 시선을 받은 윤기철이 말했다.

"내가 2000달러 낼 테니 해봅시다. 그냥 돌파해도 돈 돌려달라고 하지는 않겠습니다."

대 가

"검문소다."

장씨가 낮게 말했지만 이미 차 안의 사내들은 앞쪽의 불빛을 보았다. 정순미는 의자에 누운 채 눈을 감고 있다. 윤기철은 검문소 앞에 세워진 차량 두 대를 보았다. 트럭과 소형 승용차다. 차량 통행이 뜸해서 뒤를 돌아보았더니 먼 쪽에서 전조등 빛 하나가 보였다. 반대편에서 오는 차량은 더 뜸하다. 트럭 한 대가 반대쪽 검문소를 그냥 스치고 지나갔다. 거리가 200m쯤으로 가까워지면서 검문을 끝낸 트럭이 떠나고 소형차 한 대가 남았다. 차 안은 조용하다. 엔진음만 울린다. 윤기철이 머리를 돌려 옆에 누운 정순미를 보았다. 입을 약간 벌린 정순미는 잠이 든 것 같다. 문득 혼수상태인지 걱정이 됐지만 그것이 나을지도 모른다고 생각했을 때 차가 멈췄다. 머리를 든 윤기철은 소형차가 출발하는 것을 보았다. 공안 두 명의 시선이 이쪽을 향한다. 그때 운전사 장씨가 창문을 열고 떠들썩한 목소리로 말했다.

"환자가 있다고 합니다."

장씨 뒷좌석에 앉은 최영수가 윤기철에게 낮게 말했을 때 차 옆 문이 열렸다. 찬바람이 휘몰려 들어오면서 공안이 상반신을 굽혀 안쪽을 보았다. 정순미는 문 바로 앞쪽에 누워 있다. 그때 최영수가 공안에게 말했다. 중국어라 윤기철은 알아듣지 못했다. 정순미를 내려다보던 공안이 시선을 윤기철에게로 옮겼다. 룸라이트가 켜 져 있어서 공안의 넓은 얼굴이 다 드러났다. 작은 코, 입술을 꾹 다물었다. 장씨는 창가에 선 공안과 이야기를 나누는 중이다. 그때 공안이 윤기철에게 물었고 최영수가 중국어로 대답했다. 공안이 최영수의 말을 듣더니 윤기철에게 손을 내밀었다.

"패스포트."

윤기철이 주머니에서 여권을 꺼내 내밀자 손전등으로 여권을 비춰본 공안이 윤기철의 얼굴과 대조했다. 그러더니 다시 정순미의 얼굴을 유심히 보았다. 어느새 장씨는 창가의 공안과 이야기를 그쳤고, 차 안에 정적이 3초쯤 덮였다. 이윽고 정순미의 얼굴에서 시선을 뗀 공안이 최영수에게 말했다. 아직 손에 윤기철의 여권을 쥐고 있다. 최영수가 머리를 흔들면서 다급하게 말했다. 윤기철은 어금니를 물었다. 그때 뒤쪽이 환해지면서 트럭 한 대가 도착했고 공안이 시선을 다시 윤기철에게 옮겼다. 공안이 여권을 내밀면서 말했다.

"오케이."

윤기철이 여권을 받자 공안이 시선을 다시 정순미에게 옮기더니 상반신을 차 밖으로 뺐다. 곧 옆문이 닫혔고 운전석 옆에 서 있던 공안이 뒤쪽 트럭으로 다가갔다. 장씨가 시동을 켜면서 말했다.

"살았다."

✝

차가 100m쯤 달렸을 때 최영수가 심호흡을 하면서 말했다.

"공안이 누워 있는 여자가 탈북자 아니냐고 물었습니다."

윤기철의 시선을 받은 최영수가 얼굴을 일그러뜨리며 웃었다.

"운이 좋았지요. 아마 귀찮아서 놔둔 것 같습니다."

어깨를 늘어뜨린 윤기철이 소리 죽여 숨을 내뱉었다. 귀찮아서 놔둔 바람에 한 생명이 살았다.

✝

휴대전화가 울렸으므로 윤기철이 서둘러 집어 들었다. 발신자는 임승근이다. 중국 시각은 9시 52분, 윤기철이 휴대전화를 귀에 붙였다.

"응, 형."

"지금 어디냐?"

"가는 중이야. 근데 순미 씨가 아파."

"어디가?"

"몸살에 배탈 같은데 심해."

윤기철이 옆에 누운 정순미를 보았다. 차는 맹렬한 속도로 달리는 중이다. 북상할수록 차량 통행이 잦아졌지만 장씨는 속력을 더 냈다.

"어때? 검문소는?"

임승근은 그것이 걱정인 것 같다. 숨을 고른 윤기철이 대답했다.

"하나 남았는데 그냥 돌파할 거야."

"돌파하다니?"

"순미가 아파서 걷고 피하고 할 여유가 없어. 그냥."

"야, 그런다고 모험을 해?"

오히려 임승근이 걱정을 했다. 앞자리에 앉은 최영수가 힐끗거린다. 그때 임승근이 물었다.

"너 무슨 호텔이라고 했지?"

"국제호텔."

"몇 호실이야?"

이젠 숨길 이유가 없었으므로 윤기철이 바로 대답했다.

"412호실."

"알았다. 몇 시쯤 도착할 것 같냐?"

"앞으로 세 시간쯤."

그때 정순미가 꿈틀거리더니 눈을 떴으므로 윤기철이 서둘러 말했다.

"전화 다시 할게."

‡

"어때? 좀 나아?"

생수에 적신 수건을 이마 위에 덮어주면서 윤기철이 물었다.

"네, 조금 나아요."

정순미가 물기로 덮인 눈으로 윤기철을 보았다.

"고마워요. 과장님."

"과장님 소리는 그만해. 나 이제 회사 끝났다."

윤기철이 말하자 정순미의 얼굴이 굳어졌다.

"어떡해요."

"어떡하긴? 회사가 어디 한둘인가?"

"모른 척하고 다닐 수 없어요?"

"나하고 같이 한국에 돌아가면 다 알게 될 텐데 어떻게?"

"……."

"걱정 마."

윤기철이 손을 뻗어 정순미의 손을 쥐었다. 뜨거운 손이다. 정순
미가 윤기철의 손을 마주 쥐었으므로 윤기철은 숨을 들이켰다. 손
바닥에 땀이 배었지만 고쳐 쥐었다. 그러다가 또 고쳐 쥔다.

‡

"어디 갔어?"

화장실에서 돌아온 박도영이 방 안을 둘러보며 물었다. 상황실

안에는 이인수 혼자 남아 있는 것이다. 조금 전까지 한정철과 요원 한 명이 앉아 있었다.

"실장님은 내일 아침 일찍 오신다고 했습니다."

이인수의 시선이 벽시계를 스치고 지나갔다. 오후 11시 15분이다. 중국 시각으론 10시 15분일 것이다.

"요원 한 명도 옆방으로 보냈습니다. 할 일도 없는데 둘씩이나 앉아 있을 필요는 없으니까요."

"그렇군."

소파에 털썩 앉은 박도영이 하품을 했다. 맞는 말이다. 지금쯤 윤기철은 위험을 무릅쓰고 북상할 것이다. 그렇지만 이쪽에서 전혀 도움을 주지도 못하는 상황에서 전화질만 하기에도 멋쩍다. 그것을 아는지 한정철도 재촉하지 않은 것이다. 담배를 꺼내 입에 문 박도영이 정색하고 이인수를 보았다.

"이곳은 윤기철의 상황을 파악하는 곳이고 또 다른 상황실이 회사에 있어."

이인수는 시선만 주었는데 놀라지 않았다. 그럴 줄 예상하고 있었다는 얼굴이다. 박도영이 말을 이었다.

"그곳에서 북측하고 연락을 하는 것 같다."

"당연하지요."

어깨를 늘어뜨린 이인수가 상황판을 힐끗 보았다. 옌지와 조중 국경 근처의 미관에 꽂힌 빨간 깃발이 초등학교 벽에 붙은 작품처럼 보였다. 외면한 이인수가 혼잣소리처럼 말했다.

"사람 사는 데서 가끔 이렇게 신선한 일도 일어나야지요. 그래야지 어디 숨이 막혀서 살겠습니까?"

대답이 없었으므로 머리를 든 이인수는 박도영이 빈 담배를 입에 문 채 상황판을 응시하는 것을 보았다. 그러나 눈의 초점은 멀다. 갑자기 커피 생각이 난 이인수가 슬그머니 자리에서 일어섰다. 커피보다 술을 마시고 싶었지만 지금은 작전 중이다.

‡

"이번에는 그냥 통과하지."

멀리 검문소가 보이자 운전사 장씨가 말했다. 이제는 차량 통행이 잦아져 앞차와의 거리를 떼어놓느라고 장씨는 브레이크를 자주 밟는다. 국경에서 멀어질수록 검문 강도가 약해지는 것이다. 최영수가 머리를 끄덕였다.

"대충 통과시키더구먼."

오후에 남하할 때 장씨가 공안에게 담배를 준 곳이다. 이곳만 통과하면 검문소는 없다. 윤기철이 머리를 돌려 정순미를 보았다. 정순미는 의자 등받이를 조금 올린 채 누워 있었지만 이제는 잠에서 깼다. 아직 열은 가시지 않았어도 정신이 조금 든 상태다.

"잠 깼어?"

"네."

"우린 부부야, 알아?"

윤기철이 다시 정순미의 손을 쥐고 흔들었다. 앞쪽 최영수가 머리를 돌려 둘을 번갈아 보았다.

"그렇게 하십시다. 장형, 알았지요?"

"알았습니다."

차의 속력을 줄이면서 장씨가 대답했다.

"그리고 우린 모르는 일입니다. 무슨 말인지 이해하실 거요."

문제가 생기면 빠지겠다는 말이다. 그때 차가 속력을 줄이더니 검문소로 다가갔다. 밤 10시 40분이다. 검문소 앞에는 10여 대의 차가 멈춰 있었지만 곧 출발했다. 공안이 차 안만 들여다보고 나서 손짓으로 보내는 것이다. 앞쪽에 승용차 두 대가 기다리고 있었는데 공안이 손을 내밀어 신분증을 받아 보더니 곧 출발시켰다.

"어, 그자식이 어디 갔나?"

장씨가 혼잣말을 했는데 담배를 준 공안을 찾는 것 같다. 그때 순서가 돌아와 공안이 장씨가 열어놓은 창으로 안을 들여다보았다. 그러고는 소리쳐 묻는다. 장씨가 따라서 소리치듯 대답했고 최영수가 웃으며 손을 들었다. 공안의 시선이 윤기철과 정순미를 훑고 지나갔다. 그러더니 장씨에게 투덜거리듯 말했다. 그 소리를 들은 최영수가 소리 내어 웃더니 대신 대답하고는 공안에게 담배를 내밀었다. 담배를 받은 공안이 웃음 띤 얼굴로 한 걸음 물러서면서 가라고 손짓을 했다. 장씨가 소리쳐 인사를 하고는 차를 발진했을 때 최영수가 윤기철에게 말했다.

"저놈도 탈북자 둘 신고 오느냐고 묻는군요, 글쎄."

중국어를 알아듣는 정순미는 웃음만 띠었지만 윤기철의 얼굴은 굳어졌다. 최영수가 말을 이었다.

"그래서 탈북자 넷이라고 했지요. 농담으로 넘겼지만 심장이 철렁했습니다."

"수고했습니다. 이젠 검문소는 다 지나갔지요?"

내려가면서 보았지만 확인하듯 윤기철이 묻자 장씨가 백미러에서 시선을 맞췄다.

"예, 없습니다. 이제 40km 남았습니다."

밤 11시가 돼간다. 그때 장씨가 윤기철에게 물었다.

"돈 쓰지 못했는데 어떻게 할까요?"

"두 분이 나눠 가지세요."

윤기철이 정색하고 대답했다.

"약속대로 합시다."

"고맙습니다."

먼저 최영수가 웃음 띤 얼굴로 인사했다.

"우리도 보람이 있습니다."

"앞으로 어떻게 하실지 옌지에 가서 다시 상의를 하시지요."

장씨가 백미러에 대고 열심히 말했다.

"이젠 돈 내라고 하지 않겠습니다. 제가 힘껏 도와드리지요."

‡

"차를 대기했습니다."

문 밖에서 들리는 한국어를 임승근은 건성으로 들었다. 호텔 신문철에서 가져온 이틀 전 스포츠 신문을 펴 든 임승근은 지금 변기에 앉아 있다. 오후 11시 5분, 그때 다시 사내가 말했다.

"412호실 키는 프런트에 맡기지 않았습니다."

"알았어."

다른 목소리가 대답한 순간 임승근은 숨을 죽였다. 신문을 펴 든 채다. 그때 발걸음 소리가 들리더니 화장실 문 여닫는 소리가 났다. 그러나 임승근은 한동안 움직이지 않았다.

‡

진동 설정한 휴대전화가 부르르 떨었을 때는 11시 15분이다. 발신자는 임승근, 차는 옌지 전방 12km 지점으로 접근하고 있다. 어깨를 늘어뜨린 윤기철이 휴대전화를 귀에 붙였다.

"어, 형. 고생 많아."

"어디냐?"

"옌지 12km 전방이야. 이제 30분쯤이면 도착하겠어."

"너 그 호텔로 가지마. 위험해."

임승근의 굳은 목소리를 들은 윤기철이 숨을 들이켰다. 휴대전화를 귀에 딱 붙인 윤기철이 물었다.

"왜?"

"내가 국제호텔에서 금방 나왔는데."

임승근이 화장실에서 들은 말을 그대로 전해주고 나서 길게 숨을 뱉었다.

"이거 진짜 기삿감이라니까. 너 내 호텔로 와. 내 방으로 오란 말이야."

306

"……."

"동양호텔이지만 그 친구들이 잡히면 불지 모르니까 엔지호텔에서 내려달라고 해. 동양호텔은 엔지호텔 아래쪽이다."

윤기철도 길게 숨을 뱉었다.

"고마워, 형."

휴대전화를 귀에서 뗀 윤기철이 앞에 대고 말했다.

"잠깐 엔지호텔로 갑시다. 거기서 누구를 만나기로 해서요."

"알았습니다."

장씨가 부담 없이 대답하고 최영수는 벌써부터 주머니를 뒤적거리더니 명함을 꺼냈다.

"이건 내 가게 전화번호입니다. 휴대전화 번호도 적혀 있어요."

‡

"지금쯤 엔지에 도착했겠지?"

문득 머리를 든 박도영이 물었을 때는 12시 반이다. 엔지는 11시 반이 됐을 것이다. 휴대전화 게임을 하던 이인수가 충혈된 눈으로 박도영을 보았다.

"도착했을 겁니다."

박도영이 외면했고 이인수는 다시 게임을 시작했다. 이인수의 휴대전화에서 게임 종료 신호음이 울렸다. 다시 박도영이 상황실의 정적을 깨뜨렸다.

"윤기철은 우리한테 도움을 요청하지 않겠지?"

이인수가 시선을 들었지만 대답하지 않았다. 뻔한 것을 왜 묻느냐는 표정을 짓는다. 그때 박도영이 담배를 꺼내 입에 물더니 라이터를 켜 불을 붙였다. 깊게 연기를 빨아들인 박도영이 왼쪽 공간을 향해 길게 내뿜었다.

"도움을 주기는커녕 밀고한 처지가 돼버렸으니."

혼잣소리처럼 박도영이 말을 잇는다.

"그 시발놈들이 윤기철은 건드리지 말아야 할 텐데."

"......."

"전화하기가 겁나는구먼."

"......."

"너 안 죽었냐? 하고 묻는 거 같아서."

다시 길게 연기 내뿜는 소리를 듣고 난 이인수가 휴대전화를 내리고는 박도영을 보았다.

"이 방법밖에 없었을까요?"

이번에는 박도영이 눈만 껌벅였고 이인수가 말을 이었다.

"좀 부끄럽습니다. 아니, 많이요."

"......."

"정순미가 탈북했으면 회사에서 특별팀이라도 만들어서 별도로 보호해줬어야 됩니다. 우리가 그렇게도 못합니까?"

"......."

"쉽게 일하려고, 책임질 일은 하지 않으려는 인간들이 우리 회사에 진을 치고 있다는 생각이 듭니다."

"야 그렇게 네 멋대로 정의 내리지마."

308

담배를 신문지 위에 비벼 불을 끈 박도영이 정색했다.

"국제 관계, 특히 남북 관계는 우리 같은 졸자들 생각대로 되는 게 아니다. 수많은 변수를 다 짚어야 된다."

"변수는 무슨."

"이 자식이."

입맛을 다신 박도영이 다시 시계를 보았다. 12시 45분이다. 박도영은 시선을 탁자 위에 놓인 휴대전화에 주었다가 서둘러 옮겼다.

‡

현관 밖까지 나와 기다리던 임승근이 어둠 속에서 다가오는 윤기철의 앞을 가로막듯 섰다. 임승근의 시선이 옆에 선 정순미에게로 옮겨졌다.

"안녕하세요."

두 손을 모으고 선 정순미가 머리를 숙여 인사를 했다. 머리칼을 차 안에서 잘 다듬었지만 곧 헝클어져 내렸다.

"으음."

정순미를 응시한 채 임승근이 신음부터 뱉었다.

"이 여자를 위해 다 내놓고 온 거냐? 응? 목숨까지 걸었어?"

"형, 왜 이래?"

윤기철이 이맛살을 찌푸렸고 정순미는 머리를 숙였다. 그때 임승근이 말했다.

"내가 스위트룸으로 방을 옮겼으니까 셋이 잘만해. 가자."

몸을 돌린 임승근이 앞장서 가면서 정순미에게 말했다.

"반갑습니다. 정미선 씨, 과연 기철이가 온몸을 던질 만하군요."

"형, 정순미야."

"이름이야 어떻든."

어깨를 편 임승근이 현관 안으로 들어서면서 말을 이었다.

"네가 부럽다야. 이 미친놈아."

"형, 약은?"

"감기약, 설사약, 해열제, 진통제, 피임약까지 다 사놨다."

엘리베이터 앞에 선 남녀가 돌아보았으므로 임승근은 입을 다물었다.

‡

오전 3시 반이 됐을 때 상황실 문이 열리더니 한정철이 들어섰다. 서두른 듯 노타이 셔츠 차림에 머리는 부스스했다. 자다가 바로 나온 것 같다. 상황실 소파에 누워 있던 박도영은 기척에도 깨지 않았지만 의자에서 졸던 이인수가 놀라 일어섰다.

"연락해봐."

대뜸 소리치듯 말한 한정철이 눈으로 박도영을 가리켰다.

"저 친구 깨워."

"일어났습니다."

소파에서 몸을 일으키며 박도영이 말했다. 한정철은 요원 둘까지 데리고 왔으므로 상황실 분위기가 팽팽해졌다.

"무슨 일입니까?"

휴대전화를 집어 든 이인수를 보면서 박도영이 한정철에게 물었다.

"이 사람아, 무슨 일이긴?"

버럭 소리친 한정철이 벽시계를 보는 시늉을 했다.

"아직까지 호텔에 들어오지 않았단 말이야! 벌써 도착하고도 남을 시간 아닌가? 안 그래?"

"아직 도착을 안 했습니까?"

어깨를 부풀렸다가 내린 박도영이 한정철을 보았다.

"특보님은 어떻게 아셨습니까?"

"그건 알 필요가 없고."

한정철이 말을 잘랐을 때 소파에서 일어선 박도영이 이인수에게 손짓을 했다. 휴대전화 버튼을 누르려던 이인수가 손을 늘어뜨렸다. 박도영이 의자에 앉은 한정철 앞으로 다가섰다. 상황실 분위기가 수상해지면서 모두 몸을 굳히고 박도영을 보았다.

"뭔가?"

한정철이 묻자 박도영이 시선을 준 채 대답했다.

"제가 이번 작전의 상황실장이올시다. 제가 모르는 일이 있습니까?"

"당신은 윤기철하고 연락만 하면 돼."

뱉듯이 말했지만 한정철은 외면한 채 박도영의 시선을 받지 않는다.

"나머지는 회사에서 판단하는 거야."

한정철의 시선이 이인수에게로 옮겨졌다.

"뭘 하나?"

‡

스위트룸은 방 두 칸에 응접실, 방마다 화장실이 딸렸고 욕조는 안방에만 설치돼 있었다. 임승근은 윤기철과 정순미에게 안방을 내주었는데 미리 잘라 말했다.

"이 상황에서 네가 응접실에서 잔다든지 나하고 잔다든지 하는 개지랄을 떨면 아예 공안에다 신고를 해버릴 테니 둘이 안고 자."

그래놓고 제풀에 저가 성을 냈다.

"내가 지금 무슨 꼴인지 모르겠네. 같이 자는 것까지 신경을 쓰다니. 천하의 임승근이 여기까지 와서 뚜쟁이 노릇을 한단 말인가?"

사설을 들으면서 방으로 들어온 윤기철이 정순미에게 말했다.

"더운물로 씻고 나와. 그동안 먹을 걸 좀 준비해놓을 테니까."

"죄송합니다."

머리를 숙여 보인 정순미가 욕실로 들어서는 걸 보고 윤기철은 방을 나왔다. 잠시 후 다시 방에 들어갔더니 정순미는 침대 구석에 웅크린 채 잠이 들었다. 호텔 가운으로 갈아입고 누운 정순미는 깊은 잠에 빠져서 기척을 크게 내도 깨어나지 않는다. 혼수상태인가 걱정이 돼서 가까이 들여다보았더니 호흡이 깊고 고르다. 더운물에 상기된 피부는 윤기가 흘렀고 붉은 입술은 생기를 띠고 있었으므로 윤기철은 다시 방을 나왔다.

　　오전 2시 반, 방에 비치된 위스키와 맥주를 섞어 마시던 윤기철이 문득 임승근에게 손을 내밀었다.

　　"형, 휴대전화 나한테 줘."

　　"응?"

　　눈을 치켜뜬 임승근이 입맛을 다시더니 폭탄주를 삼켰다.

　　"내 휴대전화를 갖고 가겠단 말이지?"

　　"서울에서 다시 하나 사. 이 번호는 취소하지 말고. 형하고 연락하게."

　　"제기랄."

　　윤기철은 임승근의 전화기를 받고 나서 자신의 휴대전화와 정순미한테 주었던 휴대전화까지 분해해서 창밖으로 던져버렸다. 화장실에서 임승근이 목소리를 들은 사내들은 북한의 탈북자 체포조다. 그리고 그들에게 정보를 준 사람은 바로 박도영, 이인수 팀일 것이다. 휴대전화를 갖고 다니는 것은 그들에게 따라오라고 깃발을 흔드는 것이나 같다. 그때 임승근이 정색하고 윤기철을 보았다.

　　"이건 대박이야. 국정원이 북한 쪽에 정보를 흘려서 정순미를 잡도록 했다는 것 말이다."

　　"그랬는데 내가 눈치채고 딴 데로 샜다는 줄거리인가?"

　　"내 휴대전화를 쓴다면 나도 주연급이 되겠는데. 본의 아니게 말이다. 이건 실명으로 나갈 계획이거든."

"잘됐네. 형은 매스컴 타는 거 좋아하잖아? 기사 쓰고 주인공도 되고."

폭탄주를 한 모금 삼킨 윤기철이 조금 충혈된 눈으로 임승근을 보았다.

"형, 나 아침 일찍 엔지를 떠날 거야. 일단 위험한 이곳은 떠나야 겠어."

"어디로 갈 건데?"

"베이징."

윤기철이 말을 이었다.

"그곳에서 제3국을 통한 한국 입국을 알아봐야지."

"그럼 베이징까지는 같이 가자. 같이 탈출 루트를 연구해보고."

술잔에 위스키를 따르면서 임승근이 말을 이었다.

"너 내 여권이 필요할 거다. 네 여권으로 호텔 체크인 했다가는 바로 걸릴 테니 말이다."

맞는 말이었으므로 눈만 껌벅이는 윤기철을 향해 임승근이 쓴 웃음을 지었다.

"방 두 칸짜리 스위트룸이 없으면 넌 참아야겠다. 안됐다."

‡

방으로 들어선 윤기철은 잠이 든 정순미가 깰세라 조심스럽게 화장실로 들어섰다. 오전 3시 반이다. 술기운이 올랐지만 샤워를 하고 나자 개운해지면서 온몸에 나른한 피로가 몰려왔다. 팬티 차림에 가운만 걸쳐 입고 화장실에서 나온 윤기철이 방 안의 불을 껐다. 방이 어두워지면서 창밖의 빛살이 흘러들었다. 주위는 조용하고 가끔 도로를 달리는 차량의 타이어 마찰음만 울렸다.

심호흡을 한 윤기철이 정순미의 옆쪽에 누웠다. 더블베드인데 가운데 한 사람이 넉넉하게 누울 만한 공간이 남았다. 천장을 향하고 누운 윤기철이 소리 죽여 긴 숨을 뱉었다. 이제 만나기는 했다. 그러나 앞길은 첩첩산중이다. 몇 시간만 자고 일어나서 시내에 나가 정순미의 옷과 신발까지 모두 사와야 한다. 화장품도 잊지 말라고 임승근이 알려주었다. 한국 관광객으로 위장하려는 것이다. 선글라스가 필수이고 가능하면 고급 제품, 튀는 옷차림이어야 한다고 했다. 그러고는 바로 베이징으로 가는 교통편을 찾아야 한다. 베이징에서 상황을 점검한 후 서쪽 국경까지 중국 대륙을 횡단하는 것이다. 국경에서 3국으로 넘어가다가 잡히거나 중국 땅 안에서도 검문에 걸리면 여지없이 북한으로 추방된다. 그 과정이 한 달이 걸릴지 반년이 걸릴지 기약할 수 없다. 그때 정순미가 부스럭거리면서 윤기철 쪽으로 몸을 돌려 누웠다.

"과장님."

정순미가 갈라진 목소리로 불렀다. 머리를 돌린 윤기철은 정순미의 반짝이는 눈을 보았다. 어둠에 익숙해져 있어서 정순미의 맑은 눈이 드러났다. 잠에서 깬 얼굴이 아니다.

"어떡해요?"

정순미가 묻자 윤기철은 입 안에 고인 침을 삼켰다.

"뭘?"

"미안해서요."

"내가 좋아서 하는 일인데 뭐가?"

"저 때문에 회사요…."

"솔직히 개성공단 공장은 좌천이야. 자르기 전에 발령을 내는 곳이라고. 미련 없어."

정순미가 입을 다물었고 둘은 시선만 마주쳤다. 그때 다시 침을 삼킨 윤기철이 입을 열었다.

"내일, 아니 오늘 오전에 이곳을 떠나야 돼. 이 좁은 바닥은 위험해."

대충 사연을 알고 있는 터라 정순미는 시선만 주었고 윤기철이 말을 이었다.

"놈들이 나도 알고 있다고 봐야 해. 그래서 형이 베이징까지 같이 가주기로 했어."

"…죄송해요."

"나한테만 죄송하면 돼."

"국경을 넘어요?"

"응."

"같이요?"

"응."

"왜요?"

정순미의 시선을 받은 윤기철이 세 번째 침을 삼키고는 한쪽 손을 뻗었다.

"일루 와."

그러자 정순미가 기다렸다는 듯이 상반신을 일으켜 윤기철의 옆으로 다가와 누웠다. 윤기철이 뻗친 한쪽 팔로 정순미의 어깨를 감아 안았다. 정순미가 얼굴을 윤기철의 가슴에 묻으면서 몸까지 바짝 붙였다. 방 안에 부스럭거리는 소리와 함께 둘의 숨소리가 크게 울렸다.

"해도 돼?"

윤기철은 제 목소리가 갈라진 것을 들었다. 입 안이 바짝 말라서 침도 고이지 않는다. 그때 정순미가 윤기철의 허리를 감아 안으면서 대답했다.

"…네."

상반신을 일으킨 윤기철도 먼저 정순미의 이마에 입술을 붙였다. 정순미가 눈을 감고 기다렸다. 윤기철의 입술이 아래로 내려가자 닫혔던 입술이 열렸다. 숨이 막혔기 때문이다. 두 손을 엉거주춤 늘어뜨리던 정순미가 윤기철의 허리춤을 움켜잡았다가 내린다.

윤기철이 입술로 정순미의 입을 열려고 비벼보았지만 가쁜 호흡만 뱉어낼 뿐 이가 열리지 않았다. 참지 못한 윤기철이 정순미의 가운을 젖혔다. 그러자 브래지어와 팬티 차림의 알몸이 드러났다. 윤기철은 팔을 등 뒤로 돌려 브래지어의 호크를 풀었다. 정순미의 가쁜 숨결이 윤기철의 볼에 닿는다. 숨결에서 사과향이 맡아졌다.

곧 정순미의 젖가슴이 통째로 드러났고 윤기철의 입술이 젖가슴을 물었다. 먼저 입을 크게 벌려 젖가슴을 가득 물고 젖꼭지를 혀로 문지르자 정순미가 어느덧 두 손으로 윤기철의 어깨를 움켜쥐었다. 가쁜 숨소리가 방 안을 메운다.

‡

계속해서 신음하던 정순미가 움켜쥐었던 윤기철의 어깨를 끌어당기면서 잇새로 더 굵게 신음을 뱉었다. 온몸이 땀으로 범벅이 돼서 두 알몸이 부딪칠 때마다 물 때리는 소리가 난다. 그 순간 윤기철은 폭발했다. 정순미와 맞춘 것이다. 시간이 얼마나 지났는지 모른다. 윤기철은 정순미가 성 경험이 별로 없다는 것을 느꼈기 때문에 전위 자세로만 끝냈는데, 만족했다. 정순미의 몸은 뜨거웠고 탄력이 강했으며 빈틈없이 받아들였다. 몸을 떼고 싶지 않은 것이다. 그래서 정순미를 껴안은 채 움직이지 않았다. 정순미도 윤기철의 어깨를 감아 안은 채 가쁜 숨을 고른다. 그때 윤기철이 정순미의 입을 맞추고 나서 말했다.

"이젠 좀 부담이 덜어졌어?"

정순미가 눈의 초점을 잡고 바로 앞에 떠 있는 윤기철의 시선을 잡았다. 다시 윤기철이 정순미의 입을 맞췄다. 백 마디 말보다 이것이 낫다. 그때 정순미가 몸을 비틀면서 윤기철의 어깨를 밀었다.

"좀 씻고 올게요."

윤기철이 옆으로 몸을 비켰고 정순미가 상반신을 일으켰다. 그때 정순미가 시트를 움켜쥐더니 머리를 들고 윤기철을 보았다.

"먼저 씻으세요. 난 조금 후에."

침대에서 일어선 윤기철이 잠자코 알몸으로 화장실로 들어섰다. 그 순간 윤기철은 숨을 들이켰다. 피다. 피가 묻어 있다.

‡

"여긴 패전한 일본군 상황실 같군."

담배를 종이컵에 던져 넣은 박도영이 말했다. 상황실 안은 담배 연기가 자욱했다. 벽시계가 오전 5시 반을 가리킨다. 상황실 안에는 박도영과 이인수 둘이 남았다. 한정철이 본부 요원들을 끌고 돌아갔기 때문이다. 그것이 이곳 상황실 철수를 뜻하는지 어쩐지도 말해주지 않았으므로 터줏대감 둘이 지키는 셈이다.

"어떻게 알게 됐을까요?"

두 번째 질문이지만 답답해진 이인수가 건성으로 물었다. 시선도 상황판을 향해 있다.

"처음부터 우리를 믿지 않았던 게지."

다시 담배를 꺼내 문 박도영이 불을 붙이며 대답했다.

"뜬금없이 체크나 하고 도와줄 생각도 하지 않았단 말이야. 자네라도 믿겠나?"

"그나저나 본사에서는 어떻게 할까요?"

"쫓겠지."

담배 연기를 길게 내뿜은 박도영이 소파에 등을 붙였다.

"우리를 제외하고 말이야. 본사는 우리를 믿지 못하는 것이지."

"좆같이."

"윤기철이는 대담한 놈이야. 우리만큼 윤기철이를 아는 사원이 없어."

박도영의 두 눈이 번들거렸다.

"본사에서는 생각을 바꿔야 해."

"어떻게 말입니까?"

"나 같으면 둘을 인도해서 입국시키겠다."

"에이, 그럴 수가 있습니까?"

"물론 시치미를 딱 떼는 거지."

"저쪽이 속겠습니까?"

"알면서도 속는 척하는 게 정치고 외교다. 그래야 폼도 나고."

어깨를 부풀렸다가 내린 박도영이 잇새로 말했다.

"시발놈들이 언제부터 저렇게 주눅이 들었는지 모르겠다."

그 시발놈들이 누구를 가리키는지 알고 있었으므로 이인수는 맞장구를 치지 않았다. 하지만 공감한다는 표시로 긴 숨을 뱉었다.

‡

오전 10시 반, 임승근이 사온 옷으로 갈아입은 정순미는 다른 사람 같았다. 필수품인 선글라스에 등산모, 등산화에다 고급 배낭까지 멘 정순미는 영락없이 돈 많은 한국 관광객이었다. 더구나 옅게 화장까지 한 터라 임승근은 연신 감탄했다. 마치 제가 창조해낸 생물처럼 정순미를 이리 보고 저리 보아서 정순미가 부끄러워 어쩔 줄 몰랐다.

"과연 여자는 꾸미기 나름이야."

방을 나오면서 임승근이 진리를 발견한 것처럼 말했다.

"제수씨가 저렇게 섹시할 줄 그 누가 알았단 말이냐."

정순미의 얼굴이 빨개졌으므로 윤기철이 이맛살을 찌푸렸다.

"형, 그만해."

"시발. 이제야 말하지만."

엘리베이터에 오른 임승근이 주위를 둘러보는 시늉을 했다. 엘리베이터에는 셋뿐이다.

"너희들 어젯밤에 내지르는 소리 때문에 나, 한숨도 못 잤다."

정순미는 부끄러운 듯 윤기철의 등 뒤로 숨었고 임승근이 입을 벌리며 웃었다.

"형 정말 그럴 거야? 무슨 소리를 냈다고 그래?"

눈을 치켜뜬 윤기철이 임승근을 노려보았다. 긴장을 풀어주려고 그러는 줄은 알았지만 받아들이는 정순미가 너무 당황하는 것이다. 이윽고 엘리베이터가 2층 식당층에서 멈추자 윤기철과 정순미가 먼저 내렸고 임승근은 로비층으로 내려갔다. 정순미는 선글라스를 고쳐 쓰면서 다섯 걸음 뒤쪽에서 따른다. 임승근은 프런트에서 체크아웃을 하려고 내려간 것이다.

‡

북측 체포조가 국제호텔로 돌아오지 않은 윤기철을 찾아다닐 것은 분명한 터라 호텔에서 활보할 수는 없는 노릇이다. 윤기철은 임승근의 옷으로 바꿔 입었고 변장용 도수 없는 뿔테 안경을 썼다. 임승근이 사온 것이다. 2층 식당층 계단을 내려가면 시장과 연결된 후문이 나온다. 혼잡한 계단을 내려가면서 힐끗 뒤를 보았더니 정순미가 세 걸음쯤 뒤로 다가와 있었다. 시선이 마주치자 정순미의 입술 끝이 조금 올라갔다가 내려왔다. 둘은 후문으로 나와 시장 인파를 헤치고 대로에 들어섰다. 길가 상점 앞에 멈춰 섰을 때 택시 한 대가 다가와 속력을 줄였다. 임승근이다.

"야! 타!"

윤기철은 택시 뒷문을 열고 정순미를 먼저 태웠다. 그러고는 윤기철이 따라 오르자 뒷좌석이 꽉 찼다. 택시가 속력을 냈을 때 윤기철은 손목시계를 보았다. 오전 10시 45분이다. 임승근이 대절한 택시는 고속도로를 달려 북쪽의 둔화敦化까지 갈 예정이었다. 옌지에서 바로 고속버스나 열차를 타는 것이 위험하다고 판단했기 때문이다. 둔화에서는 열차로 지린吉林까지, 지린에서 베이징까지는 고속버스를 탈 예정이다.

‡

"무슨 일 있습니까?"

이인수가 두 번째 물었을 때 박도영이 어깨를 올렸다가 내리고는 입을 열었다.

"윤기철 정보를 저쪽으로 다 넘긴 모양이다."

"……."

"저쪽과 중국 공안에게 협조 요청을 하면 들어줄 테지, 범법 사실은 만들면 되니까."

저쪽이란 북한이다. 숨을 들이켠 이인수가 앞에 놓인 엽차 잔을 들어 벌컥거리며 삼켰다. 둘은 사무실 근처 커피숍에 마주 앉아 있었는데 상황실이 폐쇄된 것이나 마찬가지였기 때문이다. 오후 12시 10분, 박도영은 방금 본사에서 돌아온 것이다. 주위를 둘러본 박도영이 말을 이었다.

"저쪽은 이제 윤기철과 정순미 둘을 쫓고 있어. 우리가 윤기철을 내준 것이지."

"뭘로 내줬답니까? 뇌물로 바친 건가요?"

불쑥 되물은 이인수가 외면하고 말을 맺었다.

"좆같은 놈들."

"한정철이 윗선의 지시를 받는 모양인데 그것이 누군지 모르겠다."

"어디 그런 놈이 한둘입니까?"

"하지만 우군도 있었다."

머리를 돌린 이인수가 박도영의 두 눈에 생기가 떠 있는 것을 보았다. 시선만 주는 이인수를 향해 박도영이 희미하게 웃었다.

"고위층이다."

"누굽니까?"

"그건 못 밝혀."

"여기가 북한 점령지입니까? 왜 못 밝히세요?"

"이 시발놈이."

"답답해서 그럽니다."

"상황실은 폐쇄되고 난 상황 점검차 중국으로 파견된다."

숨을 죽인 이인수의 눈동자가 흔들렸다. 상황실을 놔두고 커피숍으로 불러낸 이유를 이제야 안 것이다. 상황실에는 정리하려고 한정철이 보낸 요원이 와 있다. 목소리를 낮춘 박도영이 말을 이었다.

"윤기철과 정순미의 동향을 체크하라는 애매한 지시를 받았다."

그러고는 박도영이 이를 드러내고 웃었다.

"너하고 같이 간다."

‡

폴크스바겐 택시는 요란한 소음을 내며 고속도로를 달린다. 속도계를 보았더니 시속 150km가 넘었다가 내려갔다가 한다.

"지미 시발놈. 돈을 달라는 대로 주었더니 신바람을 내는구먼. 이거, 기를 죽일 수도 없고."

혼잣말로 투덜거린 임승근이 정순미 건너편의 윤기철을 보았다. 셋의 몸이 딱 붙어 남자 둘은 모로 앉은 모양새가 됐지만 둘 다 체격이 크다.

"야, 열차가 4시에 출발해서 6시에 지린에 도착. 거기까지는 괜찮은데 고속버스는 10시에 출발이다. 우리, 지린에서 하룻밤 쉴까?"

"아니, 그냥 가."

윤기철이 목소리를 낮추고 말했다.

"형이 분위기 부드럽게 하려고 농담해주는 건 고마운데 이거, 심각해. 형, 우린 잡히면 죽어."

정순미의 얼굴이 굳어졌다. 몸을 뒤로 딱 젖혀서 등받이에 기대 두 남자의 머리가 정순미의 가슴 앞쪽으로 모인 꼴이 됐다. 정순미의 가슴 앞에서 임승근이 이맛살을 찌푸렸다.

"시발놈. 그래도 나는 네가 부럽다."

"가능하면 빨리 국경을 넘어야 해."

"이 사실을 먼저 언론에 터뜨리면 어떨까? 국정원이 널 팔아먹었다는 사실을 말이다."

미리 생각하고 있었는지 임승근의 입에서 말이 술술 나왔다.

"지금이 어떤 세상이냐? 인권단체, 여야가 함께 나서서 떠들어댈 것 같은데, 국정원은 박살이 나고."

"안 돼."

윤기철이 한마디로 말을 잘랐다. 정순미는 가슴 안의 두 머리를 보면서 숨을 죽이고 있다. 눈을 치켜뜬 윤기철이 말을 이었다.

"나 살려고 한국 정부를 깨뜨릴 순 없어. 법을 어긴 건 나야."

"이런 병신."

"내가 국정원에서 수당까지 받았다고. 내가 이러면 안 되는 거였어."

그때 임승근이 힐끗 정순미를 보더니 상체를 세우고 문 쪽으로 비켜 앉았다. 머리를 든 윤기철이 정순미의 눈에 눈물이 가득 고인 것을 보았다. 다음 순간 두 줄기 눈물이 주르르 떨어졌다.

"미안."

몸을 세운 윤기철이 입맛을 다셨다.

"후회는 안 해. 이 말까지 들었어야 하는데 내가 좀 늦었군."

"인마, 농담 마."

이번에는 임승근이 정색하고 나무랐다.

‡

"그 연놈들은 이미 옌지를 빠져나간 지 오래야."

김태영이 눈을 가늘게 뜨고 앞에 선 오병환을 보았다.

"동무 생각은 놈들이 어디로 갔을 것 같나?"

"일단은 옌지에서 멀어지겠지요."

오병환이 바로 대답했다. 탈북자 체포조로 5년을 복무한 오병환
이다. 김태영의 경력이 2년쯤 더 됐지만 이제 알 건 다 안다. 오후
12시 50분, 둘은 옌지시 국제호텔 로비에서 마주 보고 서 있다. 오
병환이 말을 이었다.

"다롄이나 지린 쪽으로 빠져나갔을 가능성이 많습니다. 그쪽 교
통편이 많은 데다 한국 관광객 사이에 끼어들기가 쉬우니까요."

"그년을 수단 방법을 가리지 말고 잡으라는 지시다."

김태영의 이맛살이 버릇처럼 찌푸려졌다.

"지린, 다롄, 창춘까지 정보원을 풀어, 두 연놈의 인상착의를 보
내고 여관까지 다 수색하라고 전해."

"예, 사장님."

몸을 돌리는 오병환에게 김태영이 말을 이었다.

"평양에서 중국 공안에 두 연놈의 신상 내역을 통보해줬다는 거야. 공안이 잡으면 바로 연락이 되겠지만 우리도 서둘러야 돼."

임승근이 두 목소리를 들었다면 귀에 익다고 할 것이다. 바로 국제호텔 화장실에서 들은 목소리였기 때문이다. 김태영도 발을 뗐었다. 어젯밤부터 국제호텔에서 진을 치고 기다렸다가 허탕을 쳤다. 그래서 국제호텔을 본부로 삼고 시내를 수색했지만 10명 남짓한 병력으로는 역부족이었다. 그런데 이제 평양에서 공안에 협조 요청까지 한 데다 요원을 증강한다는 것이다. 해볼 만하다.

‡

지린역 근처의 식당 방 안에 둘러앉은 셋이 저녁을 먹는다. 오후 7시 10분, 둥근 식탁 위에는 요리가 여러 개 놓였지만 셋은 죽거리기만 한다. 특히 정순미의 얼굴은 상기됐고 지친 표정이다. 이윽고 젓가락을 내려놓은 임승근이 윤기철을 보았다.

"오늘 지린에서 쉬자."

"그래, 형."

윤기철이 순순히 대답하자 정순미가 둘을 번갈아 보았다.

"아뇨, 괜찮아요. 버스에 타기만 하면 되는걸요, 뭐."

"거기서 앓으면 빼도 박도 못한다고."

임승근이 자리에서 일어서며 말했다.

"내가 방 잡고 올 테니 여기서 좀 기다려."

정순미가 배탈기는 나았지만 몸에 열이 나고 기력이 떨어져 있었던 것이다. 임승근이 방을 나갔을 때 외면하고 있던 윤기철이 정순미에게 말했다.

"내가 어젯밤에 그랬기 때문이 아냐?"

그 순간 정순미의 얼굴이 빨개졌다. 외면하던 정순미가 머리를 내저었다.

"아니에요."

"미안해."

"그만해요."

"처음인지 몰랐어."

피 묻은 시트는 둘둘 뭉쳐서 구석에 박아놓고 호텔을 나온 것이다. 윤기철이 정순미를 지그시 보았다. 택시를 타고 둔화에서 내린 다음 열차로 지린까지 오는 동안 말할 여유가 없었기도 했다.

"난 좀 단순한 인간이야. 순미를 안고 싶었고, 그래서 때와 장소를 가리지 않았던 것 같아."

"그러지 마요."

정순미가 머리를 돌려 윤기철을 보았다. 물기에 젖은 두 눈이 번들거렸고 얼굴은 붉게 상기됐다. 그 순간 윤기철은 숨을 들이켰다. 욕정이 솟아올랐기 때문이다. 어젯밤 정순미를 안은 것은 부담감을 덜어주려는 의도가 많았다. 정순미가 대가를 주었다는 의식을 갖도록 시도했던 것이다. 그때 정순미가 말했다.

"그동안 계속 생각했어요."

윤기철이 숨을 죽였고 정순미는 말을 이었다.

"제가 그럴 가치가 있는 여자인가 하고요."

"……."

"제 목숨까지 구해주셨는데, 저 때문에 다 버리고 여기 오셨는데…."

마침내 정순미의 눈에서 눈물이 흘러내렸다. 손바닥으로 얼굴을 가린 정순미가 울음 섞인 목소리로 말했다.

"제 부담을 덜어주시려고 대가를 받는 듯이 어젯밤 그렇게 하신 것도 알아요."

"이런."

"하지만 전 행복했어요."

"그만."

자리에서 일어선 윤기철이 정순미에게 다가가 어깨를 감싸주었다. 엉거주춤한 자세였는데 정순미가 두 팔을 벌려 윤기철의 허리를 당겨 안았다. 윤기철이 정순미의 이마에 입술을 붙였다가 떼고는 갈라진 목소리로 말했다.

"내가 널 좋아해. 그래서 다 엎어놓고 온 거야. 이유는 그것뿐이라고. 내가 단순한 놈이라고 했잖아?"

‡

"셋을 둔화까지 태워다준 택시 운전사를 찾았습니다."

오병환이 휴대전화를 귀에 붙인 채 소리쳐 김태영에게 보고했다. 김태영의 사무실 안이다. 오병환이 말을 이었다.

"여자의 인상착의가 비슷합니다. 선글라스를 끼었지만 같다고 합니다."

"남자가 둘이야?"

자리에서 일어선 김태영이 오병환 옆으로 다가가 섰다. 오병환은 지금 정보원의 연락을 받고 있는 것이다.

"예, 그런데 남자 둘은 윤기철인지 확인할 수 없다는데요."

오병환이 잠깐 듣고 나서 다시 말했다.

"둔화역 근처에 내려준 때가 2시 반쯤 됐다고 합니다."

"……."

"돈 많은 한국 관광객 행세를 했다는 겁니다."

"역 근처라고 했지?"

김태영이 사무실 벽에 걸린 중국 지도를 보면서 물었다.

"둔화에서 열차를 타고 떠났군."

벽시계가 오후 7시를 가리킨다. 머리를 든 김태영이 말했다.

"둔화로 가자."

쫓는 것이다. 김태영의 경험에 의하면 중국 땅에서 흔적이 발견되면 결국은 잡힌다. 땅이 넓어서 숨을 곳이 많은 것 같지만 그 반대다. 울타리가 넓을 뿐이어서 시간 싸움이다.

려 명

　오전 9시 반, 상황실로 들어선 한정철의 기색이 흉흉했다. 사람마다 다르지만 한정철은 감정이 표정으로 드러나는 유형이다. 빈 상황실에 앉아 있던 박도영과 이인수는 한정철의 심기가 몹시 불편하다는 것을 대번에 알아차렸다. 항상 보디가드처럼 데리고 다니던 요원 둘도 떼어놓고 혼자다. 엉거주춤 일어서는 둘을 거들떠보지도 않고 털썩 앞쪽 소파에 앉은 한정철이 말했다.

　"거기 앉아."

　둘이 다시 앉았을 때 한정철이 외면한 채 말했다.

　"윤기철하고 정순미가 남자 하나하고 같이 있어. 셋이 움직인단 말이지."

　둘은 시선만 주었고 한정철의 말이 이어졌다.

"그 한 놈이 안내역인지 누구인지는 아직 확인이 안 됐어. 어제 셋이 택시로 2시 반쯤 둔화역 앞까지 갔다는 거야."

"……"

"거기서 열차를 탄 것 같아."

심호흡을 하고 난 한정철이 둘을 번갈아 보았다.

"당신들, 혹시, 그 한 명에 대해서 감이 잡히는 놈이 없나? 윤기철이 갑자기 중국에서 탈북자 안내역을 고용했을 리는 없고 말이야. 사전에 미리 계획을 짠 것 같다는 생각은 안 드나?"

"실장님, 아니, 특보님."

박도영이 한정철의 직함을 고쳐 불렀다. 헛기침을 하고 난 박도영이 한정철을 보았다. 한정철은 이른바 낙하산이다. 국정원 경력은 2년, 청와대 안보수석실에서 2년 반 근무했고, 그전에는 국방연구원에 3년, 그전에는 국회의원 보좌관으로 2년 일했다. 처음 시작은 대학교 전임강사였다. 전임강사 시절 TV에 평론가로 여러 번 출연했다가 출세가도에 오른 셈이다. 박도영은 국정원 경력이 21년, 당년 48세, 한정철이 한 살 아래지만 두 계단이 높다.

"특보님, 그 정보를 어디서 받으셨습니까? 먼저 그것부터 말씀해주셔야…"

"아니, 그건 알 필요가 없고."

말이 끝나기도 전에 한정철이 잘랐다. 얼굴을 굳힌 한정철이 박도영을 보았다.

"잘 알겠지만 실무팀에선 정치적인 상황을 모르는 게 나을 때가 많아. 이해하겠지?"

"아니, 실무에 도움이 되는 일은 알려주셔야 합니다."

어깨를 편 박도영이 한정철을 똑바로 보았다. 이제 각오를 한 태도다.

"그것이 최고 책임자의 지시입니까? 도대체 실무 책임자인 제 업무 한계는 어디까지입니까?"

"아니, 이 사람이."

눈을 치켜뜬 한정철의 얼굴이 하얗게 굳어졌다.

"누굴 끌고 들어가려는 거야? 당신은 내가 시키는 대로만 해! 월권하지 말고!"

한정철의 목소리가 높아졌다.

"책임은 내가 질 테니까 말이야!"

이 정도면 한정철의 배후가 얼마나 든든한지는 이인수도 알 수 있었다. 그러면 박도영이 손으로 못을 빼는 재주가 있다고 해도 안 된다. 어깨를 부풀렸다가 내린 박도영이 마침내 시선을 내렸다.

"알겠습니다. 조사해보겠습니다."

‡

"윈난雲南성에 볼 것이 많아."

차창 밖으로 스쳐가는 농경지를 보면서 임승근이 말했다.

"우리 회사 선배도 가족하고 다녀왔는데 괜찮다고 했어."

선양瀋陽을 떠난 직통특급열차는 베이징을 향해 달리고 있다. 선양에서 베이징까지는 9시간 반 걸린다. 윤기철이 머리를 돌려 창가에 앉은 정순미를 보았다. 정순미는 창밖으로 시선을 준 채 옆모습만 보인다. 둔화에서 지린, 창춘, 선양을 거쳐 베이징으로 향하는 중이다. 오전 11시 반, 어제 오후 4시부터 계속해서 열차를 타는 셈이었다. 갈아타느라고 지린에서 두 시간, 선양에서 세 시간을 기다렸지만 애초 계획했던 고속버스보다는 빨리 베이징에 도착할 예정이다. 셋이 마주 앉은 좌석 구도여서 임승근이 앞에 앉은 윤기철을 보았다.

"베이징에서 회사에다 연락을 해야겠다."

"왜?"

"내가 바빠서 여름휴가를 안 썼거든."

"그만 됐어."

금방 알아들은 윤기철이 정색하고 임승근을 보았다.

"베이징에서부터 내가 알아서 할 테니까 형은 돌아가. 휴대전화나 주고."

임승근의 휴대전화는 아직 넘겨받지 못했다. 그때 정순미가 머리를 돌려 임승근을 보았다. 그러나 시선이 마주치자 얼른 시선을 내렸다.

"닷새는 쓸 수 있어. 그 시간이면 윈난성에 갈 수 있겠지."

"됐다니까 그러네."

"내가 기사 때문에 그러는 거 아냐."

"알아, 형."

임승근의 얼굴이 이제는 굳어졌다.

"너, 지금 심각해. 알고 있지?"

다시 정순미가 시선을 주었으므로 임승근이 어깨를 늘어뜨리고는 외면했다. 그때 윤기철이 대답했다.

"안다고. 시발놈들이 우리를 다 버렸다는 걸 말이야."

윤기철이 번들거리는 눈으로 임승근을 보다가 외면했다. '우리'는 윤기철과 정순미를 나타냈지만 '다'라는 표현은 제각기라는 뜻도 된다. '제각기 다'가 맞다. 한국은 윤기철을, 북한은 정순미를 버렸다는 말이다. 윤기철은 문득 머리를 돌려 제 손을 보았다. 어느새 정순미가 자신의 손을 쥐었던 것이다. 윤기철도 정순미의 손을 깍지 껴 쥐면서 말을 이었다.

"형, 그러니까 형까지 피해 보는 건 싫어. 우리 둘이 저질렀으니까 우리 둘이 책임을 질게."

"좆 까고 있네, 시발놈."

어깨를 부풀렸다가 내린 임승근이 머리를 돌리면서 말했다.

"베이징에서 보자. 할 일이 많으니까."

‡

오후 1시 40분, 사무실 근처 순댓국 식당에서 늦은 점심을 먹던 박도영이 젓가락질을 멈췄다. 식당 안으로 이인수가 들어섰기 때문이다.

"왜?"

이인수는 먼저 점심을 먹었기 때문에 박도영이 그렇게 물었다. 앞쪽 자리에 앉은 이인수가 심호흡을 했으므로 박도영이 주위를

둘러보았다. 손님은 대학생으로 보이는 남녀 한 쌍뿐이다. 이인수
가 박도영을 보았다.

"임승근이라고, 윤기철의 고등학교 선배가 거기 있습니다."

숨을 들이켠 박도영에게 이인수가 말을 이었다.

"윤기철이 휴가 나왔을 때 자주 만나던 놈이죠. 혹시나 해서 체
크해보았더니 윤기철이 중국으로 떠난 다음 날 옌지로 갔습니다."

"……."

"옌지에 알아보니까 호텔에서 체크아웃을 했습니다. 윤기철하
고 놈이 같이 있는 겁니다."

"……."

"그런데 임승근이 '주간세상' 기자입니다."

눈을 치켜뜬 이인수가 박도영을 보았다. 박도영이 이인수의 시
선을 받았지만 눈동자의 초점이 멀다. 윤기철의 주변을 체크해온
것은 당연한 일이다. 이른바 '연락원' 업무를 시작했을 때부터 윤
기철은 보호감시 대상이었기 때문이다. 이윽고 박도영이 물었다.

"그 자료, 어디에 있지?"

"무슨 자료 말입니까?"

"임승근."

"파일에 있습니다만."

"시발."

불쑥 욕설을 뱉은 박도영이 시선을 내리고 먹다만 순대국밥을
내려다보았다. 이인수도 같이 그것을 본다.

‡

베이징까지 두 시간 남았다는 차내 안내방송이 끝났을 때는 오후 1시 반, 한국 시간으로는 2시 반이 되었을 때다.

"나, 화장실."

둘에게 말한 임승근이 자리에서 일어나 복도로 나왔다. 화장실에 들어가 소변을 보고 나왔을 때 주머니에 넣어둔 휴대전화가 진동을 했다. 꺼내 보았더니 모르는 전화번호다. 객실 밖 휴게실에서서 잠깐 망설이던 임승근이 휴대전화를 귀에 붙였다.

"여보세요."

"아, 주간세상의 임승근 기자시죠?"

차분한 사내 목소리, 임승근은 숨을 들이켰다. 기사 제보나 관공서에서 연락을 해왔을 수도 있다.

"네, 전데요."

"오해하지 마시고 들으세요."

난데없는 말에 임승근이 주위부터 둘러보았다. 이곳은 특실 휴게실이어서 뒤쪽에 중국인 남녀가 딱 붙어서서 소곤대고 있을 뿐이다. 임승근이 물었다.

"누구십니까?"

"예, 윤기철 씨 잘 아는 사람인데요."

심장이 덜컥 내려앉는 느낌이 든 임승근이 숨을 죽였을 때 사내가 말을 이었다.

"지금 윤기철 씨하고 같이 계시죠?"

"아니, 도대체."

그래놓고 임승근이 호흡을 가누었다. 상대는 국정원이다. 어설 픈 대처는 통하지 않는다. 기자 근성이 발동한 임승근이 어금니를 물었다가 풀었다.

"국정원이 하는 일이 고작 이따위인가요? 그래, 북한 시다바리 노릇이나 한다 이거죠? 윤기철이까지 다 넘기겠단 말이죠? 둘을 제물로 내놓고 남북 정상회담 할 겁니까?"

임승근이 쏟아 붓듯 말하는 동안 상대방은 참을성 있게 기다렸 다. 이윽고 임승근이 말을 끊었을 때 사내가 입을 열었다.

"임 기자님, 그 전화 사용하지 마시고 중국에서 휴대전화 하나 사세요. 그것이 낫습니다. 안 되면 공중전화를 하시고."

숨을 삼킨 임승근의 귀에 사내의 목소리가 이어졌다.

"다섯 시간 후에 이 전화로 연락하세요. 내가 누군지는 아직 밝 히지 못하지만 세 분을 도우려는 사람입니다."

그러고는 사내가 휴대전화 번호를 불러주었다. 임승근이 서둘러 번호를 손바닥에 적으면서 복불복이라고 생각했다. 우선 듣고 나 중에 판단하자. 전화기를 버리라고 한 것은 좀 믿을만하다.

‡

"한국에 가면 장학금을 준다면서요?"

정순미가 불쑥 물었으므로 윤기철의 심장이 뜨끔했다. 어디선가 들은 모양이다. 요즘은 한국 TV 드라마를 북한 가정에서 비디오로 보는 상황이다. 휴대전화는 또 어떻고?

"그럼."

임승근의 빈자리에 시선을 준 윤기철이 서둘러 말을 이었다.

"집도 줘, 임대주택이지만 그리고 취업도 시켜줄걸?"

"임대주택이라뇨?"

"말 그대로 임대해주는 거지, 하지만."

정순미의 시선을 받은 윤기철이 정색했다.

"그건 걱정을 안 해도 돼. 내가 있으니까."

"폐 끼치기 싫어요."

"나하고 사는 게 싫어?"

"아뇨, 그게 아니라….'

정순미의 얼굴이 빨개졌다.

"저도 일할 수 있다고요. 어떤 일이든."

"알았어."

윤기철이 정순미의 손을 쥐었다.

"그럼 나하고 같이 한국 가는 거지?"

잠깐 열차의 소음이 들렸다. 윤기철의 시선을 받은 정순미가 마침내 머리를 끄덕였다.

"갈 데도 없는걸요, 뭐."

"뭐, 그따위 말이 다 있냐?"

이맛살을 찌푸린 윤기철이 정순미의 손을 당겼다.

"갈 데 없으니까 할 수 없이 나하고 같이 간다는 거 아냐?"

"아니에요."

머리까지 내저은 정순미가 눈을 흘겼다.

"같이 간다고요, 괜히."

그때 임승근이 다가왔으므로 윤기철이 손을 놓았고 정순미는 조금 떨어져 앉았다. 그것을 본 임승근이 한마디할 만도 한데 잠자코 앞자리에 앉는다.

‡

건물 밖으로 나온 한정철이 주위를 두리번거리다 곧 발을 떼었다. 오후 5시 10분, 한정철이 사무실 건물에서 50m쯤 떨어진 유료 주차장 안으로 들어서자 검정색 밴이 라이트를 깜박였다. 입맛을 다신 한정철이 밴으로 다가갔을 때 곧 안에서 문이 열렸다. 안으로 들어선 한정철이 앉기도 전에 물었다.

"무슨 일이야?"

안에는 운전사까지 두 사내가 타고 있었는데 뒤쪽에 앉은 사내가 대답했다.

"보고드릴 것이 있습니다."

"글쎄, 상황실에서 말 못한다는 이야기가 뭐야?"

자리에 털썩 앉은 한정철이 사내를 보았다. 그때 사내가 작게 입맛을 다셨다. 한정철의 보좌 역할인 요원이다. 이윽고 그가 입을 열었다.

"옌지로 출국한 한국인 관광객을 체크했습니다. 어제 둔화역에서 셋이 발견된 시점에서 5일 전부터 출국자를 조사했더니….''

340

요원이 노트북의 키를 두드리자 모니터에 인물이 떴다. 바로 임승근이다.

"임승근, 윤기철의 고등학교 선배로 주간세상 기자입니다. 이놈이 윤기철이 출국한 다음 날 엔지로 갔습니다."

이제 한정철은 숨을 죽이고 임승근을 노려본다. 요원의 말이 차 안을 울렸다.

"호텔을 체크했더니 동양호텔 일반실에 투숙했다가 특실로 옮겼습니다. 그러고 나서 다음 날 체크아웃을 하고 셋이 둔화로 간 것 같습니다."

"그, 그렇구먼…."

한정철의 시선을 받은 요원이 얼굴을 일그러뜨리며 웃었다.

"예, 특실은 방이 두 개로 셋이 충분히 잡니다."

팔짱을 낀 한정철이 화면에 떠 있는 임승근을 노려보았다. 정치적인 감각이 뛰어날지는 몰라도 한정철의 상황 처리 능력은 지금 본색을 드러내고 있다. 머리가 혼란스러울 뿐이다. 그때 요원이 한숨을 내쉬더니 한정철을 보았다.

"특보님, 그것보다도."

"……."

"제가 특보님을 이곳에서 뵙자고 한 이유가 있습니다."

"아."

정신이 든 한정철이 입을 쩍 벌렸다. 아, 뒤에 '참'을 하려다가 겨우 참았다. 요원이 차분해진 얼굴로 말을 이었다.

"임승근은 윤기철과 이번 일을 사전에 모의했을 가능성이 충분

합니다. 관리팀이 먼저 파악해서 보고해야 정상이죠."

요원의 얼굴에 쓴웃음이 번졌다.

"관리팀이 윤기철의 보호감시를 안했을 리가 없거든요."

한정철이 바보처럼 눈만 깜박였고 그것을 본 요원이 외면한 채
말했다.

"그래서 제가 윤기철 보호감시 보고서를 체크했지요."

"……."

"그랬더니 윤기철은 서울에 나올 때마다 임승근을 만났습니다."

"……."

"윤기철이 옌지로 출국하기 전에도 말입니다."

"그렇다면 둘이 미리 계획을…."

이제는 요원이 시선만 주었고 한정철이 혼잣말을 잇는다.

"이것들이 치밀하게 계획을 짰군. 이건 기획탈북이야. 셋이 팀
을 만들어서…."

"특보님."

다시 요원이 불렀으므로 한정철이 시선을 주었다. 자꾸 부르니
까 짜증이 난 표정이다. 그때 요원이 가라앉은 목소리로 물었다.

"관리팀은 저보다 먼저 임승근을 파악해야 정상 아닙니까?"

그 순간 한정철이 숨을 들이켰다. 두 눈이 치켜떠졌고 눈동자의
초점이 멀어졌다. 이제야 상황의 심각성을 깨달은 것이다. 비로소
한정철은 요원이 상황실을 놔두고 밖에서 자신을 불러낸 이유를
알았다. 정치적 감각은 특출한 한정철이다, 그런데 지금은 전쟁에
갓 나온 신병처럼 허둥대기만 한다.

‡

　오후 4시 반, 방으로 들어선 임승근이 가방을 윤기철 앞에 내려 놓았다. 묵직하게 보이는 헝겊 가방이다.

　"15만 원이다."

　원으로 발음했지만 위안이다. 한국 돈으로는 3000만 원 가까이 된다. 임승근이 은행에 가서 찾아온 것이다. 대신 윤기철은 4700만 원이 입금된 제 통장 계좌번호와 비밀번호를 임승근에게 적어 주었다. 이곳은 베이징 역에서 500m정도 떨어진 한국인이 운영하는 민박집이다. 근처에 배낭여행자를 위한 민박집이 많았는데 옆방에도 한 무리의 한국 남녀가 모여들어 떠들썩했다.

　"여기서 윈난성으로 가는 애들을 찾아서 끼어드는 거야."

　벽에 등을 붙이고 앉은 임승근이 정순미와 윤기철을 번갈아 보았다.

　"윈난성에 가면 태국이나 라오스로 안내하는 탈북자 안내원을 만날 수 있겠지."

　"잠깐만, 형."

　자리에서 일어선 윤기철이 임승근에게 말했다.

　"나하고 이야기 좀 해."

　"그러지."

　따라 일어선 임승근이 침대 끝에 앉아 있는 정순미에게 가방을 눈으로 가리켜 보았다.

　"제수씨, 돈 가방 잘 챙기쇼. 그걸로 빠져나가냐 할 테니까."

방은 4인실이어서 2층 침대가 양쪽 벽에 붙은 구조였는데 셋은 4인실을 쓰기로 하고 이틀치 숙박비를 냈다. 배낭여행자가 드나드는 곳이어서 여권 보자고도 안 한다. 그래서 숙박부에 가명으로 한국 이름을 썼다. 복도 끝으로 다가간 둘은 2층 난간에 기대서서 앞쪽 건물을 보았다. 사방이 건물로 딱 막혀 있었고 소음이 심하다. 한국어, 영어, 일본어까지 들린다. 윤기철이 주위를 두리번거리는 임승근에게 말했다.

"내 생각에는 전화를 한 사람이 국정원 요원 같아."

"누구?"

담배를 빼 물면서 임승근이 물었다. 중국산 담배다.

"국정원 요원이? 그럼 국가를 배신한 꼴이 되게?"

"그게 아니지, 나름대로 생각이 다를 뿐이지 국가를 배신했다고는…."

"야, 꿈꾸지 마라."

담배 연기를 앞쪽에 대고 길게 뿜은 임승근이 주위를 둘러보았다. 바로 앞쪽 베란다에서 여자 하나가 이쪽을 빤히 보다가 돌아갔다. 직선거리로 5m도 되지 않아서 말도 들린다. 둘의 바로 밑에는 사람 셋이 나란히 다닐 수 있을 만한 골목이다. 임승근이 옆집 창문을 힐끗거리면서 말을 이었다.

"내가 발각되리라고 예상은 했어. 그 새끼들이 네가 서울 나오면 누구 만나는 거 체크 안 했겠냐?"

"형, 그 전화번호 이리 줘."

윤기철이 손을 내밀자 임승근은 담배를 골목으로 떨어뜨리고는 이맛살을 찌푸렸다.

"왜?"

"전화해보게."

"뭣 때문에?"

"글쎄, 누구인지는 알아야겠어."

"인마, 나 대포폰 안 샀어."

"공중전화 부스에서 할 테니까."

아직도 윤기철이 손을 내밀고 있었으므로 임승근이 입맛을 다
셨다.

‡

"여권 체크를 하지 않는 민박집을 중점적으로 수색해."

식당 앞에 선 김태영이 둘러선 부하들에게 말했다.

"자, 시작해라."

부하들이 일제히 몸을 돌렸는데 모두 배낭여행자 차림이다. 목
에 카메라를 걸었고 후줄근한 등산복 차림이다. 모자를 썼다. 오후
5시 20분, 김태영은 베이징역 건너편 식당 앞에 서 있다. 지린에서
비행기로 베이징에 온 것이다.

"아직까지 임승근 여권을 쓰고 있다면 중국 땅 어느 곳에 있든
잡힐 텐데요."

오병환이 다가서서 말했으므로 김태영은 쓴웃음을 지었다.

"그러기를 기다리고 있을 수만은 없지."

셋이 둔화역에서 열차를 탔다면 종착역은 베이징이다. 베이징에서 다시 출발하는 것이다. 그것이 정상이다. 베이징에서는 사통팔달, 어느 곳으로건 가장 빠른 코스를 택할 수가 있기 때문이다. 오병환이 휴대전화로 보고를 받더니 김태영에게 중계했다.

"사장님, 아래쪽 민박 지역에 2개조가 투입되었습니다."

"그놈들도 도착한 지 얼마 되지 않았을 거야, 우리가 비행기 타고 오는 바람에 열 몇 시간을 번 셈이다."

발을 떼면서 김태영이 말을 이었다.

"셋이 같이 다니니까 찾기 쉬울 거다. 남자 둘, 여자 하나."

"남조선에서 협조를 잘해주는군요."

옆에 붙어 선 오병환이 말을 이었다.

"임승근이란 놈이 기자라면 탈북 취재하는 것 아니겠습니까?"

"윤기철이 학교 선배라는 거다. 서울에서부터 같이 계획을 세웠는지도 모른다고 하는군."

"개새끼들입니다."

둘은 아래쪽 민박 지역을 향해 걷고 있었는데 주변에 벌써 등산복 차림의 여행자들이 늘기 시작했다. 주위를 둘러본 김태영이 혼잣말을 했다.

"한국놈들은 다 윤기철이나 임승근처럼 보이는군."

‡

공중전화 부스에 선 윤기철이 부스 밖을 지나는 두 사내를 보았다. 부스를 가로막듯이 선 서양인 배낭족 서너 명 때문에 두 사내는 이쪽을 보지 못했다. 둘은 한눈에 봐도 한국 여행자들이다. 고급스러운 배낭을 맸고 금방 산 것 같은 등산복을 입었는데 둘이 똑같은 선글라스를 끼었다. 그것이 마치 배우가 분장을 성의 없이 한 것처럼 보였으므로 몇 초쯤 더 뒷모습을 보았다. 그러고서 전화기의 버튼을 눌렀다. 신호음이 세 번 울리고 나서 전화를 받는다.

"여보세요."

그 순간 윤기철은 숨을 들이켰다. 박도영이다. 부풀렸던 어깨를 내린 윤기철이 말했다.

"접니다. 전화하라고 했다면서요?"

"아."

짧은 탄성이 울리더니 박도영이 서두르듯 말을 이었다.

"지금 셋이 같이 있으면 흩어져요. 셋이 모두 수배 상태가 돼 있습니다."

윤기철은 어금니만 물었고 박도영의 말이 이어졌다.

"나도 이거, 위험한데 앞으로 전화 못합니다. 내가 마지막으로 조언을 하겠는데, 듣습니까?"

"네, 듣고 있어요."

"라오스로 들어가서 태국으로 나와요. 그 루트가 요즘은 낫습니다."

"……."

"듣고 있어요?"

"네."

"미안합니다."

"왜요?"

윤기철이 물었더니 박도영의 입맛 다시는 소리가 났다.

"도와주지 못해서요."

그러고는 둘이 입을 다물고 있다가 마음이 급한 윤기철이 먼저 인사를 했다.

"그럼, 끊을게요."

‡

민박 지역 입구로 들어섰던 오병환이 주머니에서 휴대전화를 꺼내 귀에 붙였다. 그러고는 몇 번 대답을 하더니 머리를 돌려 김태영을 보았다.

"놈들이 이 근처에 있습니다."

하얗게 굳은 얼굴로 오병환이 말을 이었다.

"좌표가 이곳입니다. 이곳에서 서울로 통화를 했습니다."

김태영의 두 눈에 생기가 돌았다.

‡

골목으로 들어서던 윤기철이 주춤 걸음을 멈추고는 사람들 사이로 앞쪽을 보았다. 오후 5시 45분, 아직 해는 지지 않았지만 슬

슬 여행자들이 숙소로 모이는 시간이어서 골목에도 오가는 행인이 많다. 골목 좌우에 각각 민박집이 마주 보는 위치에 세워졌고 더 안쪽으로 들어가면 윤기철의 숙소다.

그런데 좌우 민박집 앞에 서 있는 두 사내가 이상하게 보였다. 둘 다 등산복 차림의 여행자 행색인데 뭔가 어색하다. 마치 논의 벼 사이에 솟아난 잡초 같다. 둘을 스치고 지나는 행인들은 눈치채지 못한 것 같다.

내가 너무 예민해진 것이 아닌가? 하는 생각도 들었으므로 윤기철은 그냥 가기로 했다. 돌아가기에는 너무 가까운 거리였다. 거리가 10m 정도에서 7m, 5m로 가까워졌을 때 왼쪽 사내가 힐끗 이쪽을 보았다. 그러나 시선이 스치고 지나간다. 윤기철은 선글라스를 끼고 있는 데다 모자까지 눌러쓴 차림이다. 윤기철은 곧 둘을 지나면서 옆쪽 민박집을 보았다. 사내 둘이 현관 앞에서 여행자 하나의 신분증을 보고 있다. 놈들이다. 저절로 숨이 들이켜졌고 행인이 옆을 지나다가 옷만 건드렸는데도 온몸에서 소름이 돋아났다. 다행히 골목 안은 오가는 행인이 많다. 오른쪽으로 꺾어 발걸음을 옮긴 윤기철이 숙소의 현관 안으로 들어서자 계단을 뛰어올랐다. 계단을 내려오던 여자와 부딪쳤지만 사과할 정신이 없다.

‡

“나와!”

문을 연 윤기철이 낮게 소리치자 방 안에 있던 임승근과 정순미가 화들짝 놀랐다. 침대 끝에 앉아 있던 정순미는 벌떡 일어섰고 배낭을 정리하던 임승근이 눈을 치켜떴다.

"놈들이 민박집을 수색해! 바로 옆집에 왔어!"

배낭을 집어 든 윤기철이 정순미의 팔을 잡았다.

"빨리 배낭을!"

그때 임승근이 문을 열고 밖으로 뛰어나갔다. 정순미가 배낭을 다 꾸렸을 때는 20초도 지나지 않았다. 그때 임승근이 뛰어들어왔다. 얼굴이 굳어져 있다.

"놈들이 왔다! 2층 베란다에서 뛰어내려야 돼!"

2층 베란다 밑은 골목인 것이다. 민박집 입구는 골목 오른쪽이어서 보이지 않는다. 셋은 복도를 나왔다. 복도를 오가던 투숙객들이 셋을 힐끗거렸지만 대부분이 한국인 여행자다. 뛰어가는 셋을 바라보기만 할 뿐이다. 2층 복도 끝 베란다로 나온 셋은 먼저 아래를 내려다보았다. 행인들이 오가는 골목은 활기에 차 있었다. 그것을 본 윤기철의 가슴이 미어졌다. 옆에 선 정순미의 하얗게 굳은 모습과 대조됐기 때문이다.

"자, 내가 먼저 뛸게, 이렇게."

임승근이 베란다 난간을 잡고 몸을 돌리면서 말했다.

"서둘러, 날 따라 해요, 제수씨."

임승근의 운동신경은 뛰어났다. 임승근이 곧 난간 끝을 쥐더니 몸을 허공에 띄웠다. 그러자 땅바닥과의 거리가 2m쯤으로 좁혀졌다. 그 순간 임승근이 손을 놓았다. 발이 땅에 닿는 순간 몸을 틀면서 손바닥으로 땅을 짚는 낙법 자세를 취하며 임승근이 곧 일어섰다. 지나던 행인이 놀라 멈춰 섰다가 다시 발을 떼었고 서너 명은 멈춰 서서 2층을 본다. 그때 윤기철이 정순미의 팔을 잡았다.

"자, 어서."

정순미가 난간을 움켜쥐었을 때 윤기철이 몸을 안아 밖으로 내놓았다. 정순미의 손이 떨린다.

"내가 받을게 걱정 말고!"

밑에서 임승근이 다급하게 소리쳤다. 그때 정순미가 난간 끝을 잡더니 다리를 떨어뜨리더니 다음 순간 밑으로 떨어졌다.

"아앗!"

놀란 윤기철이 낮게 소리쳤을 때 뒤쪽에서 외치는 소리가 들렸다. 한국말이다.

"저기 있다!"

머리를 돌린 윤기철은 복도로 달려오는 두 사내를 보았다. 다음 순간 윤기철은 난간 밖으로 몸을 내놓고는 4m 높이의 2층에서 뛰어내렸다. 떨어지면서 앞쪽 건물의 벽을 발로 차고 그 반동으로 다시 이쪽 여관의 벽을 손바닥으로 치면서 비스듬히 떨어졌지만 낙법 자세로 땅바닥을 치고 일어섰다.

"와아!"

구경꾼 중 남자 두어 명이 놀라워하며 탄성을 뱉었을 때 위쪽 베란다에서 두 사내가 소리쳤다.

"저놈들 잡아라!"

윤기철은 10m쯤 앞에서 뛰어가는 임승근과 정순미를 보았다. 둘 다 이쪽을 힐끗거렸는데 정순미가 다리를 절름거린다.

"저놈들 잡아라!"

다시 두 놈이 악을 썼고 윤기철은 곧 임승근과 정순미를 따라 잡았다.

‡

그러나 큰길로 나왔을 때 윤기철은 가슴이 내려앉았다. 뒤에서 사내들이 달려왔기 때문이다. 큰길에는 행인이 많다. 저녁 무렵이 어서 여행자들이 모두 돌아오는 중이다. 셋은 사람들을 헤치며 달 렸지만 정순미가 다리를 절었다. 뛰어내리면서 다친 것 같다. 이제 뒤를 쫓는 사내들은 소리도 지르지 않았다. 잡을 자신이 있기 때 문일 것이다.

"시발!"

마침내 윤기철이 악을 쓰듯 말했다. 뒤쪽과 거리가 10m쯤으로 좁혀졌을 때다.

"내가 막을 테니까! 형! 순미 좀 부탁해!"

버럭 소리친 윤기철이 몸을 돌렸을 때다.

"안돼요! 나도 같이 있을 테야!"

정순미의 날카로운 외침이 거리를 울렸다.

"가! 어서!"

눈을 치켜뜬 윤기철이 이제는 사내들을 향해 돌진했다. 배낭을 메고 있었지만 무서운 기세다. 사내들은 여섯, 예상하지 못한 윤기 철의 반격에 사내들이 주춤했고 그 순간 윤기철의 주먹이 날아갔다. 앞장선 사내의 얼굴을 치고 두 번째 사내의 사타구니를 발끝으로 차 올렸을 때 옆에서 외치는 소리가 났다.

"시발! 같이 죽자! 순미더러 도망치라고 했어!"

임승근이다. 둘이 여섯을 상대로 치고받는 바람에 거리는 난장판이 되었다. 2분쯤 지났을 때 사내 셋이 쓰러졌고 셋이 남았다. 윤기철은 입술이 터졌고 임승근은 옷소매 한쪽이 떨어졌다.

"형! 순미한테 가!"

셋을 향해 돌진하면서 윤기철이 악을 썼다. 정순미가 걱정이 됐기 때문이다. 구경꾼들에게 둘러싸인 채 둘은 거리 한복판에서 날뛰었다. 갑자기 사내들이 주춤했다. 구경꾼들을 헤치고 공안들이 달려들었기 때문이다.

"뛰자!"

임승근이 소리치며 반대쪽으로 뛰었고 윤기철이 뒤를 따른다. 사내들이 앞을 가로막는 것 같더니 공안의 외침 소리에 옆으로 흩어졌다. 윤기철은 정신없이 달리면서 소리쳤다.

"순미야!"

갑자기 눈물이 쏟아졌지만 윤기철이 다시 소리쳤다.

"순미야! 어디 있냐!"

‡

"끌려갔어요."

큰길가의 한국인 전용 민박집 주인 김숙자 씨가 말했다.

"도대체 무슨 일이래요? 아가씨가 울면서 끌려갔는데 못 보겠더라고요."

"제가 일행입니다. 관광객인데요."

이를 악문 윤기철이 전화기를 고쳐 쥐었다. 오후 7시 10분, 윤기철은 현장에서 세 구간 떨어진 골목의 공중전화 부스에서 전화를 한다. 옆에 선 임승근이 초조한 표정으로 주위를 두리번거렸지만 골목 안은 인기척이 없다.

"어디로 끌려갔는지는 모르세요?"

"그건 모르죠."

김숙자 씨가 혀를 찼다.

"남자들이 무지막지하더라고요. 말 한마디 없이 서넛이 여자를 떠메고 가는데 누가 말릴 엄두도 내지 못했어요."

"……."

"그, 싸우던 남자들, 그 사람들하고도 일행이세요? 아니면…."

김숙자 씨가 관심을 보였으므로 윤기철이 어깨를 늘어뜨렸다.

"감사합니다. 그럼 이만…."

전화기를 내려놓은 윤기철이 부스를 나오자 임승근이 눈으로 물었다.

"데려갔어."

외면한 채 윤기철이 말하자 임승근도 외면했다. 지금까지 근처 민박집, 식당 여섯 곳에 전화를 했고 세 집에서 정순미를 데려가는 것을 보았다고 했다. 원체 소란이 컸기 때문에 다 나와서 구경한 모양이다.

"아, 시발, 뭐, 이런 개 같은 경우가 있어?"

윤기철이 불쑥 말하는 바람에 임승근이 머리를 들었다. 어둠 속에서 윤기철의 두 눈이 번들거린다.

"이거, 누구한테 분을 풀어야지? 응?"

임승근은 눈만 깜박였고 윤기철의 목소리가 골목 안에 퍼졌다.

"형, 우리 꼴 좀 봐."

임승근이 저도 모르게 제 몸을, 그리고 윤기철의 행색을 보았다. 영락없는 떠돌이 거지다. 머리를 든 임승근이 윤기철을 보았다. 눈동자의 초점이 점점 뚜렷해졌다.

‡

"어, 무슨 일이냐?"

박동식이 무뚝뚝한 목소리로 물었다. 밤 10시 반, 보통 사람들은 이 시간에 전화를 받으면 놀라지만, 박동식 같은 부류는 활기를 띤다. 대부분이 사건이기 때문이다. 지금 박동식의 분위기가 그렇다. 무뚝뚝한 목소리는 천성이고.

"부장님, 저, 중국에 있습니다."

임승근이 말하자 박동식이 잘랐다.

"자, 서론 빼고 본론."

박동식은 주간세상의 모母회사인 세상일보 사회부장이다. 임승근이 처음 세상일보에 입사했을 때 정치부 고참으로 있으면서 철저하게 교육을 시킨 바 있다. 그때 임승근이 말했다.

"제가 쓰려던 기사를 부장님이 맡으시죠. 제가 사건 속에 휩쓸린 바람에 등장인물이 돼버렸습니다."

"뭔 소리여?"

박동식이 휴대전화를 고쳐 쥐었다. 감感을 느낀 것이다.

‡

심호흡을 한 윤기철이 송수화기를 귀에 붙였다. 이건 공중전화 부스의 전화기다.

"간단하게 말하겠는데."

윤기철이 소리치듯 말을 이었다.

"이 개새끼야, 국민 팔아서 잘 먹고 잘 살아라 시발놈아."

"아니, 윤형."

수화구에서 박도영의 목소리가 울렸다.

"무슨 일이요?"

"네가 몰라서 물어? 더러운 놈아."

"아니, 도대체, 왜 그러는 거요?"

"이번 통화도 추적하겠지? 네놈하고 통화하고 나서 바로 놈들이 덮쳐왔어! 정순미가 끌려갔다! 이제 시원하냐!"

"……."

"난 못 잡았어, 힘들 거다."

"윤형, 그러면…."

"그놈들이 정순미를 데려갔어! 너하고 통화 끝나자마자! 이 시발놈아!"

그러고는 윤기철이 잇새로 말했다.

"난 내 나라한테 배신당했어."

전화기를 내려놓은 윤기철이 길가에 대기시킨 택시에 올랐다. 추적하기 힘들 것이다.

‡

오전 9시 반, 국정원 대변인 김현이 전화를 받는다. 상대는 세상일보 사회부장 박동식, 안면이 있는 사이다.

"아니, 웬일이십니까? 아침부터?"

나이는 김현이 다섯 살 위인 마흔아홉이지만 기자는 대통령과 맞먹는다는 긍지를 가졌다. 말 놓았다가 경을 칠 수가 있다. 그때 박동식이 바쁜 듯 말했다.

"확인차 전화드립니다. 개성공단 용성 현지법인 과장 윤기철이 국정원 연락원 임무를 수행하다가 북한 측 연락원인 정순미의 탈북을 도우려고 지금 중국에 있습니다. 맞죠?"

"예에?"

"바쁘니까 확인은 나중에 하시고, 그러다가 국정원 측이 북한 측에 윤기철과 정순미의 중국 내 위치를 통보, 체포하도록 협조했습니다."

"에?"

"이 통화가 녹음되고 있을 테니 확인바랍니다."

"아니, 잠깐만, 도무지…."

"국정원의 윤기철 담당은 박도영, 이인수, 사무실은 소공동 5층 건물입니다. 그 건물은 우리 사진팀이 이미 찍으러 갔고, 에, 또…."

"아니, 박 부장님."

"이건 북한과의 비선을 지킨답시고 국민을 제물로 바친 경우가 되겠습니다. 현지에서 계속 생생한 증거 자료가 넘어오니까 내일 조간에 기획기사 1탄이 나갈 겁니다."

"난 전혀 모르는 일입니다."

정신을 차린 김현은 이놈들이 술수를 부린다는 생각이 들었다. 김현의 목소리가 강경해졌다.

"어설픈 루머로 국가 정보기관이 조금이라도 피해를 본다면 강력한 법적 제재 수단을 강구할 것입니다."

"사건에 휩쓸린 우리 기자하고 윤기철이 국가인권위원회, 여야 정치권, 청와대에도 상황을 알릴 겁니다. 물론 우리 세상일보에서 터뜨리고 난 후 말이죠."

통화가 끊겼으므로 김현은 아연했다가 정신을 차렸다. 우선 이 내용을 확인해야만 한다.

‡

"도청한 거야."

그 시간에 박도영이 이인수에게 말했다. 소공동 상황실 근처의 커피숍 안이다. 상황실에는 한정철의 부하 둘이 지켰지만 개점휴업 상태나 같다. 눈을 치켜뜬 박도영이 이인수를 보았다.

"내가 임승근한테 전화한 것부터 체크당한 거라고."

"그렇다면."

쓴웃음을 지은 이인수가 커피잔을 들었다가 놓았다.

"윤기철의 보호감시 파일을 보고 임승근을 알아낸 것이군요."

"그래, 그래서 임승근에 대한 보고를 하지 않는 우리를 의심하고 도청을 붙인 거다."

"과연 정보요원답습니다."

"한정철이 데려온 애들이 전문가야. 한정철 병신만 빼고."

심호흡을 한 박도영이 충혈된 눈으로 이인수를 보았다.

"난 끝났지만, 윤기철한테 미안하다."

"그건 동생동사同生同死죠. 저도 무사할 수 있겠습니까? 저는 끌려간 정순미가 안됐습니다."

"윤기철한테 실컷 욕을 얻어먹은 것이 그래도 낫네."

그때 탁자 위에 놓인 박도영의 휴대전화가 진동을 했다. 발신 번호를 본 박도영이 입맛을 다시고는 휴대전화를 귀에 붙였다. 상황실 요원이다.

"여보세요."

박도영이 응답하자 요원이 다급하게 말했다.

"이거 무슨 일입니까? 기자 놈들이 와서 사무실 건물하고 복도까지 찍는데요. 들어오려고 해서 막았는데…."

숨을 죽인 박도영의 귀에 요원의 당황한 목소리가 이어졌다.

"본부에 보고는 했는데, 세상일보 기자증은 봤습니다!"

‡

오전 10시 40분, 국정원장 조국진이 청와대 안보수석 윤정기의
전화를 받는다.

"예, 수석님."

윤정기가 62세로 육사 2년 선배이고 둘 다 참모총장을 거쳤다.
그러나 윤정기는 국방연구원에 있다가 안보수석이 됐고, 조국진
은 여당 비례대표 국회의원 2년 후에 국정원장으로 입각했다. 둘
다 대북 강경파로 분류되지만 조국진이 정치물을 좀 먹어서 융통
성이 있다고 알려졌다. 그러나 둘이 친하다는 소문은 없다. 조국진
은 윤정기의 전화를 받으면서 긴장한다. 윤정기는 만날 대통령을
만나는 인간이다. 옛날에는 대통령 관사 똥 푸는 놈이 장관보다
위세를 더 부린다고 했다. 그때 윤정기가 말했다.

"무슨 일을 그렇게 합니까?"

"예?"

숨을 들이켠 조국진의 머릿속에 오만가지 생각이 KTX 차창 밖
풍경처럼 달려 지나갔다. 그러나 조국진 또한 대장 출신 군인이다.
심호흡을 한 조국진이 배에 힘을 주고 물었다.

"무슨 말씀입니까?"

"내가 방금 세상일보 편집국장한테서 연락을 받았습니다."

윤정기가 별 셋짜리 군단장이었을 때 조국진은 휘하 사단장이

었다. 그때가 떠오른 조국진의 귀에 윤정기의 말이 이어졌다.

"우리가 언제부터 북한 앞잡이 노릇을 하게 되었습니까? 더구나 국정원이 말이요."

‡

일간지 편집국장쯤 되면 보통 사람들보다 발이 넓을 수밖에 없다. 지금 임승근과 윤기철은 베이징 시내의 아파트에 들어앉아 있었는데 방 3개에 각각 욕실이 딸린 데다 응접실이 두 개나 되는 100평형이었다. 이곳은 한국 대동자동차 현지법인의 중역용 빌라다. 본사의 중역들이 출장 왔을 때 머무르는 숙소인 것이다. 세상일보 편집국장 박동식이 대동자동차 현지법인 사장한테 직접 연락해서 이제 둘의 숙소가 됐다. 한국 국정원이라면 모를까 북한 탈북자 체포조는 하늘이 두 쪽 나도 찾을 수 없는 곳이다.

"2차 원고 보냈다."

어깨를 늘어뜨리며 응접실로 나온 임승근이 소파에 털썩 앉으며 말했다. 지친 표정이다.

"편집국장은 나한테 그만 들어오라는데."

윤기철은 외면한 채 대답하지 않았다. 담배를 빼어 문 임승근이 벽시계를 보았다. 오후 6시 반이다. 정순미가 끌려간 지 만 하루가 지났다.

"내일 신문에 기사가 나갈지 어떨지는 아직 모르겠어."

담배 연기를 길게 내뿜은 임승근이 쓴웃음을 지었다.

"기사가 나가면 국정원은 박살이 날 테니까, 그러면…."

정권이 타격을 받는 것이다. 지금 사건을 위임받은 세상일보는 정보 자료를 잔뜩 움켜쥐고 정부와 거래를 한다. 아직 인권위원회나 정치권에는 정보를 주지 않았다. 정부 측에서 강력하게 만류했기 때문이다.

"난 남을 거야."

이윽고 윤기철이 갈라진 목소리로 말했다.

"그 좆같은 나라에는 안 가."

그러자 임승근이 길게 숨을 내뱉었다.

"내가 그 이야기도 했다."

‡

"도대체 어떻게 된 거야?"

김태영이 버럭 소리쳤지만 오병환은 외면한 채 대답하지 않았다. 톈진天津의 민가 안이다. 바닷가여서 바람결에 물비린내가 맡아졌다. 마당 끝에 선 김태영이 담배를 꺼내 물고 라이터를 일곱 번이나 켜고 나서 겨우 불을 붙였다. 진정하려고 담배를 물었다가 더 열이 오른 셈이 되었다.

오전 11시 반, 톈진에 도착한 지 하루하고 반나절이 더 지났다. 그런데 어제 오후부터 상부 지시가 뚝 끊긴 것이다. 정확히 말하면 오후 3시에 내일 톈진항에서 출항 예정인 화물선 청진호를 타라는 지시까지 받았다가 그 30분 후에 '보류'된 것이다. 그리고는 지금까지 본부에서 연락이 없다. 마지막 명령이 '보류'하고 '대기' 하라는 것이었으므로 기다리는 수밖에 없다. 담배 연기를 한숨과 함께 뱉은 김태영이 혼잣소리를 했다.

"데려갈 필요 없이 여기서 묻어버리라는 거 아냐?"

오병환은 이번에도 대답하지 않고 건물 쪽을 힐끗 보았다. 건물 지하실에는 정순미가 갇혀 있는데 만 이틀이 지났지만 음식을 먹지 않는다. 다리뼈에 금이 가서 우선 임시로 판자를 묶어 고정했다. 그러나 병원에 데려갈 생각은 아무도 하지 않았다. 곧 죽을 목숨인 것이다. 그때 건물에서 사내 하나가 서둘러 나왔다. 손에 무선전화기를 쥐고 있었으므로 둘은 긴장했다. 연락용 무선전화기다.

"참모장 동지입니다."

"뭐?"

놀란 김태영이 손에 든 담배를 내던지고 전화기를 받았다. 8군단 참모장 최기태는 탈북자 체포조의 최고 사령관이다. 김태영은 연초 한 번 인사를 했을 뿐 전화 통화도 한 적이 없다. 전화기를 귀에 붙인 김태영이 부동자세로 섰다.

"예, 참모장 동지."

"김태영 동무인가?"

걸걸한 목소리가 귀를 때렸다.

"예, 참모장 동지."

"정순미를 풀어줘."

"예?"

"정순미를 호텔 방까지 데려다 놓고 돌아오란 말이야!"

최기태가 꾸짖듯이 소리쳤다.

"뭐해! 서둘러!"

‡

로비 앞쪽이 탁 트여서 주변 경관이 거침없이 펼쳐졌다. 절경이다. 오후 3시 무렵, 오늘은 일찍 돌아온 김유림이 로비 끝 쪽 의자에 앉았다가 깜박 잠이 들었다. 이곳은 윈난성 다리大理 교외의 민박집 안이다. 다리는 동양의 스위스라고 불릴 만큼 아름다운 산악도시인데 해발 1900m의 고지대여서 기온도 알맞다.

파스텔 톤 얇은 코트가 잘 어울리는 김유림은 한눈에 봐도 미인이다. 키가 170cm쯤 되고 시원시원한 이목구비에 적당한 길이의 생머리가 매력적이다. 드라마 작가인 김유림은 얼마 전 20부작 미니시리즈를 털고 이곳에 왔다. 김유림의 귀에 꿈속처럼 여자 목소리가 들렸다.

"금방 올라가신 분, 오빠하고 친하다면서 숙박비 깎아달라는데요?"

주인 여자다. 김유림과 비슷한 20대 후반으로 보이는 주인여자는 맑고 밝은 인상이다. 웃음 띤 얼굴이 더 아름다운 얼굴, 그때 주인 남자가 대답했다.

"응. 깎아줘."

큰 키에 굵은 선의 용모, 눈빛이 깊은 호남형이다. 김유림은 남자를 본 후에야 이 부부를 시기하는 마음이 들었다. 저 젊은 한국인 부부가 어떻게 이곳 윈난성 다리까지 와서 민박집을 차리게 됐을까? 김유림이 다시 까무룩 잠에 빠져들 무렵 뒤쪽에서 여자가 물었다. 목소리가 맑은 대기 속으로 울려나간다.

"얼마 깎아줘요?"

"20퍼센트만."

"참 그분 이름도 안 적었는데. 이름이 뭐죠?"

"박도영."

"자꾸 날 보고 웃어서 민망했어요. 뭐 하시는 분예요?"

"어, 그냥, 소공동 사무실에서…."

얼버무린 주인의 목소리가 달라졌다.

"려명이는 자?"

"네 자요."

그렇구나, 세 살쯤 되는 여자아이가 있었는데, 이름이 려명이구나. 민박집 이름도 려명黎明이고. 김유림은 다시 달콤한 낮잠에 빠져들었다.

-끝-

떠오르는 해를 기다리며

개성공단 이야기를 마음껏 쓸 수 있을 때가 진정한 남북 간 소통이 되는 때일 것 같습니다. 남한에서 샐러리맨으로 산 윤기철에게 개성공단은 좌천되어 떨어진 곳인 반면 북한에서 높은 신분이었던 정순미에게 개성공단은 선택받은 자의 장소였습니다.

《려명》은 그 둘에게 남한과 북한 각각의 정부가 제각기의 방법으로 족쇄를 채우는 내용이 주요 줄거리입니다. 한쪽은 생존이 걸린 상황인 반면 다른 쪽은 그렇지 않은 입장이었으니 자연히 사랑은 고비를 맞을 수밖에 없습니다. 결국 실마리를 풀어가야 할 쪽은 남쪽 사내 윤기철이라는 사실에 독자께서는 동의하시리라고 생각합니다. 마음껏 욕하고 어긋나도 융통성을 보여줄 수 있는 곳은 그래도 남쪽일 테니까요.

윤기철과 정순미의 운명에 대해 고민을 좀 했습니다. 그러고는 결국 제목처럼 떠오르는 해를 기다리는 쪽으로 결말을 맺었습니다.

함께 고민해주신 동아일보 외 여러분께 감사의 말씀을 전합니다.

2014년 11월

이원호

려명

1판 1쇄 인쇄 2014년 11월 21일 | 1판 1쇄 발행 2014년 12월 1일

지은이 이원호

발행인 김재호 | **출판편집인 · 출판국장** 박태서 | **출판팀장** 이기숙
기획 · 편집 배상현 | **아트디렉터** 김영화 | **디자인** 이슬기
마케팅 이정훈 · 정택구 · 박수진
펴낸곳 동아일보사 | **등록** 1968.11.9(1-75) | **주소** 서울시 서대문구 충정로 29(120-715)
마케팅 02-361-1030~3 | **팩스** 02-361-1041 | **편집** 02-361-0858
홈페이지 http://books.donga.com | **인쇄** 미르P&P

ISBN 979-11-85711-42-3 03810 | **값** 12,800원